KB069332

 2

2초판 1쇄 인쇄일 2019년 1월 17일 | **초판 1쇄 발행일** 2019년 1월 21일

지은이 조휘 | **펴낸이** 곽동현 | **담당편집 팀장** 이범수
편집부 정요한 홍현주

펴낸곳 (주)조은세상 | 출판등록 제2002-23호
주소 경기도 연천군 미산면 청정로1355
TEL 02)587-2966 | FAX 02)587-2922
E-mail bukdu@comics21c.co.kr

조휘ⓒ2019
ISBN 979-11-89785-65-9 | ISBN 979-1-89785-63-5(set)
값 8,000원

독재자

조휘 대체역사 장편소설

ALTERNATIVE HISTORY FICTION

2

조휘 대체 역사 장편소설

NEO ALTERNATIVE HISTORY FICTION

CONTENTS

독재자

1장. 선무공작

1장. 선무공작

    함경도 백성들을 불러 모은 자리에서 가토 기요마사의 수급을 자른 행위는 유치한 쇼에 불과했다.

    그러나 목적이 분명한 쇼였다. 홧김에 무심코 저지른 행동은 결코 아닌 것이다.

    가토 기요마사를 처형하는 광경을 자기 눈으로 목격한 백성들은 고향에 돌아가 가토 기요마사의 목을 자른 사람이 이준성이라는 소문을 빠르게 퍼트렸다.

    얼마 후, 함경도에 이준성이란 이름을 모르는 백성은 존재하지 않았다. 임금을 모르는 백성은 있어도 그를 모르는 백성은 없었다.

9

이준성은 곧 함경도를 구한 불세출의 영웅으로 떠올랐고, 그의 인기는 하늘 높은 줄 모른 채 계속 치솟았다.

사람들이 모였다 하면 이준성과 아시온 사단이 이룬 업적을 주제로 이야기꽃을 피우느라 끼니를 거르고 잠을 설칠 지경이었다.

이준성은 강태봉의 은호대대를 이용해 백성들의 동향을 면밀히 파악했다. 그리고는 늦은 밤에 강태봉을 은밀히 불러 그에게 몇 가지 소문을 더 시중에 퍼트리라는 밀명을 내렸다.

이준성과 아시온 사단이 대호골, 경흥성, 경원성, 그리고 두만강에서 치른 여러 전투에서 어떤 활약을 펼쳤는지 그 상세한 내용이 담겨 있는 소문이었다.

일종의 자기 PR인 셈이었다.

한편으론 왜군을 피해 도망친 벼슬아치와 조선군 장수들이 얼마나 겁쟁이인지, 그리고 얼마나 무책임한지를 백성들에게 알리도록 했다.

두 소문은 이내 극명한 대비를 이루었다.

한쪽은 백성을 구하기 위해 목숨을 내던진 반면, 다른 한쪽은 백성을 책임질 의무가 있음에도 자기 혼자 살겠다고 도망쳐 버렸다.

백성들은 이준성과 아시온 사단을 칭찬하는 만큼이나 왕실과 조정을 비난하는 데 많은 시간을 할애했다.

이준성은 곧 저들에게 치명타를 가할 정책 하나를 발표했다.

"각 고을 관아에 저장해 둔 곡식을 백성들에게 나누어 주시오."

곧 6진을 포함해 이준성이 장악한 함경도 북부의 여러 고을에서 앞다투어 관아의 곳간을 백성들에게 개방하기 시작했다.

몇 달에 걸친 전란 때문에 평소보다 더 굶주림에 고통받던 백성들은 이준성의 결정에 쌍수를 들어 환영했다.

탈환한 성에 최소한의 병력만 남긴 이준성은 무산을 거쳐 부령으로 내려갔다.

부령에는 나베시마 나오시게의 패잔병 수백 명이 남아 있었지만, 아시온 사단이 온다는 소문을 듣기 무섭게 꽁지 빠지게 도망쳐 버려 무혈입성이 가능했다.

이준성은 점령한 부령을 그들의 2차 교두보로 정했다. 물론 1차 교두보는 가장 처음 탈환한 경흥이었다.

이리하여 이준성은 저 옛날 세종대왕이 개척한 6진 전부와 무산 등을 손에 넣어 함경도의 20퍼센트가량을 점령하는 데 성공했다.

부령에 입성한 이준성은 성 안의 군량고부터 찾았다. 군량고에는 조선군이 버린 군량에 부령을 점령한 왜군이 근처 고을에서 약탈한 군량이 더해져 제법 많은 군량이 남아 있었다.

이준성은 다른 성에서 하던 대로 노획한 군량을 굶주린 백성에게 먼저 나누어 줬다.

부령성과 성 근처에 살던 백성들은 뛸 듯이 기뻐하며 아시온 사단이 주는 군량을 받아 돌아갔다.

그때, 부령성 성문을 지키던 강문우가 급히 달려와 보고했다.

"북평사 정문부 장군이 사람들과 함께 장군님을 찾아왔습니다."

이준성은 군량 나눠 주는 일을 감독하는 신세준에게 다시 오겠다는 말을 한 다음, 강문우를 따라 성문으로 걸어갔다.

강문우가 급히 이준성의 팔을 잡았다.

"성문 쪽이 아닙니다."

"그럼 북평사 일행이 어디에 있단 거요?"

"성문에 세워 두는 건 실례일 듯해 동헌으로 먼저 모셨습니다."

이준성은 미간을 살짝 찌푸리며 차갑게 말했다.

"다음부터는 내 허락 없이 다른 사람을 함부로 들이지 마시오."

"아, 알겠습니다."

이준성은 발길을 돌려 동헌으로 걸어갔다.

동헌에는 정문부, 지달원, 최배천 등 대호골에서 봤던 사람들 이외에도 처음 보는 인물 몇 명이 그를 기다리는 중이었다.

인사를 나눈 정문부가 처음 보는 인물부터 소개했다.

"여긴 종성부사 정현룡 장군이시네. 그리고 정 장군 옆에는 고령첨사 유경천, 회령부사 이광순, 우을온만호 이희당, 길주부사 조균 장군 등일세. 모두 우리를 도와 의병을 모집하고 군량을 준비한 공로가 있으시네. 예를 갖추어 대해 주시게."

이준성은 심드렁한 표정으로 물었다.

"그러시군요. 한데 여긴 어인 일이신지?"

종성부사 정현룡은 이준성의 표정이 마음에 들지 않는 듯했다.

부사는 도호부를 다스리는 도호부사의 약칭이었다.

종 3품 외관직으로 지방관 중에서는 가장 높은 벼슬 중의 하나였다.

정 6품 북평사와는 수준이 다른 것이다.

한데 이준성은 그런 자신 앞에서 고개 한 번 숙이지 않았다.

정현룡은 무안한 듯 헛기침을 두어 번 하며 물었다.

"그대가 상승장군이라 불리는 이준성인가?"

이준성은 고개를 돌려 정문부를 보았다.

"상승장군? 그게 무슨 귀신 씻나락 까먹는 소립니까?"

정문부가 정현룡의 눈치를 살피며 조심스레 대답했다.

"저자거리에서 자네를 부르는 말일세. 전투에 나가면 패하는 일이 없이 항상 이긴다 하여 상승장군이라 부른다는군."

이준성은 어깨를 으쓱하며 정현룡을 보았다.

"뭐, 틀린 말은 아니군요. 맞습니다. 제가 그 상승장군입니다만."

정현룡은 다시 헛기침을 하며 말했다.

"자넨 낯이 꽤 두꺼운 모양이군. 예의를 아는 사람이면 다른 사람이 치켜세워 주는 말에 겸양하는 태도를 보였을 것이네."

이준성은 수염이 덥수룩하게 자란 자기 얼굴을 쓰다듬었다.

"그런 말 많이 듣는 편이죠. 그래서 공사다망하신 분들이 거지 떼처럼 쳐들어와서 저를 귀찮게 하는 이유가 무엇입니까?"

발끈한 길주부사 조균이 눈에 쌍심지를 켜며 소리쳤다.

"거지 떼라니! 네놈은 조정의 녹을 먹는 관리가 우스운 것이냐?"

이준성은 고개를 돌려 조균을 차갑게 쏘아보았다.

"조정이 주는 녹을 먹었으면 그 값을 해야 하는 거 아닙니까? 왜군이 무서워서 쪽팔리게 도망친 주제에 뭔 자신감으로 왜군 2만과 맞서 싸운 나한테 감히 큰소리를 내는 겁니까?"

이준성은 당황한 표정으로 서 있는 정문부를 가리켰다.

"북평사는 그래도 뭔가 해 보겠다고 대호골에 있던 날 찾아왔습디다. 한데 당신들은 처첩과 함께 산속에 짱박혀 있다가 내가 왜군을 쓸어버린 후에야 슬그머니 산에서 내려온 거 아닙니까? 내가 하는 말이 틀렸으면 어디 반박해 보시죠?"

조균의 살집 있는 얼굴이 분노와 치욕으로 새빨갛게 물들었다.

"뭐, 뭣이?"

이준성은 파리 쫓는 사람처럼 허공에 손짓하며 물었다.

"이제 귀찮으니까 찾아온 용건이나 빨리 말하십쇼."

얼굴이 창백해져서 곧 쓰러질 것처럼 보이던 정현룡이 말했다.

"알겠네. 원하는 대로 찾아온 용건을 말하지. 군량을 백성에게 나누어 주는 짓을 당장 그만두게. 지금 평안도에서는 왜군이 물러가지 않아 여전히 치열한 전투가 벌어지는 중이네. 그곳의 병사들에게 군량을 빨리 가져다주지 않으면, 평양이 뚫려 의주에 피난 가 계신 전하의 옥체가 위험해지네."

이준성은 피식 웃었다.

"왜군은 평양 위로 진격하지 못합니다. 의주에 있는 전하께선 털끝만큼도 다칠 일이 없다는 뜻이죠. 그리고 쥐꼬리만한 함경도 군량을 평안도로 수송하는 행동은 멍청한 짓입니다. 가성비가 꽝이니까요. 다시 말해 품이 더 든단 겁니다."

지금까지 별말 없던 고령첨사 유경천이 불쑥 물었다.

"어찌하여 왜군이 평양 위로 진격하지 못한다는 건가?"

"왜군이 전하를 인질로 잡거나 의주를 먹을 생각이었으면 진작 진격했을 겁니다. 그들에게는 그럴 전력이 있으니까요. 그러나 현실적으로 그럴 수 없기에 평양에 멈춘 겁니다."

유경천이 다시 물었다.

"왜 현실적으로 어렵다는 말인가?"

이준성은 유경천이란 사내를 살펴보며 대답했다.

"당연히 보급품이 제대로 안 오니까 그런 거죠. 쫄쫄 굶어 가며 진격할 순 없는 노릇 아닙니까? 왜군의 보급 계획은 원래 두 가지였습니다. 하나는 남해, 서해를 거치는 바닷길로 보급품을 운송하는 계획이죠. 하지만 알다시피 이순신 장군이 이끄는 수군에게 바닷길을 막히는 바람에 실패했습니다."

"그럼 다른 하나는 뭔가?"

"현지에서 직접 조달하는 방식입니다. 그들은 전라도가 곡창지대란 사실을 파악하고 충청도에서 전라도로 넘어갈 계획을 세웠습니다. 그러나 권율, 황진 장군 등이 이치, 웅치 전투에서 왜군을 저지하는 바람에 그 역시 쉽지 않아진 상태죠."

"자네 말은 보급품 수송이 제대로 이루어지지 않는 탓에 왜군이 평양성을 점령한 다음, 스스로 진격을 멈췄다는 말인가?"

"그 밖에 달리 무슨 이유가 있겠습니까?"

이번에는 회령부사 이광순이 물었다.

"함경도 군량을 평안도로 실어 나르는 건 왜 소용없단 건가?"

"함경도에 있는 군량이 얼마나 된다고 그걸 평안도까지 일일이 수송합니까? 거기에 드는 노동력과 시간이 아까울 겁니다."

"그럼 자네는 평안도를 저리 놔두자는 얘긴가?"

이준성은 혀를 끌끌 찼다.

"지금 제가 하는 말을 제대로 듣곤 있는 겁니까? 방금 제가 뭐라 했습니까? 전라도가 곡창지대란 사실을 왜군도 아는데 왜 장군님들은 모르십니까? 평안도에 군량을 수송하고 싶으면 함경도가 아니라 전라도에서 육지로 수송해 와야죠."

그때 고령첨사 유경천이 또 한 번 불쑥 물었다.

"전라도에서는 지금도 뱃길로 조운선을 이용해 세곡을 수송하는 것으로 아는데, 꼭 육지로 수송해야 하는 이유가 있는가?"

이준성은 유경천을 보며 고개를 끄덕였다.

"이번엔 꽤 날카로운 질문을 하시는군요. 맞습니다. 지금도 조운선으로 세곡을 운반 중입니다. 그러나 남해와 서해의 거친 물살을 가를 수 있을 정도로 튼튼한 조운선은 상황이 급한 수군에게 주어 주력으로 삼든 예비전력으로 삼든 하게 해야지, 그걸 다 조운선으로 사용하면 수군은 예비 전력이 불안해 필요한 작전을 과감하게 펼칠 수 없게 될 겁니다."

우을온만호 이희당이 관심을 드러냈다.

"전라도에 있는 군량을 어떻게 평안도로 수송한다는 말인가? 경기도, 충청도, 황해도가 다 왜군의 손에 떨어져 있는데."

이준성은 나무작대기로 흙바닥에 조선 지도를 그렸다.

"이건 어린애도 이해할 수 있으니까 잘 보십시오. 함경도 남쪽에서 강원도를 지나 서쪽으로 진군하면 바로 경기도가 나옵니다. 우리가 이 경기도를 쳐서 도성을 확보할 수 있으면 전라도 군량을 북쪽으로 수송하는 일이 어렵지 않습니다. 거기다 왜군을 북쪽과 남쪽, 두 곳으로 분단시킬 수 있으니 이 얼마나 좋은 전략입니까? 장군들은 여기 와서 백성들에게 군량을 주라 마라 참견할 게 아니라, 어떻게 하면 이 전략을 성공시킬 수 있을지 고민해야 맞는 걸 겁니다."

정현룡은 미간을 잔뜩 찌푸리며 힐난하듯 물었다.

"경기도는 적진 한복판이 아닌가? 경기도 쪽으로 치고 들어가면 적이 사방에서 달려들 텐데 그들을 어찌 이긴단 말인가?"

이준성은 히죽 웃었다.

"난 불과 천여 명의 병력으로 가토 기요마사의 2만을 없앤 사람입니다. 적이 몇 만을 동원한다 해도 이길 수 있습니다."

이준성의 말에는 사실과 거짓이 교묘히 섞여 있었다.

가토 기요마사의 2만 명을 없앴단 말은 사실이지만, 천여 명의 병력은 아니었다. 나중에 정문부 등이 모아 온 의병을 더해 최소 3,000명이상의 병력을 운용했던 것이다.

물론 가토 기요마사가 거느린 병력에 비하면 훨씬 적은 수였지만.

정현룡 등은 그 자리에서 바로 회의를 열었다.

그리고는 조정에 이준성의 계획을 상주하기로 결정했다.

이준성은 한쪽에 떨어져서 그 모습을 묘한 시선으로 바라보았다. 마치 자신과는 상관없는 회의라는 것 같은 표정이었다.

◆ ◈ ◆

이준성은 일단 정문부, 정현룡 일행과 함께 움직이기로 결정했다. 부령에서 이틀을 머문 이준성은 바로 남하에 들어갔다.

부령 다음은 경성이었다. 경성에는 함경도 북부 방어사령부에 해당하는 북병영이 위치해 있어 반드시 손에 넣어야 했다.

한데 지금 경성은 순왜인 국경인, 국세필, 정말수, 김수량, 이언우, 함인수 등이 장악한 상태였다.

조선에 항복한 왜군을 항왜라 하는 것처럼 왜군에 협력한 조선인을 순왜라 불렀는데, 임진왜란 당시에 순왜가 얼마나 있었는지 정확한 통계는 없지만 가장 유명한 사례로 함경도에서 반란을 일으킨 국세필과 그의 조카 국경인 등을 꼽을 수가 있었다.

회령의 아전이던 국세필은 그곳으로 피난 온 왕자 임해군, 순화군이 폭정을 일삼는 모습을 보고는 조선 왕실에 불만을 품었다.

그러던 중 가토 기요마사가 회령으로 온단 소식을 접한 그는 이보다 좋은 기회가 없다는 생각에 즉시 임해군과 순화군, 그리고 두 왕자를 호종해 온 김귀영, 황정욱, 이영과 같은 조정 대신들을 붙잡아 왜군에 인질로 바쳤다.

왜군은 알아서 기는 국세필, 국경인 등이 마음에 들었는지, 그들에게 왜군을 대리해 함경도를 다스릴 권한을 주었다.

이에 간이 커진 국세필 등은 경성을 거점으로 삼은 다음, 국경인을 왕으로 추대해 독립하려는 시도를 하기에 이르렀다.

그러나 이준성이 등장하는 바람에 그 계획은 송두리째 무너졌다. 왜군을 박살 낸 이준성이 6진에 이어 무산까지 점령하는 바람에 위기감을 느낀 그들은 경성에 집결해 성의 수비를 단단히 한 상태에서 이준성의 군대와 승부를 보려 했다.

그들은 경성에서 이준성의 군대와 싸워 이기면 함경도를 차지해 그들만의 왕국을 건설할 수 있을 거란 희망을 품었다.

한편 이준성은 경성 북쪽에 진채를 내린 다음, 움직이지 않았다.

정현룡, 조균 등이 번갈아 가며 공성을 독촉했지만, 하루 대부분을 성벽이 내려다보이는 근처 고지에 올라가 정찰을 하며 보낼 뿐 이준성은 움직일 기미가 없었다.

이준성은 달빛을 받아 희미한 광채를 뿌리는 경성성의 단단한 성벽을 관찰했다. 성문을 보호하는 옹성과 성벽을 방어하기 위해 세운 성첩이 거대한 바위산처럼 우뚝 솟아 있었다.

이준성은 유진을 불러 물었다.

"경성성을 수비하는 병력의 숫자가 약 2,000명 정도라 예상했을 때, 공성 중에 아군이 입을 피해를 계산할 수 있겠어?"

-못 합니다.

"왜?"

-고려해야 하는 변수가 너무 많습니다. 농성군의 훈련 상태는 어떤지, 어떤 무기를 사용하는지, 공성할 때 기상상황은 어떤지 등 고려해야 할 변수는 많은데 그런 변수에 대한 정보가 너무 적습니다. 병력 숫자만으론 계산이 불가능합니다.

이준성은 그럴 줄 알았다는 듯 히죽 웃었다.

"물어본 내가 바보지."

이준성은 다음 날, 은호대대장 강태봉을 불러 은밀히 물었다.

"지금까지 경성성에 몇 명이나 들여보냈어?"

"열두 명입니다."

"생각보다 많군. 어떻게 한 거지?"

"은호대대 병사 중에 경성성에 가족이나 친척이 있는 사람들을 주로 이용했습니다. 가족을 만나기 위해 왔으니 들여보내 달라 부탁한 거지요. 그 시점이 본대가 6진에 있을 때였기에 그들의 정체나 의도를 의심하는 자는 없었습니다."

이준성은 잘했단 표시로 강태봉에게 엄지손가락을 들어 보였다.

이준성은 가토 기요마사가 아직 멀쩡히 살아 있을 때, 강태봉에게 몇 가지 밀명을 내렸다.

그중 한 가지가 순왜의 거점인 경성성에 관한 정보를 모으는 한편, 성 안에 직접 잠입해 선무공작을 펼칠 준비를 해 놓으라는 명이었다.

이준성은 당시 가토 기요마사와 싸우느라 정신없었지만 이미 그 뒤에 벌어질 일을 예측하고 미리 준비해 두었던 것이다.

그리고 강태봉은 그가 내린 밀명을 완벽히 수행해 냈다. 이는 강태봉의 수완이 처음 예상보다 더 훌륭하단 뜻이었다.

이준성은 강태봉에게 다시 물었다.

"성에 잠입한 사람들과는 언제 연락이 끊겼어?"

"나흘 전까지 연락을 주고받았습니다."

"우리가 도착하기 딱 하루 전이군."

"그렇습니다."

"마지막 연락은 무슨 내용이었어?"

"국경인, 국세필 등은 장군님과 우리 아시온 사단의 대승 소식이 경성성 내부에 퍼지는 상황을 필사적으로 막았지만, 결국 소문이 퍼져 백성들은 물론이거니와 반란군 역시 불안에 떤다는 내용이었습니다. 아시온 사단이 경성성을 점령하면 순왜고 백성이고 다 깡그리 죽여 버릴 거라면서요. 그리고 거기에 덧붙여 반란군 핵심에 있는 장수 몇 명을 포섭해 며칠 안으로 우리 편으로 만들겠단 전언이 있었습니다."

강태봉을 칭찬한 이준성은 그가 펼친 선무공작이 결과를 낼 때까지 차분히 기다렸다.

그가 경원성에서 가토 기요마사의 수급을 자를 때 보여 준 유치한 쇼는 함경도 백성들을 포섭하기 위한 용도만은 아니었다.

지금처럼 경성성을 장악한 순왜의 내부를 흔들려는 목적 역시 포함되어 있었다.

인간은 생존이 달린 일에는 아주 민감했다. 순왜를 보호해 주던 왜군이 전멸한 지금, 그들은 자신이 살아남기 위해서 어떤 선택을 해야 하는지 잔머리를 계속 굴리고 있을 것이다.

이준성의 계획을 모르는 정현룡과 이광순, 조균 등은 하루가 멀다 하고 그의 막사를 찾아와 빨리 공성할 것을 종용했다.

국경인, 국세필 등이 임해군, 순화군을 왜군에 넘긴 역적의 무리이니만큼 하루빨리 주살해야 임금님의 진노가 가라앉을 것이란 이유에서였다.

물론 그 안에는 함경도를 제대로 지키지 못해 두 왕자를 적의 손에 넘겨준 그들의 실책을 조금이라도 만회해 제 한 몸 보전코자 하는 속셈이 있었다.

이준성은 귀찮은 표정으로 그들 앞에 칼 몇 자루를 던졌다.

"그렇게 싸우고 싶으면 앞장서시든가요. 나는 내 병사들을 저런 단단한 성에 집어넣어 개죽음시킬 생각 전혀 없으니까요."

정현룡 등은 이준성의 귀찮아하는 표정과 바닥에 널려 있는 무기를 번갈아 쏘아보다가 얼굴이 시뻘겋게 변해 돌아갔다.

잠시 후, 정문부가 다급한 얼굴로 이준성을 찾아왔다.

"종성부사 일행이 화가 머리 꼭대기까지 났던데, 대체 무슨 일인가? 도대체 무슨 말을 했기에 저토록 화를 내냐는 말일세."

밥을 먹던 이준성이 이쑤시개로 이를 쑤시며 대답했다.

"그렇게 열 내실 필요 없습니다. 왜 공성하지 않느냐고 해서 그렇게 싸우고 싶으면 당신들이 앞장서라 했을 뿐이니까."

얼굴에 핏기가 싹 가신 정문부가 손으로 이마를 짚었다.

"아, 자넨 왜 이렇게 적을 만드는 행동만 하는 건가? 적을 만들지 못해 안달 난 귀신이 붙은 것도 아니고 말이야. 저들을 잘 구워삶아야 나중 일이 편해진다는 사실을 모르는가?"

이준성은 피식 웃었다.

"북평사 어른은 뭔가 착각하시는 것 같군요."

"내가 뭘 착각했단 말인가?"

"저들은 내 적이 아닙니다. 그저 잠을 한숨 자려는데 옆에서 귀찮게 윙윙대며 날아다니는 파리 떼일 뿐이죠. 저들이 내 적이 되기 위해서는 그 정도 능력으로는 어림없을 겁니다."

정문부가 참지 못하고 버럭 화를 냈다.

"내 앞에서 다시는 조정의 녹을 먹는 관리들을 욕보이지 말게! 나 또한 조정의 녹을 먹는 관리이니까 말이야! 그들은 자네에게 그런 취급을 당할 정도로 못난 사람들이 아니란 말일세!"

이준성은 화를 내는 정문부에게 구운 양다리를 하나 건넸다.

"그쯤 하시고 이거나 드셔 보십시오. 신세준 대대장이 농장에서 키우는 양 중에 어린 양을 골라 보내 준 건데 불에 구웠더니 맛이 기가 막힙니다. 육즙이 그냥 뚝뚝 떨어집니다. 차가운 맥주만 있으면 딱인데 그 점이 좀 아쉽지만요. 아 참, 북평사 어른은 맥주를 모르지. 맥주가 뭐냐면 말입니다……."

이준성은 신이 나서 맥주에 대해 한참을 떠들었다. 심지어 눈앞에 있으면 당장 마셔 다 없애 버릴 것처럼 침까지 흘렸다.

정문부는 어이가 없다는 표정으로 이준성을 노려보았다.

"자넨 이런 상황에서 잘도 그런 말이……."

그때였다.

강문우가 막사 안으로 들어오다가 정문부를 보곤 흠칫했다.

이준성은 신경 쓰지 말라는 듯 손을 내저으며 물었다.

"북평사는 바깥사람이 아니니까 괜찮소. 성에 무슨 일이 생겼소?"

강문우가 바로 대답했다.

"경성성 성문이 방금 전에 전부 열렸습니다."

이준성은 심드렁한 표정으로 물었다.

"성문만 열렸소?"

"아, 아닙니다. 반란군 몇 명이 항복을 해 왔는데, 항복해 올 때 국경인, 국세필, 정말수, 김수량, 이언우, 정석수 등의 수급을 잘라 몸통과 함께 갖고 왔습니다. 어서 나와 보시지요."

이준성은 손에 묻은 기름을 수건에 닦으며 일어섰다.

"이런. 양고기는 다음에 먹어야겠습니다, 북평사 어르신."

정문부에게 한쪽 눈을 찡긋해 보인 이준성이 막사를 나갔다.

이준성을 따라 나가려는 강문우를 정문부가 얼른 붙잡았다.

"자네, 나랑 잠시 이야기 좀 하세."

"왜 그러십니까?"

정문부가 강문우의 위아래를 훑어보다가 불쑥 내뱉었다.

"자네 못 본 사이에 많이 변했구먼."

"뭐가 말입니까?"

"지금 저자의 수족처럼 행동하지 않는가? 대호골에서는 당장이라도 저자와 칼부림을 할 것 같던 사람이 이렇게 바뀌니 난 혼란스럽기 짝이 없네. 대체 무슨 일이 있었던 건가?"

강문우가 한숨을 푹 내쉬었다.

"북평사 어르신도 이 장군 옆에서 며칠 지내다 보면 절 이해하실 겁니다. 이 장군은 사람이 아니라 귀신입니다. 그와 적대해서는 절대 살아남을 수 없습니다. 이 점을 명심하십시오."

대답한 강문우가 막사를 나갔다.

정문부는 막사 안에 남아 있는 구운 양고기 냄새를 더 이상 참지 못하겠다는 듯 미간을 살짝 찌푸리며 막사를 나갔다.

그가 막사 밖으로 나왔을 때는 이미 상황이 끝나 있었다.

이준성은 국경인 등의 수급을 가져온 반란군을 용서하는 수준을 넘어, 그들을 아시온 사단에 받아들이기까지 했다.

이준성이 반란군을 끌어안은 이유는 명백했다.

국경인 등이 회령에서 반란을 일으켰을 때, 그들을 따른 반란군은 거의 다 함경도 토병이었다. 그들을 제거하면 강력한 전력을 스스로 없애는 행동과 같아 그들을 받아들인 것이다.

또한 이준성은 경성성 성문에 역적의 협박을 받아 부역했을 뿐이니 마음 편히 생업에 종사하라는 방을 붙이며 백성들을 안심시켰다.

그 소식이 전해진 직후, 경성성 백성들은 물론이거니와 함경도 전 백성이 이준성의 결정을 환영했다.

더 치솟을 데가 없을 거라 여긴 이준성의 인기가 이번 결정으로 한층 더 치솟아 거의 하늘을 뚫고 올라갈 지경이 되었다.

정문부는 얼른 정현룡 등의 안색을 살폈다. 몇 명은 부끄러운 기색을 내비쳤지만 몇 명은 분노로 몸을 부들부들 떨었다.

그러나 어쨌든 이준성은 피 한 방울 흘리지 않은 상태에서 경성성을 탈환했을 뿐 아니라 역적의 수괴들을 토벌하기까지 했다.

정문부는 이준성의 수완에 감탄을 금치 못했다. 그는 강문우가 방금 전에 한 말이 조금씩 이해가기 시작했다.

이준성 옆에 있으면 자기도 모르는 사이에 그에게 빠져들어 헤어 나오기가 힘들었다.

이준성은 경성성을 정리한 다음, 다시 남쪽으로 내려갔다.

이번 목표는 함흥이었다. 함흥까지 탈환하면 그야말로 함경도를 완전히 수복하는 셈이었다.

◆ ◈ ◆

이준성은 남병영이 있는 북청을 점령한 다음, 지체 없이 함흥으로 진격해 그 일대 주변부터 장악해 나갔다.

이준성은 바둑이나 체스를 둘 때처럼 휘하 병력을 아주 정교하게 움직여 하루 만에 함흥성을 제외한 전 지역을 손아귀에 넣었다.

이번 작전의 성공으로 아시온 사단 장교들은 이준성이 생각보다 더 뛰어난 사람임을 직감했다.

지금까지 이준성은 같은 사람이라고 보이지 않는 엄청난 무력으로 적을 분쇄했다. 그리고 적의 허를 찌르는 절묘한 기책으로 불리한 전투를 승리로 이끌었다.

한데 지금은 마치 노련한 장군처럼 적은 병력을 절묘하게 움직여 순식간에 요충지를 점령했다. 기발한 책략뿐만 아니라 기본적인 운영 또한 뛰어난 것이다.

어쨌든 이번 작전의 성공으로 함흥성만 남아 있었는데, 함흥성에는 함경도 감영이 있어 다른 어떤 고을보다 중요했다. 감영은 지금으로 따지면 도지사가 업무를 보는 도청에 해당했다.

그런 이유로 함흥을 탈환했단 말은 공식적으로 함경도를 왜군의 손에서 완전히 탈환했단 뜻이나 마찬가지였다.

함흥성을 지키던 왜군은 아시온 사단이 주요 요충지를 전부 점령한 것을 보고는 크게 겁을 먹어 안변으로 도망쳐 버렸다.

이준성은 그 모습을 보며 왜군 지휘 체계가 정상적이지 않다는 사실을 눈치 챘다.

지휘 체계가 정상적이었다면 강원도에 있는 왜군을 불러 올려 함흥부터 먼저 틀어막았을 것이다.

왜군에게는 가토 기요마사가 이끄는 2번대를 전멸시킨 함경도 병력이 함흥과 안변을 거쳐 강원도, 충청도로 쏟아져 들어가는 상황만큼 최악은 없었기에 함흥부터 막아야 했다.

이준성이 왜군 지휘관이었다면 함흥에서 안변에 이르는 주요 길목들, 즉 정평과 영흥, 고원, 문천, 덕원에 병력을 배치해 종심을 깊게 구축했을 것이다.

만일 왜군이 그런 식으로 진형을 구축했다면 아시온 사단은 그들이 구축한 종심을 돌파하느라 엄청난 병력과 시간 손실을 감수해야 했을 것이다.

그러나 왜군은 그렇게 하지 않았다. 이는 각 지역에 주둔한 왜군끼리의 정보교환이 원활하지 않다는 뜻이 분명했다.

그리고 정보교환은 되고 있을지 몰라도 총사령관의 명령이 각 지역에 주둔한 왜군에게 잘 먹히지 않는단 뜻이었다.

이준성에게는 행운이나 다름없었다.

함흥성에 입성한 이준성은 원충서를 불렀다. 두만강 전투 이후에는 전투라 부를 만한 상황이 거의 벌어지지 않아 좀이 쑤셨던 듯 부르기 무섭게 달려온 원충서는 눈을 번득이며 이준성을 보았다.

마치 강아지가 얼른 간식을 달라고 조르는 듯한 눈빛이었다.

원충서가 히죽 웃으며 물었다.

"처리하기 곤란한 일이 생기신 겁니까?"

"곤란한 일?"

"처리하기 곤란한 일이 생기지 않고서야 장군님이 강문우 장군보다 저를 먼저 호출하실 리가 없지 않겠습니까, 하하하."

"어째 의욕이 과해서 불안한데? 강문우 장군을 다시 불러야겠어."

원충서가 멋쩍게 웃으며 대답했다.

"아, 이거 왜 이러십니까? 농담인 줄 다 아시면서. 하하."

이준성은 고개를 절레절레 저으며 물었다.

"천마대대는 몇 명까지 늘렸소?"

"며칠 전에 1,000명을 딱 채웠습니다."

"무장 상태는?"

"완벽합니다."

"좋소. 그럼 천마대대가 안변을 점령하시오. 은호대대의
정보에 따르면 강원도 왜군은 함경도에 개입하려는 움직임
이 없는 것 같으니까 서두르면 쉽게 손에 넣을 수가 있을 거
요."

원충서가 눈을 빛내며 대답했다.

"알겠습니다. 열흘 안으로 승전보를 올리겠습니다."

대답한 원충서는 곧장 천마대대를 소집해 남쪽으로 출발
했다.

그는 자기가 한 약속을 철석같이 지켰다. 정평과 영흥, 고
원, 문천, 덕원 등을 차례로 떨어트린 원충서는 정확히 열흘
째 되는 날 오후에 안변을 손에 넣어 승전보를 올렸다.

사실 거의 다 빈 성이나 마찬가지여서 원충서가 좋아할 만
한 커다란 전투는 일어나지 않았다.

이준성은 함흥의 일을 몇 가지 처리한 다음, 안변으로 내
려가 원충서와 합류했다.

이준성이 안변에 도착할 무렵엔 아시온 사단의 병력이 1
만으로 그 숫자가 크게 증가해 있었다. 경성성에 주둔해 있
던 반란군과 왜군과 싸우겠다며 자원한 병력이 더해진 결과
였다.

이준성은 안변에서 병력을 훈련시키는 한편, 가장 큰 약점

이라 할 수 있는 보급 체계를 손보는 데 집중했다. 그동안 경흥에 머물던 철우대대장 신세준이 함흥까지 내려와 경흥에서 만들던 형태와 비슷한 형태의 농장을 함경도 곳곳에 만들었다.

현재 규모가 큰 농장은 양과 닭 수천 마리를 사육하는 중이었는데, 노토가 보내 준 가축이 많아 농장을 만드는 데 별 어려움은 없었다.

신세준은 가축을 도축해 만든 고기와 가축이 생산한 2차 부산물들, 즉 양젖으로 만든 발효유와 계란 등을 보급로를 통해 이준성의 아시온 사단에 계속 공급했다.

그리고 두만강 유역의 가장 큰 특산물인 콩 수확 시기가 다가와 큰 문제만 없다면 일단 군량은 풍족한 편에 속했다.

그러나 보급은 군량만 해결해서 끝나는 문제가 아니었다. 무기와 갑옷 역시 보급이 필요했다. 일단 쓰면 없어지는 화약과 화살은 물론이거니와 칼, 창, 갑옷, 투구 역시 쓰다 보면 이가 빠지거나 구멍 난 데가 발생해 교체가 필요했다.

이준성은 무기와 갑옷을 생산할 황돈대대를 창설해 대장장이 조 노인의 장남 조인호를 대대장으로 임명했다.

조인호는 아버지 조 노인의 실력과 경험을 고스란히 물려받아 함경도의 젊은 세대 중에서는 가장 뛰어난 대장장이로 꼽혔다.

여진족과 국경을 맞댄 함경도에는 예전부터 무기만 전문

적으로 생산하는 대장장이들이 있어 조인호는 그들을 규합
해 황돈대대를 꾸렸다.

조선에는 군기시라 하여 무기와 갑옷을 만드는 관청이 존
재했지만, 만성적인 재정부족으로 인해 함경도 토병들은 자
기 돈으로 무기나 갑옷을 만드는 경우가 많았다.

그 바람에 군기시와 비슷한, 어쩌면 그보다 실력이 뛰어난
대장장이들이 함경도에서 대거 활동하게 되었다. 더욱이 함
경도는 다른 지역보다 지하자원이 풍부해 대장장이들이 실
력을 갈고닦을 수 있는 기회가 많은 편이었다.

조인호는 노토가 개발권을 넘긴 광산을 개발해 질 좋은 철
광석을 수급하는 데 성공했다.

그렇게 수급된 철광석으로 갑옷과 무기를 제작해 철우대
대를 통해 아시온 사단에 보급했다.

군사도시 성격이 강한 함경도의 지리적 특수성을 십분 활
용해 1만 병력을 정예병으로 변모시킨 이준성은 이제 강원
도로 진입할 만반의 준비를 갖춘 상태에서 사람들을 불렀다.

이준성은 먼저 좌측에 앉은 정현룡 일행에게 물었다.

"조정에 내가 얼마 전에 말한 작전을 상주했습니까?"

팔짱을 낀 정현룡이 고개를 끄덕였다.

"자네가 말한 계획을 토씨 하나 빼트리지 않고 상주했네.
심지어 일이 급하니 최대한 빨리 답을 내려 달라고까지 했
네."

우측에 앉아 있던 정문부가 거들었다.

"상주할 때, 자네와 아시온 사단이 거둔 대승을 상세히 기록한 장계를 같이 올렸으니까 조정에서 자네의 실력을 믿지 못해 작전을 불허하는 일은 일어나지 않을 것이네. 들리는 소문에 따르면 함경도를 수복했단 말을 들으신 주상전하께서 크게 기뻐하셨다고 했으니 조금만 더 기다려 보세나."

이준성은 미간을 살짝 찌푸렸다.

"시일이 촉박합니다. 은호를 시켜 강원도와 경기도, 충청도 세 곳을 정탐하게 했는데, 함경도에 있던 가토 기요마사의 2번대가 전멸했단 소식을 들은 왜군이 병력 일부를 이쪽으로 보냈다고 합니다. 놈들이 만약 이 안변을 막아 버리면 우린 상당히 고생한 후에야 강원도로 내려갈 수 있을 겁니다."

그때, 정현룡이 강하게 주장했다.

"주상전하의 윤허를 기다리게. 전하의 윤허 없이 움직였다가는 의병이 아니라 반란군으로 오해받을 소지가 있네. 그러면 자네는 물론이거니와 자네를 따르는 사람들 역시 역적의 신세를 면치 못하네. 참을 땐 참을 줄 알아야 사내대장부가 아닌가? 용력만 믿고 날뛰면 좋은 꼴을 보지 못하네."

이준성은 정현룡을 슬쩍 본 다음, 그 옆으로 시선을 옮겼다.

고령첨사 유경천과 우을온만호 이희당은 정현룡과 생각이 다른 듯 고개를 살짝 저었지만, 회령부사 이광순과 길주부사 조균은 정현룡과 생각이 같은 듯 고개를 크게 주억거렸다.

그 모습을 흥미롭게 지켜보던 이준성이 자리에서 일어났다.

"알겠습니다. 그럼 종성부사 어르신을 믿고 윤허를 기다리죠. 나 역시 반란군이 되어 조정과 싸우고 싶지는 않으니까요."

그날 회의는 그렇게 끝났다.

이준성은 선조의 윤허가 내려올 때까지 병사들을 계속 훈련시켰으며 보급 체계를 더 단단하게 구축하는 등 아시온 사단의 전력을 끌어올리는 데 집중했다.

그리고 남는 시간에는 300명으로 인원을 대폭 늘린 은호대대가 강원도, 충청도, 경기도에서 보내오는 정보를 보고받았다.

그로부터 며칠 후, 선조가 머무는 행재소에서 보낸 사신 몇 명이 안변에 도착했는데, 그들을 이끄는 자는 윤탁연이었다.

이준성은 유진에게 윤탁연의 정보를 찾아보게 했다.

유진은 곧 데이터베이스에서 찾은 정보를 알려 주었다.

―윤탁연은 1538년생으로 임진왜란이 일어났을 때, 함경도 관찰사 직을 제수받아 임해군, 순화군 두 왕자를 호종했……

유진의 정보를 들은 이준성은 미간을 살짝 찌푸렸다.

"그 정보 확실한 거야?"

-100퍼센트 확실한 정보는 아닙니다.

"조선왕조실록에서 검색한 정보 아니야?"

-조선왕조실록이 정사 중 가장 정확한 부류에 속하기는 하지만, 사초 작성에 참여한 사관의 개인적인 이유나 소속된 당파에 의해 정보가 왜곡, 변질될 가능성이 있기 때문입니다.

"사관이 그 사람에게 원한을 가졌거나 서로 소속되어 있는 당파가 달라서 평가를 깎아내리거나 한다는 말이야?"

-그렇습니다.

"이건 봐도 문제고 안 봐도 문제로군. 이런 정보를 들으면 편견이 생긴 상태에서 그 사람을 볼 수밖에 없을 테니까. 그렇다고 이런 사전 정보 없이 그 사람을 대했다가 뒤통수를 맞는 날에는 곤란한 일이 적지 않게 생길 테고 말이야."

-그건 사용자가 알아서 판단할 문제라 생각합니다.

"잘못되면 다 내 책임이라 이거야?"

-그런 말을 한 적은 없습니다.

"뉘앙스가 그렇잖아."

-무슨 뜻인지 모르겠습니다.

"허, 전가의 보도가 또 나왔군. 모른다고 발뺌하는 거 말이야. 네가 무슨 외국인도 아니고 뭘 맨날 모른다고 하는 거야?"

-누가 오는군요. 그럼 전 이만.

"어이, 누가 허락도 없이 가라고 했어!"

그때, 윤탁연으로 보이는 60대 노인 한 명과 정현룡 일행, 정문부, 강문우, 원충서 등이 안변도호부 동헌으로 들어왔다.

윤탁연은 안변도호부사가 평소 앉는 의자에 이준성이 앉아 있는 모습을 보곤 얼마 없는 볼 살을 부들부들 떨었다.

눈치 빠른 조균이 얼른 달려가 이준성에게 소리쳤다.

"관찰사께서 전하의 교지를 갖고 당도하셨는데 어찌 계속 앉아 있는 건가? 어서 관찰사를 상석으로 모셔 어명을 청하게."

자리에서 일어난 이준성은 어슬렁어슬렁 걸어가 윤탁연에게 머리를 꾸벅 숙였다. 그리고는 도호부사 의자를 가리켰다.

"관찰사께서 상석에 앉으시지요."

이준성의 위아래를 쓱 훑어본 윤탁연은 뒤로 돌아섰다.

이는 이준성을 무시하는 처사가 분명해 분위기가 냉랭해졌다.

돌아선 윤탁연은 품속에서 선조의 교지를 꺼냈다.

"함경도 관민은 주상전하의 어명을 받들라!"

그 말에 사람들이 얼른 윤탁연 앞에 오체복지하며 엎드렸다. 이준성 역시 엎드리며 윤탁연의 다음 말을 기다렸다.

윤탁연은 거드름을 한껏 피우며 어명을 천천히 읽어 내려갔다.

"······하여 과인은 다음과 같은 어명을 내리노라. 이번 대첩의 일등공신인 종성부사 정현룡을 함경도 북병마절도사로, 회령부사 이광순을 함경도 남병마절도사로, 길주부사 조균을 영흥대도호부사로, 우을온만호 이희당을 경흥부사로, 고령첨사 유경천을 병마우후로, 북평사 정문부를 길주부사로 제수하니 관민은 관찰사 윤탁연의 지도 아래 무너진 행정조직과 군사체계를 빨리 정비해 왜군에 대항할 힘을 기르라."

윤탁연의 교지 대독이 끝나는 순간, 장내는 숨소리조차 들리지 않을 정도로 조용해졌다. 너무나 조용해서 교지를 말아 품속에 집어넣던 윤탁연이 오히려 어리둥절해할 지경이었다.

독재자

2장. 협박과 회유

이준성은 사람들 중 하나가 벌떡 일어나는 소리를 들었다. 그는 그 사람이 정문부일 거라 예상했는데 틀린 예상이었다.

정문부는 두 번째로 일어선 사람일 뿐이었다.

가장 먼저 일어난 사람은 의외로 종성부사 정현룡이었다. 아니, 방금 전 교지를 통해 북병사로 승진한 정현룡이었다.

정현룡의 목소리가 동헌 안을 쩌렁쩌렁 울렸다.

"관찰사 영감! 무언가 착오가 있는 듯싶소이다!"

윤탁연은 자신에게 대드는 정현룡을 곁눈질로 노려보며 물었다.

"주상전하의 교지에 무슨 착오가 있다는 건가?"

"주상전하께선 소신들이 올린 장계를 받아 보셨습니까?"

"받아 보셨으니 이런 교지를 내린 게 아닌가?"

정현룡이 답답하다는 표정으로 대답했다.

"이번 대첩에서 가장 큰 공을 세운 건 소신들이 아니라 여기 있는 이준성 장군과 강문우 장군, 그리고 원충서 장군 등입니다. 뒤에서 지원만 했을 뿐인 소신들이 그런 과한 벼슬을 받는 것은 이치로 보나 도리로 보나 맞지 않을 것입니다!"

윤탁연은 헛기침을 하며 정현룡 앞에 교지를 흔들어 보였다.

"이미 내려진 어명일세. 어명을 따르지 않겠단 말인가?"

어명을 따르지 않겠다는 말은 곧 항명한다는 뜻이었다. 한데 그 항명의 대상이 임금이기에 문제였다. 임금에게 항명한단 말은 곧 역적이란 말과 같아 삼족이 멸해질 수 있었다.

"그럴 리 있겠습니까? 하지만 시간을 좀 주십시오, 관찰사 영감. 소신들이 다시 한 번 장계를 올려 이번 대첩의 진짜 공신이 누구인지 소상히 품명한 다음에 어명을 받겠습니다."

윤탁연이 버럭 소리쳤다.

"어명이 바뀌는 일은 없을 것이네! 자네들은 잔말 말고 함흥으로 이동해 어떻게 하면 왜군을 막을 수 있을지 생각하게!"

소리친 윤탁연은 동헌 밖으로 휘적휘적 걸어 나갔다.

한편, 이준성은 윤탁연이 나간 후에야 천천히 일어나 무릎과 팔꿈치에 묻은 먼지를 툭툭 털었다. 한데 표정 변화가 전혀 없어 눈치를 보던 강문우 등의 놀라움을 자아내게 했다.

윤탁연은 이번 북관대첩에서 가장 큰 공을 세운 사람의 이름을 쏙 빼놓은 어명을 전하고 돌아갔다.

강문우, 원충서는 자기 이름이 빠진 일보다 이준성의 이름이 빠졌단 사실에 더 분개했다. 성격이 급한 원충서는 벌써부터 얼굴이 시뻘개져서는 허리춤에 꽂아 둔 철퇴의 손잡이를 만지작거렸다.

남병사를 제수받은 이광순과 영흥대도호부사를 제수받은 조균 두 사람은 안타깝다는 표정을 지으며 이준성 등을 위로하는 말을 몇 마디를 남긴 뒤 동헌을 슬쩍 빠져나갔다.

원충서가 그런 두 사람의 등을 쏘아보며 차갑게 중얼거렸다.

"저 둘은 분명 관찰사를 만나러 가는 길일 겁니다. 관찰사 똥구멍을 핥아서라도 출세하고 싶은 양반들이니까 말입니다."

정현룡이 원충서를 꾸짖었다.

"속단하지 말게나. 지금은 자중지란을 일으킬 시기가 아니야."

정문부가 정현룡에게 물었다.

"이를 어찌하면 좋겠습니까?"

정현룡이 심각한 어조로 대답했다.

"우리가 올린 장계가 주상전하에게 제대로 올라갔으면 이런 일이 벌어지지 않았을 것이네. 관찰사 몰래 장계를 다시 작성해서 올린 후에 어심의 진의를 알아보는 수밖에 없네."

정문부가 고개를 끄덕였다.

"저 역시 주상전하께 장계를 다시 올리는 방법 외엔 없다고 생각하던 차였습니다. 그렇다면 장계를 가지고 의주까지 갈 믿을 수 있는 사람이 필요한데 주변에 누구 없습니까?"

그때 유경천이 앞으로 나왔다.

"제가 해 보지요."

검은 수염을 가슴까지 길게 기른 유경천은 말수가 적은 사람이라 평소에 다른 사람들 앞에 나서는 일이 극히 드물었다.

정현룡이 반색하며 말했다.

"유 첨사가 나서 준다면 쌍수를 들고 환영할 일이지. 입이 쇳덩이보다 무거운 사람이니 그보다 적격인 사람은 없을 것이야."

정현룡과 정문부는 그 자리에서 이번 대첩의 자세한 경과를 적은 장계를 작성해 유경천의 손에 쥐여 주었다.

그렇게 장계를 넘겨받은 직후, 유경천은 종자 한 명만 대동한 상태에서 의주에 있는 선조를 만나기 위해 길을 떠났다.

정문부가 고개를 돌려 이준성의 기색을 살폈다.

정문부가 정현룡, 유경천, 이희당과 그의 미래를 걱정하고 있을 때, 정작 당사자인 이준성은 지루한 표정으로 서 있었다.

정문부가 한숨을 내쉬었다.

"자넨 정말 태평이로군. 지금 자네 처지를 알고는 있는 건가?"

이준성은 코를 파던 손가락을 꺼내 코딱지를 확인하며 답했다.

"관찰사가 날 쫓아내겠다는 거 아닙니까? 그리고 여차하면 아예 죽여 버릴 생각까지 하고 있을 것이고. 어차피 벌어진 일인데 제가 여기서 걱정한다고 뭐 달라지는 게 있겠습니까?"

정현룡이 갑자기 긴장해 물었다.

"혹시 자네 다른 생각을 품고 있는 건 아니겠지?"

이준성은 히죽 웃으며 물었다.

"그 다른 생각이란 게 대체 뭡니까?"

"나쁜 마음 말일세. 아시온 사단은 자네 명령을 하늘로 여기는 데다 함경도 백성들 역시 자네를 끔찍이 생각하는데, 자네가 나쁜 마음을 가지지 않는 게 더 어려운 상황이 아닌가?"

"툭 까놓고 제가 반란이라도 일으킬까 봐 걱정하는 거 아닙니까?"

정현룡은 애써 반란을 나쁜 마음으로 포장했지만 이준성은 거침이 없었다.

이준성의 입에서 반란이란 말이 나오는 순간, 정현룡과 이희당은 컥 하며 숨을 급히 들이마셨고 강문우와 원충서는 급히 동헌 주위를 두리번거리며 그들의 말을 듣고 있는 사람이 있는지 찾았다.

그러나 그들 주위에는 아무도 없었다. 뻥 뚫린 공간이었기에 그들의 말을 엿듣고 있는 사람이 있다면 벌써 그들 눈에 띄었을 것이다.

정문부가 다급한 기색으로 주의를 주었다.

"그런 흉측한 말은 다신 입에 담지 말도록 하게. 말 한마디 잘못 내뱉었다가 신세 망치는 사람을 내 여럿 보아 왔으니까."

이준성은 웃으면서 양손을 들어 보였다.

"하하. 농담입니다, 농담. 제가 왜 그런 끔찍한 생각을 갖고 있겠습니까? 나는 그냥 군대의 말단 병사라도 상관없습니다. 왜놈들을 우리 조선에서 쫓아낼 수만 있다면 말입니다."

정현룡이 약간 안도하며 말했다.

"그렇다면 다행이네."

사람들은 회의를 통해 유경천이 다시 돌아오기 전까지 일단 함흥으로 이동해 윤탁연의 동태를 감시하잔 결정을 내렸다.

윤탁연이 안변도호부사 처소를 차지한 탓에 이준성은 하는 수 없이 병사들이 사용하는 숙소로 이동해 지내기로 했다.

이준성은 강문우, 원충서와 함께 숙소로 가던 중 두 사람 표정이 심상치 않음을 보곤 그들의 어깨에 팔을 툭 걸쳤다.

"그렇게 심각한 일 아니니까 좀 웃으면서 갑시다, 하하."

강문우가 심각한 어조로 말했다.

"이번엔 정말 심각합니다. 웃을 일이 아니란 말입니다. 관찰사는 동헌에서 처음부터 끝까지 장군을 무시했습니다. 이는 그가 세운 계획 속에 장군님이 들어 있지 않단 증거일 겁니다."

"그깟 놈팡이의 말에 너무 신경 쓸 거 없소. 다 잘될 거니까."

원충서가 상처 입은 호랑이처럼 으르렁거리며 물었다.

"정말 종성부사 말대로 함흥으로 가실 겁니까?"

이준성은 고개를 끄덕였다.

"당연히 함흥으로 갈 생각이오. 관찰사 주변에서 배고픈 강아지처럼 어슬렁대야 그가 떡고물이라도 하나 던져 주지 않겠소?"

원충서가 답답하다는 듯 말했다.

"그런 말을 하다니 장군님은 정말 밸도 없으신 겁니까?"

그때, 주위를 둘러본 강문우가 목소리를 낮춰 물었다.

"한데 종성부사가 좀 이상하지 않습니까? 얼마 전까지만 해도 이광순, 조균 패거리와 짝짜꿍이 맞아 행동하던 양반이 가장 많은 혜택을 본 어명을 받고 나서 돌변하지 않았습니까?"

강문우가 말한 종성부사는 정현룡을 가리키는 말이었다.

이준성은 고개를 저었다.

"이젠 종성부사가 아니라 북병사라 불러야 맞을 거요. 어쨌든 내가 북병사의 마음속에 들어갔다가 나온 것도 아닌데 그 사람의 진정한 속마음을 어찌 알겠소? 어쩌면 쪽팔려서 그리 나온 것일 수도 있고, 아님 윤탁연의 밀명을 받고 우리 반응을 살펴보기 위해 살짝 위장한 것일지도 모르지."

원충서가 침을 꿀꺽 삼켰다.

"우리 반응을 살펴보기 위해 위장한 것이라면 큰일이 아닙니까? 장군님이 동헌에서 반역이니 역모니 하지 않았습니까?"

이준성은 히죽 웃었다.

"덕분에 재밌어지지 않았소? 북병사가 어찌 나오느냐에 따라 상황이 달라질 테니 말이오. 아주 흥미로운 일일 것이오."

두 사람의 어깨에서 팔을 내린 이준성은 앞장서서 걸어갔다.

이준성의 뒤에서 멀찍이 따라가던 원충서가 강문우에게 물었다.

"형님은 어떻게 생각하시오?"

강문우가 고개를 돌리며 물었다.

"뭐가 말인가?"

"에이. 다 아시면서 시치미를 떼시는구려."

"어허. 질문한 의도를 모르겠으니 묻는 게 아닌가?"

그 말에 주위를 한 차례 살펴본 원충서가 귓속말로 물었다.

"만약 장군님이 반란을 일으키면 형님은 어떻게 하실 작정이오?"

강문우가 미간을 살짝 찌푸렸다.

"물어보는 모양새를 보니 자넨 이미 결정을 내린 모양이군."

"나는 장군님에게 얻어터졌을 때 이미 마음을 정했소이다. 사내로 태어났으면 자기가 모실 주군 정도는 스스로 선택해야 하지 않겠소? 주군은 이 난세를 평정할 힘을 갖고 계시오. 그래서 난 장군님이 어떤 길을 선택해도 따를 용의가 있소. 설령 나와 내 가족이 죽는 길이라 해도 말이오."

"흐음……."

하늘을 보며 한숨을 내쉬던 강문우가 고개를 살짝 끄덕였다.

"나 역시 자네와 같은 생각이네."

"하하. 형님은 역시 그러실 거라 생각했습니다."

강문우가 입에 손가락을 가져가며 말했다.

"쉿! 목소리가 너무 크네. 조심 좀 하게. 앞으로 이 일은 우리 두 사람만 알고 있어야 안전하네. 장군님이 어떤 길을 선택하시더라도 우리는 끝까지 장군님을 지지할 거란 걸 말이야."

원충서가 고개를 갸웃거리며 물었다.

"북평사 어른께도 말입니까?"

"당분간은 그래야겠지."

서로의 마음을 확인한 둘은 앞서가는 이준성을 급히 쫓아갔다.

다음 날, 윤탁연은 그들 예상보다 훨씬 빠르게 움직였다.

아시온 사단을 잘게 쪼개 성 20여 곳으로 분산 배치한 것
이다.

그 바람에 강문우, 원충서, 일우, 박철, 김국신 등은 멀게
는 경흥, 가깝게는 안변이나 북평으로 이동해야 했다.

또 아시온 사단에 있던 항왜들 역시 수십 명씩 나뉘어 배
치를 받았다.

이는 거의 선전포고나 다름없는 조치였다.

◆ ◈ ◆

전황은 아직 왜군에게 더 유리했다.

함경도, 평안도 북부, 전라도를 제외한 전 지역이 여전히
왜군의 수중에 있었다.

한데 윤탁연은 왜군을 몰아낼 방법을 궁리하기는커녕
가까스로 모은 1만 정예 병력을 수십 개로 쪼개 함경도의
치안유지에 투입하는 조치를 단행했다.

머리가 조금이라도 돌아가는 자라면 윤탁연에게 다른 속
셈이 있음을 알 수 있었다.

윤탁연이 아시온 사단을 수십 개로 쪼갠 다음 함경도 각
고을에 분산 배치한 이유는 이준성과 이준성을 따르는 세력
을 와해시키기 위한 조치였다.

윤탁연의 조치에 놀란 아시온 사단 장수들이 앞다투어

이준성의 막사를 찾아왔다.

그러나 이준성은 그들에게 윤탁연의 지시를 따르라는 말과 함께 다시는 자신을 찾아오지 말라는 명령을 같이 내렸다.

장수들이 이준성을 찾으면 찾을수록 윤탁연은 그를 더 의심할 수밖에 없었으니 당연한 처사였다.

곧 아시온 사단은 수백 명 단위로 잘게 쪼개져 함경도 각 고을의 치안유지와 방어 임무에 투입되었다.

한편 아시온 사단을 해체시키는 데 성공한 윤탁연은 참모들과 함께 감영이 위치한 함흥으로 이동했다.

정현룡과 정문부 등이 안변을 막으면 왜군이 함경도 북쪽으로 올라올 방법이 없기 때문에 안변에 사령부를 세울 것을 강력하게 요청했지만 먹히지 않았다.

이준성은 정현룡에게 장담한 대로 군을 떠나지 않았다. 말단 병사처럼 걸어서 함흥으로 행차하는 윤탁연의 뒤를 쫓았다.

이준성이 타던 흑표는 욕심 많은 조균의 손에 들어갔다.

영흥대도호부사로 영전한 조균은 전부터 흑표에 눈독을 들였는지 이준성이 말단 병사로 전락하기 무섭게 흑표를 자기 마구간으로 옮겼다.

그러나 흑표는 영물이었다. 조균이 타려 할 때마다 난리를 치는 통에 엉덩이 한쪽 걸쳐 보지 못했다.

조균은 결국 억지로 타려다가 흑표가 내동댕이치는 바람에 바닥에 세게 떨어져 허리를 다쳤고, 그 탓에 말이 아니라

가마를 타고 함흥으로 가는 꼴사나운 모습을 보여 주었다.

행렬이 덕원, 문천, 고원을 거쳐 영흥에 이르렀을 때였다.

지체 높으신 분들은 영흥성에 들어가 기와지붕 밑에 잠자리를 마련했지만 병사들은 밖에서 야숙하란 명령이 내려왔다.

이준성과 이준성을 따르는 병사들이 영흥성 안에서 소요를 일으킬지 모른단 우려에 아예 성 안에 들이지 않은 것이다.

북쪽의 여름은 기온차가 극심해 밤에는 밑에서 올라온 차가운 기운 때문에 몸이 으슬으슬 떨렸다. 이준성은 짐승 털로 만든 두꺼운 모포를 위아래로 깐 다음, 잠을 청하려 했다.

그때, 어둠 속에서 익숙한 실루엣 하나가 나타나 그 옆으로 다가왔다. 그리고는 이준성 옆에 누울 것처럼 자리를 폈다.

이준성은 반대쪽으로 돌아누우며 자리를 펴는 사내에게 물었다.

"시킨 일은?"

자리를 다 편 사내 역시 돌아누우며 대답했다.

"시키신 대로 백성들에게 윤탁연, 이광순, 조균 같은 자들이 저지른 짓을 백방으로 소문내는 중입니다. 아마 내일쯤엔 가는 곳마다 백성들이 진상을 알기 위해 진을 칠 겁니다."

사내의 정체는 바로 은호대대장 강태봉이었다.

고개를 살짝 끄덕인 이준성이 다시 속삭이며 물었다.

"연락망 설치는?"

"아주 순조로운 상황입니다. 윤탁연이 분산 배치한 각 부대마다 은호대대 병사를 파견해 연락망을 구축해 뒀습니다. 아무리 먼 곳도 닷새 안으로 연락이 닿을 수 있을 겁니다."

보고를 받은 이준성은 그제야 잠을 청했다.

다음 날 새벽, 몸이 으슬으슬 떨리는 새벽 추위에 잠에서 깬 이준성은 옆을 슬쩍 돌아봤다. 날이 밝기 전에 돌아간 것인지, 강태봉이 누워 있던 자리는 어느새 비어 있었다.

아침을 대충 챙겨먹었을 때였다. 윤탁연, 이광순, 조균, 정현룡 등이 성 밖으로 나와 함흥으로 행차할 준비를 서둘렀다. 영흥대도호부사를 제수받은 조균은 이곳 영흥이 임지지만 윤탁연과 함흥으로 가려는 듯 오늘도 가마 위에 올랐다.

이준성이 어제처럼 다른 병사들과 오전 행군을 막 시작하려는데, 갑자기 어떤 사내와 그를 찾아와 무례한 말투로 물었다.

"네가 이준성이란 놈이냐?"

이준성은 염소수염을 기른 간사한 인상의 사내에게 되물었다.

"맞소만, 그러는 당신은 누구요?"

사내가 기분이 상한 듯 바닥에 가래침을 퉤 뱉었다.

"쳇. 역시 어르신께 듣던 대로 건방지기 짝이 없는 놈이군. 난 영흥대도호부사 조균 어르신의 집사 윤 씨다. 어르신께서 네놈의 상판대기를 보자 하시니 날 어서 따라오도록 해라."

"무슨 일인데 오라 가라 하는 거요?"

"네놈은 무슨 불만이 그리 많은 것이냐? 윗사람이 따라오라면 재깍 나설 일이지. 치도곤을 당해 봐야 정신을 차릴 테냐?"

이준성은 히죽 웃었다.

"뭐, 그럽시다. 나도 새벽 맷바람부터 치도곤 맞기는 싫으니까."

이준성은 윤 씨란 사람을 따라 조균을 만나러 갔다.

조균은 지붕이 없는 나무 가마에 거의 널브러져 있었다. 그가 혹표를 타려다가 바닥에 떨어져 허리를 다쳤단 소문을 다들 들은 터라, 앞에선 티를 못 내도 뒤에선 다들 비웃었다.

윤 씨가 조균에게 공손히 머리를 숙였다.

"어르신, 시키신 대로 이준성이란 자를 데려왔습니다."

"잘했다."

고개를 끄덕인 조균이 아랫사람 부리듯 이준성에게 손짓했다.

"가까이 오너라."

이준성은 시키는 대로 그 앞으로 걸어갔다.

조균이 멀뚱히 서 있는 이준성을 보며 표정을 일그러트렸다.

"뭘 뻣뻣이 서 있는 게냐?"

"예?"

조균이 버럭 소리쳤다.

"네놈은 아침에 윗사람을 뵈었으면 문안 인사부터 올려야 한단 사실을 모르는 게냐? 예절 교육을 제대로 받지 못한 꼴을 보니 네놈을 낳은 부모는 형편없는 작자들이 분명하구나!"

이준성은 웃으며 대꾸했다.

"어르신 말씀을 듣고 보니 정말 그런 것 같습니다. 아들에게 예절 교육도 제대로 못 시키다니 형편없는 부모가 틀림없습니다. 그럼 더 늦기 전에 문안 인사부터 올리도록 하겠습니다."

이준성은 조균에게 큰절을 올렸다.

"밤새 두루 평안하셨습니까?"

조균의 살집 두둑한 얼굴에 만족한 미소가 번졌다.

"오냐. 허리가 아픈 것 빼고는 다 좋았느니라."

이준성은 고개를 숙이며 돌아섰다.

"그럼 전 이만 돌아가서 다른 병사들과 합류하겠습니다."

"잠깐!"

이준성을 붙잡은 조균이 자기 가마를 가리켰다.

"오늘 가마꾼 하나가 발병이 나서 가마를 못 메게 되었다. 병사들 중에 네놈의 힘이 가장 좋다 하니 네가 메도록 해라."

이준성은 어깨를 으쓱했다.

"좋습니다. 가마를 메는 게 무슨 큰 대수겠습니까?"

대담한 이준성은 가마 한쪽을 메었다.

네 명이 메는 가마였기 때문에 다른 사람보다 머리 한두 개는 더 있는 이준성이 가마꾼 중 하나로 합류하는 순간, 가마의 모든 하중이 거의 이준성 한 명의 어깨에 쏠려 버렸다.

그러나 이준성은 힘들어하는 기색 없이 앞으로 성큼성큼 걸어갔다. 조균은 그런 이준성을 노려보다가 이를 박박 갈았다.

새벽 일찍 출발한 행렬은 정오가 막 지났을 무렵, 함흥으로 가는 관도에 들어섰다. 한데 어제와는 다르게 관도 양옆에 백성 수백 명이 나와 행렬을 구경하는 중이었다.

백성들은 윤탁연의 하인이 관찰사 행차라 외치는 바람에 얼른 바닥에 머리를 조아리긴 했지만, 그들의 시선은 윤탁연이 아니라 조균의 가마를 메고 걸어가는 이준성에게 향했다.

이준성의 귀에 백성들이 속삭이는 소리가 들려왔다.

"관찰사 어르신이 이 장군님의 공을 가로채 자기 공으로 만들었단 저자거리의 소문이 정말 사실이었나 보구먼. 이 장군님이 말단 병사처럼 높으신 분의 가마를 메고 걷다니, 이런 천부당만부당한 일이 세상 천지에 또 어디 있다는 말인가?"

"그러게 말이에요. 이 장군님과 전혀 관계가 없는 나조차도 억울해서 복장이 터져 죽을 지경인데, 당사자인 본인 속마음은 어떻겠어요? 썩어 문드러지지나 않으면 다행일 거예요."

이준성은 백성들이 속삭이는 소리를 들으며 쓴웃음을 지었다.

조균이 그에게 자기 가마를 메게 한 행동은 우연의 산물일 뿐이었다. 한데 그 우연이 그가 처한 상황과 묘하게 맞물리며 그의 예상보다 더 큰 시너지를 내는 중이었다.

이런 상황에선 조균이 그만하라기 전까지는 자진해서 가마를 계속 메야 할 판이었다. 실제로도 이준성은 가마를 계속 메었다.

윤탁연의 행차가 함흥으로 향하는 내내, 구름처럼 몰려든 백성들이 가마꾼으로 전락한 이준성을 보며 안타까워했다.

그리고 안타까워하는 마음이 클수록 그에 반비례하여 윤탁연, 조균 같은 조정 관리들을 극도로 증오하기 시작했다.

함경도에서 조정을 평하는 여론은 날이 갈수록 나빠졌다. 그렇지 않아도 무뢰배나 다름없던 임해군, 순화군 때문에 분노한 여론이 이번 사건으로 인해 극악으로 치달은 것이다.

함흥에 도착해 보름쯤 지났을 무렵이었다.

계절이 완연한 가을로 접어들어 쌀쌀한 바람이 불어올 무렵, 의주 행재소를 찾아간 고령첨사 유경천이 돌아왔다.

성공한 듯 유경천은 선조가 직접 파견한 사신을 대동한 상태였다.

사람들은 급히 유경천을 찾아 물었다.

"주상전하를 알현했소?"

유경천은 고개를 끄덕였다.

"직접은 만나 주지 않으실 것 같아 류성룡 대감을 먼저 찾아가 이곳 사정을 말하고 도와 달라 부탁했습니다. 다행히 류성룡 대감이 선뜻 나서 주어 우리가 올린 장계를 전하게 올렸고, 주상전하는 바로 진상을 알아보라며 사신을 파견했습니다."

정현룡이 안도의 숨을 크게 내쉬었다.

"고생이 많았소. 이번 일이 잘 풀리면 모두 유 첨사의 공이오."

그러나 무슨 이유에선지 유경천은 표정이 그리 밝지 않았다.

그때, 주위를 둘러보던 정문부가 급히 물었다.

"같이 온다던 사신은 어이하여 안 보이는 것이오?"

"함흥 경내를 막 통과할 때, 어떻게 알았는지는 모르겠지만 관찰사가 심복을 몇 명 파견해 사신을 감영으로 데려갔습니다. 지금쯤 사신은 관찰사와 만나고 있을 것입니다."

정현룡이 앞장섰다.

"어서 가 봅시다."

사람들은 감영으로 들어가 관찰사를 찾았다.

그러나 관찰사는 감영에 없었다.

정현룡이 감영에서 일하는 사람에게 급히 물었다.

"관찰사 영감은 지금 어디 계시느냐?"

"구천각에 계십니다."

사람들은 윤탁연과 사신을 찾아 급히 구천각으로 이동했다.

　한데 구천각에 도착하기도 전에 먼저 풍악 소리와 교태 섞인 여인들의 간드러진 목소리가 들려왔다. 뒤이어 진한 주향과 음식 냄새가 코를 찔렀다.

　이는 이번 사건의 진상을 알아보는 자리가 아니라 손님을 접대하는 자리처럼 보였다.

　윤탁연이 술과 여자로 사신을 구워삶고 있는 것이다.

　사람들은 얼굴이 하얗게 질려 서로의 얼굴을 바라보았다. 그리고 그런 그들의 머리 위로 윤탁연과 사신으로 보이는 사내의 기분 좋은 웃음소리가 서리처럼 천천히 내려앉았다.

◆　◈　◆

　윤탁연과 사신이 관기로 보이는 여자들을 끼고 술을 퍼마시는 구천각은 함흥읍성 북장대로 평시에는 감시초소의 역할을, 전시에는 군대를 지휘하는 지휘소의 역할을 겸하였다.

　구천각에서 바라보는 경치가 아름답기로 유명해 사신을 접대하는 장소로 쓴 모양인데 적절치 않은 처신임에 틀림없었다.

　왜군이 팔도를 유린하는 이런 시국에서 관찰사란 사람이 지휘소로 써야 할 구천각에서 술판을 벌이는 중이니 당연했다.

윤탁연은 그날 밤에 사신을 확실히 구워삶았다.

구천각에서 윤탁연의 처소로 밤새 이어진 술판에서 흐물흐물하게 녹아 버린 사신은 정현룡, 정문부 등의 면담 요청을 단칼에 거절했다. 그리고 그렇게 3일을 더 윤탁연과 어울리며 술판을 벌인 사신은 4일째 새벽에 도망치듯 떠나 버렸다.

사신이 떠났다는 말을 들은 정현룡, 정문부 등이 급히 쫓아가 보았지만 이미 고개를 넘은 후라 따라잡기가 불가능했다.

정현룡은 걱정스러운 표정으로 연신 혀를 찼다.

"이거 좋지 않구먼, 좋지 않아."

정문부 역시 동의했다.

"허허. 이래서야 사신이 어찌 진상을 알 수 있었겠습니까? 사신은 아마 행재소에 도착하는 즉시 전하를 알현하고 관찰사가 준 장계를 올릴 겁니다. 그리고 그 장계에는 이 장군이나 이 장군을 도와 왜군과 싸웠던 사람들의 이름 한 자 나와 있지 않을 겁니다. 만약 언급했다면 그건 누명을 씌우기 위해서이지, 칭찬하기 위해서 언급한 것은 아닐 겁니다."

정현룡이 창백해진 얼굴로 정문부에게 물었다.

"그나저나 이 장군은 요즘 어찌 지내는가?"

정문부가 휴 하며 한숨을 깊이 내쉬었다.

"티는 내지 않지만 속은 말이 아닐 겁니다. 함흥으로 올 때

조균이 이 장군이 타던 애마를 뺏은 것도 모자라 자기 가마를 메게 했답니다. 심지어 이 장군 면전에서 이 장군 부모를 욕하기도 하고요. 전 이 장군이 지금까지 참은 게 용할 정돕니다. 평소 성미로 보면 폭발해도 벌써 폭발했을 텐데."

정현룡이 혀를 찼다.

"허허. 조균 그자는 자기가 범의 아가리에 머리를 반쯤 들이밀었다는 사실을 모르는 모양이구먼. 어쨌든 큰일이 벌어지기 전에 얼른 수습해야 할 텐데 시기를 놓칠까 두렵구먼."

정문부가 비장한 표정으로 대답했다.

"제가 이 장군을 만나 달래 보겠습니다."

"부탁하이."

정현룡에게 인사한 정문부는 이준성을 만나러 달려갔다.

이준성은 말단 병사였기에 낮에는 함흥읍성 성문을 지켰다.

정문부는 이준성을 성문 한쪽으로 불러내 물었다.

"요즘 어찌 지내는가?"

이준성은 손에 든 창을 가리키며 심드렁한 얼굴로 대답했다.

"보다시피 성문을 지키느라 아주 재밌게 지내는 중이죠."

"사신 이야기는 들었는가?"

"관찰사와 술판을 벌이다가 돌아갔다는 그 사신 말입니까? 저자거리에 소문이 파다해 듣지 않으려고 해도 들리더군요."

"우리가 어떻게든 다른 수단을 강구해 볼 터이니 자넨 다른 마음먹지 말게. 자네나 관찰사를 위해 그러라는 것이 아닐세. 불쌍한 백성들을 위해 그리해 주게나. 이렇게 부탁하겠네."

말을 마친 정문부가 이준성에게 머리를 숙여보였다.

이준성은 정문부의 숙인 머리를 들어 올리며 대답했다.

"뭔가 오해하시는 것 같은데, 전 뒤집어엎을 생각이 전혀 없습니다. 전 그저 왜군과 싸울 수만 있으면 족하니까요."

정문부가 고개를 살짝 갸웃하며 물었다.

"전부터 물어보고 싶었던 말인데 왜군을 왜 그렇게 증오하는가? 단순히 왜군이 침략해 들어와서 그런 것 같지는 않은데."

"오래된 원한 같은 거라 해 두죠. 왜군과 비슷한 놈들 때문에 제가 아주 곤란한 지경에 처한 적이 있어서 그놈들을 보면 이가 갈리거든요. 물론 왜군만큼이나 명나라 놈들도 싫고요."

정문부가 놀라 물었다.

"명나라에게도 당한 적이 있단 말인가?"

"엄밀히 말하면 명나라는 아니지만 어쨌든 아주 보기 좋게 당했죠. 왜군과 명나라가 합작해서 제 신세를 망쳐 놨거든요."

"자네 과거에 도대체 무슨 일이 있었는지는 모르겠지만, 어쨌든 조금만 참게. 참으면서 기다리다 보면 활로가 보일 걸세."

이준성의 어깨를 두드린 정문부는 다시 감영으로 돌아갔다.

한편, 혼자 남은 이준성은 하늘을 보았다.

천고마비라는 말처럼 하늘은 높고 파랬다.

"나도 백성들을 위해 참는 중입니다. 하지만 참는 데에도 한계는 있으니까 그 활로라는 게 빨리 보이는 게 좋을 겁니다."

중얼거린 이준성은 고개를 절레절레 젓고는 성문으로 돌아갔다. 그리고는 수문 병사들과 농담을 나누며 근무를 섰다.

며칠 후, 이준성은 조균의 집사 윤 씨의 방문을 받았다.

"따라오게."

윤 씨를 힐끔 본 이준성이 귀찮다는 표정으로 물었다.

"이번에도 영흥대도호부사 어르신의 호출입니까?"

"뭔 말이 그리 많아? 따라오라면 따라올 것이지."

"그러죠, 뭐. 어차피 할 일도 없어서 불알이나 긁는 중이었는데."

이준성은 선뜻 윤 씨를 따라나섰다.

윤 씨는 이준성을 감영 내아로 데려갔다. 내아는 수령의 가족이 거주하는 공간으로, 지금으로 치면 관저에 해당했다.

내아의 문을 막 지났을 때, 거문고 소리 속에 이광순, 조균의 웃음소리가 들려왔다.

이준성은 소리가 들려온 쪽을 힐끔 보았다. 방문에 바른

한지에서 사내와 관기가 뒤엉켜 있는 낯 뜨거운 실루엣이 20세기 추상화처럼 어지럽게 흔들렸다.

이준성은 피식 웃었다.

"지랄들을 하는구나. 아주 생지랄을 해."

앞서 가던 윤 씨가 고개를 홱 젖혔다.

"자네 지금 뭐라 씨부렁거렸나?"

"하하. 혼잣말한 게 집사님께 들렸습니까? 귀도 밝으십니다 그려. 그냥 문에 비치는 그림자가 보기 좋다고 했습니다."

"자네가 가야 할 곳은 저기가 아니니 침 닦고 따라오기나 하게."

"예, 예. 당연합죠. 저 같은 놈이 저기가 어디라고 끼겠습니까."

이준성은 씩 웃으면서 입에 묻은 침을 닦는 손짓을 해 보였다.

윤 씨는 이준성을 후원에 있는 팔각정으로 데려갔다. 팔각정 안에는 이미 윤탁연이 와서 기다리는 중이었다. 혼자술을 마시고 있었는지 앞에 놓인 교자상에 도자기 술병과 안주 몇 가지가 올라와 있었다.

이준성은 술잔이 하나인 모습을 보고 피식 웃었다. 술을 마시자고 부른 건 확실히 아니었다.

이준성은 계단을 통해 팔각정 입구로 올라가 머리를 숙였다.

"찾으셨습니까?"

"안으로 들어와라."

"예, 어르신."

이준성은 짚신을 벗고 팔각정 입구 근처에 무릎을 꿇고 앉았다.

윤탁연이 술을 한 잔 따라 입에 얼른 털어 넣었다.

"캬, 술맛 참 좋구나."

술잔을 내려놓은 윤탁연이 이준성을 보며 물었다.

"요즘은 성문 경비를 선다지?"

"그렇습니다."

"일은 할 만한가?"

"할 만은 한데 재미는 별로 없습니다."

"그래? 재미가 없으면 안 되지."

윤탁연이 더 가까이 오라 손짓했다.

이준성은 무릎걸음으로 걸어가 주안상 앞에 자리했다.

윤탁연이 이준성의 얼굴을 노려보며 물었다.

"넌 아시온인가 저시온인가 하는 부대를 당연히 돌려받고 싶겠지? 창설부터 확장까지 네 손을 전부 거친 데다 그 부대를 이용해 왜군 2만 정예를 한 번에 몰살시켰으니 말이야."

"돌려받고야 싶지만 그게 어디 제 뜻대로 되는 일이겠습니까?"

윤탁연이 다시 술을 따라 마시며 말했다.

"가능성이 전혀 없진 않지. 네가 본관의 제안을 받아들인다면."

이준성은 눈을 빛내며 물었다.

"소인에겐 조건이 있는 제안처럼 들리는군요."

"하하. 역시 자네는 눈치가 빨라 마음에 드는군."

"그 조건이 무엇입니까?"

"내게 맹목적인 충성을 바치게. 그거 하나면 족하네."

"그야 당연한 거 아니겠습니까? 함경도에서 관찰사 어르신께 충성을 바치지 않으면 대체 누구에게 충성을 바치겠습니까?"

"하하. 낯 뜨거운 말을 잘도 주워섬기는군. 하나 자네가 칼을 잡으면 그 칼로 내 목부터 베어 버리려 할지 모르는 일이지."

이준성은 얼른 손사래를 쳤다.

"그런 일은 맹세코 없을 겁니다."

윤탁연은 비웃으며 대꾸했다.

"손바닥 뒤집는 것보다 더 쉬운 게 맹세를 어기는 일 아닌가."

"그럼 소인이 어찌했으면 좋으시겠습니까?"

윤탁연이 술상을 옆으로 치우며 은근한 어조로 물었다.

"자네 역적이 뭔지 아는가?"

"주상전하를 거스르는 놈이 역적으로 알고 있습니다."

"맞네. 그게 역적이지. 한데 자네 행적에는 역적으로 오해

받을 소지가 너무 많더구먼. 우선 대호골이란 촌구석에서 정문부 일행과 대화를 나눌 때 임해군, 순화군 두 왕자마마를 천하에 상종 못 할 쓰레기로 불렀다지? 어디 그뿐인가? 조정의 허락도 없이 두만강을 건너가서 오랑캐 족장 놈과 밀약을 맺었단 말도 들었네. 심지어 얼마 전 안변에서는 사람들이 다 있는 앞에서 반란이란 단어를 입에 담았다던데, 조정에서 이 말을 들으면 자네를 어찌 처리할 거 같은가?"

이준성은 태연하게 대답했다.

"그야 토벌군을 보내 토벌하려 들겠지요."

윤탁연이 껄껄 웃으며 대꾸했다.

"맞네. 그럴 거야. 하지만 하늘이 무너져도 솟아날 구멍이 있다는데, 자네에게 그런 구멍 하나 없다는 게 말이 안 되지."

이준성은 얼른 대꾸했다.

"소인이 이해한 게 맞는지 한번 살펴봐 주십시오."

"어디 한번 말해 보게."

"소인이 관찰사 어르신께 맹목적인 충성을 바치면 어르신께서는 소인이 저지른 불찰을 조정에 고하지 않겠단 말씀입니까?"

윤탁연이 신이 나서 박수까지 치며 좋아했다.

"자네 아주 영특하군그래. 내 말이 바로 그 말일세. 어떻게 생각하는가? 내 생각엔 받아들이는 것 말곤 방법이 없을 듯한데."

이준성은 벌떡 일어났다.

"조정에 그대로 고하시죠. 저는 거리낄 게 전혀 없으니까요. 아 참, 가기 전에 충고 하나 할 테니 고깝게 듣지 마십시오. 사람을 얻으려면 진심으로 다가서야 하는 겁니다. 그런 유치한 협박으론 다른 사람의 마음을 얻지 못한단 말입니다."

대담한 이준성은 그대로 떠나 버렸다.

윤탁연은 지금 상황을 믿을 수 없다는 듯이 술잔을 쥔 손을 부들부들 떨다가 술잔을 아예 팔각정 밖으로 던져 버렸다.

윤탁연은 바로 윤 씨에게 소리쳤다.

"그자를 불러와라! 지금 당장!"

"예, 어르신!"

윤탁연은 윤 씨가 사람을 데려올 때까지 이를 부득부득 갈았다.

독재자

3장. 파국

그날 밤, 이준성은 잠을 이루지 못했다.

이리저리 뒤척이며 많은 생각을 하였다.

정현룡, 정문부 등은 믿지 않을지 모르지만, 장군이든 말단 병사든 상관없이 왜군을 몰아낼 수만 있으면 족하단 그의 말은 정말 진심이었다. 그의 적은 조선 왕실이 아니었다.

물론 조선 왕실이 마음에 드는 건 아니지만 어쨌든 적은 아니었다. 오히려 조선 왕실을 도와 조선을 침략한 왜군을 그들의 섬으로 쫓아내는 게 그가 가장 원하는 시나리오였다.

그래야 고통받는 백성을 조금이라도 빨리 편안하게 해 줄 수 있었다.

한데 상황이 그의 시나리오를 받쳐 주지 못했다. 아니, 받쳐 주지 못하기는커녕 시나리오에 똥을 퍼부었다.

그가 정현룡 등에게 부탁해 조정에 올린 작전은 왜군의 허를 찌를 수 있는 정말 좋은 제안이었다.

함경도에서 모집한 1만 정예 병력으로 강원도를 지나 경기도로 쳐들어간 다음, 도성을 점령하면 왜군을 북과 남으로 양단시킬 수 있었다.

그렇게 되면 북쪽의 왜군은 평안도에 주둔한 조명연합군과 도성을 점령한 이준성의 군대에 포위당한 채 굶어 죽거나 싸우다 죽는 수밖에 없었다.

평양성에 주둔한 왜군 1번대 고니시 유키나가의 병력을 고사시킬 수 있는 것이다.

1번대를 제거해 한강 이북을 탈환한 다음에는 재빨리 경기도에서 충청도로 진격하여 전라도로 가는 길을 확보해야 했다.

보급에 문제가 생긴 왜군의 마지막 희망은 전라도의 곡창지대를 점령해 그곳에서 필요한 군량을 확보하는 것이었다.

만약 이준성이 아시온 사단과 함께 전라도로 내려가 충청도에서 전라도로 들어가는 길목과 경상도에서 전라도로 들어가는 길목을 완전히 차단하면, 왜군을 경상도에 몰아넣을 수 있었다.

바닷길은 이순신 장군의 수군이 워낙 잘해 주고 있어 육로

만 막으면 왜군을 완벽하게 몰아넣는 게 가능했다.

전황을 한 번에 뒤집는 것이다. 그리고 빼앗긴 승기를 완벽히 되찾아오는 것이다.

한데 조선의 관리들은 이준성의 제안한 작전을 거들떠보지 않았다. 그의 이름이 아니라 정현룡, 정문부 등의 이름으로 올린 작전이었기에 이름값에서 밀릴 이유는 전혀 없었다.

아니, 작전을 거절한 수준을 넘어 막장에 가까운 짓을 해왔다. 출세에 눈이 뒤집힌 윤탁연을 함경도 관찰사로 내려보내 육지에서 가장 큰 공을 세운 아시온 사단을 해체해 버렸다.

정규군이 무너져 의병에 의지할 수밖에 없는 꼴사나운 처지이면서도 혹시 그 의병이 세력을 불려 반란군으로 돌변하진 않을까 하는 우려로 인해 이런 촌극이 벌어진 게 분명했다.

이준성은 한숨을 크게 내쉬었다.

이미 기습으로 가질 수 있는 이점은 사라진 지 오래였다.

은호의 보고에 따르면 왜군은 강원도에 병력을 집중시키는 중이었다. 왜군 2번대를 전멸시킨 함경도의 강력한 병력이 강원도로 쏟아져 들어오는 상황을 차단하기 위해서였다.

이준성이 서두른 이유는 왜군 지휘 체계가 비록 엉망이긴 하지만 그래도 사령부는 제대로 돌아가고 있을 것이기에 입구를 틀어막기 전에 강원도로 진격하기 위해서였다.

한데 지금은 시기를 놓쳐 소용없는 작전이 되어 버렸다.

작전이 거절당하고 장군에서 가마꾼으로 몰락한 상황까지는 그래도 참을 만했다. 어쨌든 왜군과 싸울 수 있는 기회는 아직 남아 있었으니까.

그러나 윤탁연이 그를 가만 내버려 두지 않았다. 아시온 사단 그 자체라 할 수 있는 그의 머리를 잘라 버려 아예 기능하지 못하도록 만들 심산인 듯했다.

이준성이 걱정하는 문제는 윤탁연이 해 오는 위협이 아니었다.

그가 유일하게 걱정하는 대상은 백성이었다. 충분하다 못해 넘칠 정도로 괴롭힘당하고 있는 상황에서 나라를 흔들 또 다른 전쟁이 일어난다면 백성의 고통은 가중될 게 뻔했다.

그가 택할 수 있는 가장 편한 방법은 그가 여기서 감쪽같이 사라져 버리는 것이다. 그리고 사라진 다음에는 물 좋고 공기 맑은 장소를 골라 유진과 함께 21세기로 돌아가는 방법을 연구하며 죽을 때까지 사는 것이다. 그러면 변동은 조금 있겠지만, 그가 알던 역사의 큰 줄기는 그대로 흘러갈 공산이 높았다.

아마 임진왜란과 병자호란, 경신대기근, 당파 싸움, 세도정치, 삼정의 문란, 그리고 조선을 파멸로 이끌 일본과 청나라의 내정간섭이 순차적으로 이루어질 것이다.

조선은 대한제국으로 국호를 바꿔 쇠락해 가는 국운에

심폐소생술을 실시해 보지만, 결국 한반도의 이권을 둘러싼 열강들의 경쟁에서 승리한 일본제국에 의해 한반도는 병탄될 것이다.

그로부터 30여 년 후에는 광복의 순간을 맞이하지만, 그로부터 3년 후에는 분단이, 5년 후엔 한반도 역사상 가장 끔찍한 비극이라 할 수 있는 한국전쟁이 발발할 것이다.

전쟁이 끝난 후 폐허로 변한 나라에서는 냉전의 그림자가 짙게 깔려 이념이 첨예하게 대립하는 시대가 도래할 것이다.

그리고 전쟁이 끝난 후 100여 년이란 긴 시간이 흘렀지만 여전히 한반도는 남과 북으로 분단된 채, 주변 강대국에 둘러싸여 그들에게 이용당하는 신세를 면치 못할 것이다.

이준성은 이를 악물었다.

나진에서 중국이 반입하고 일본이 발사하려던 핵미사일의 발사를 막기 위해 동분서주하다가 자폭했던 광경이 떠올랐다.

핵미사일이 폭발할 때 생긴 엄청난 열기와 무지막지한 에너지가 온몸의 통각세포를 강타할 때의 기억이 생생했다.

이준성이 고민하는 이유가 거기에 있었다.

왕실을 적대하자니 두 배로 고통받을 백성들이 불쌍했다. 그렇다고 이대로 떠나자니 암울한 미래가 그를 기다렸다. 심지어 그 암울한 미래에는 자신의 목숨마저 관련되어 있었다.

"상황이 아주 좆같군."

이준성은 돌아누우며 욕을 내뱉었다. 그는 이미 이곳에 처음 도착한 때부터 이런 때가 올 거란 생각을 막연히 했었다.

한데 갈등하던 그를 윤탁연 등이 멋지게 벼랑으로 밀어 버렸다.

이젠 선택해야 할 차례였다.

아니, 미뤄 둔 결정을 내려야 할 차례였다.

다음 날, 이준성은 여전히 그의 곁에 머물며 수발을 들어주는 강주봉과 부대를 무단이탈해 서쪽으로 무작정 걸어갔다.

대화 없이 1시간쯤 걸었을 때, 마침내 찾는 장소가 나타났다.

산과 계곡이 지천에 널린 함경도에서 사방 1킬로미터가 훤히 들여다보이는 벌판을 찾기란 그리 쉽지 않은 일이었다.

이준성은 1킬로미터 거리 안에 은폐, 엄폐할 어떠한 장애물도, 지형도 없다는 사실을 확인하고 안전하단 느낌을 받았다.

여기가 현대 전장이라면 시야 확보가 가능한 1킬로미터는 결코 안전구역이 아니었다.

20세기 초반만 해도 뛰어난 사수들은 이미 1킬로미터에 있는 표적을 저격할 능력을 갖추었다.

그리고 21세기에는 탄도를 정밀하게 조정할 수 있는 기술과 장비가 속속 개발됨에 따라, 대구경 저격소총으로 2킬로미터에 있는 표적의 머리통을 수박처럼 쪼개 버릴 수 있었다.

그러나 이곳은 현대가 아니라 16세기 말이었다. 저격수가 땅을 파고 들어가 앉아 있는 게 아니라면 그를 위협할 수단은 없었다. 1킬로미터 밖에서 조총이나 활로 그를 쏘아 맞힐 수 있는 확률은 로또에 당첨될 확률과 비슷할 것이다.

그러나 여기엔 반대로 생각해 볼 여지가 존재했다. 은폐, 엄폐할 수단이 없는 1킬로미터 거리는 그를 노리는 적 역시 안심할 수 있는 거리란 뜻이었다. 이준성이 매복부대처럼 그를 지원할 병력을 준비해 두지 않았다는 뜻이기 때문이었다.

현재 이준성을 도와줄 사람은 옆에 있는 강주봉이 유일했다.

이준성은 뙤약볕이 내리쬐는 벌판을 쭉 둘러보았다. 북쪽에서 바람이 불어올 때마다 노란 먼지가 소용돌이치며 지나갔다. 강주봉 역시 긴장한 기색으로 벌판 주위를 둘러보았다.

그때였다. 함흥성이 있는 동쪽 방향에서 먼지구름이 살짝 일었다. 한데 그 먼지구름은 자연적인 현상이 결코 아니었다.

자연적으로 만들어진 구름이라면 마치 살아 있는 생물처럼 그들을 향해 일직선으로 달려오지 않을 것이기 때문이었다.

이준성은 이미 인드라망으로 먼지구름의 정체를 파악한 상태였다. 강주봉은 그보다는 조금 늦었지만 어쨌든 좋은 시력 덕분에 먼지구름이 500미터 안으로 들어왔을 때, 그것의 정체를 파악할 수 있었다.

먼지구름 속에는 군마 100여 기가 들어 있었다. 아니, 군마 100여 기가 먼지구름을 만들며 그들을 향해 질주하듯이 달려온단 표현이 더 맞을 듯했다.

군마 100여 기 맨 앞에 서 있는 사람은 이준성과 강주봉 둘 다 잘 아는 사람이었다.

바로 맹호연대 흑표대대장 박철이었다.

박철은 10미터 앞에서 멋들어진 자세로 군마를 멈춰 세운 다음, 묘한 감정이 담긴 눈빛으로 그들을 쳐다보았다.

박철의 눈은 긴장과 흥분이 한데 섞여 번들거리는 중이었다.

"아니, 이거 이 장군님 아니십니까? 오랜만에 뵙습니다."

이준성은 어깨를 으쓱하며 웃었다.

"말단 병사로 쫓겨난 지가 언젠데 아직도 장군이라 부르시는 겁니까. 전 이제 박 장군님보다 아랫사람이니까 편하게 대해 주십시오. 그래야 군의 기강이 흐트러지지 않을 겁니다."

박철의 볼이 웃음을 참을 때처럼 연신 실룩거렸다.

"역시 장군님은 다르십니다. 여전히 군의 기강을 무엇보다

중시하시는 군요. 마치 명을 어겼다는 이유로 변명할 시간조차 주지 않은 채 제 친구의 목을 잘랐을 때처럼 말입니다."

이준성은 미안한 표정을 지었다.

"그 일은 어쩔 수 없었습니다. 항명은 곧 죽음이란 사실을 다른 병사들에게 보여 줘야 했기 때문에 심하게 했던 겁니다. 설마 그 일로 아직까지 앙심을 품고 계신 건 아니겠지요?"

그때 박철이 하늘을 보며 껄껄 웃었다.

그리고는 이준성을 당장 갈아 마실 것처럼 노려보기 시작했다.

"이 병신 같은 새끼는 아직도 정신을 못 차렸군. 지 혼자 잘 난 맛에 살다가 바닥까지 추락하니 이제 상황이 어떻게 돌아 가는지 모르나 보지? 아니, 알지만 애써 부정하는 건가?"

이준성은 미소를 지었다.

"좋습니다. 바로 그겁니다. 사람은 화가 날 때 화를 내야 하는 법입니다. 속에 있는 말을 하니까 후련해지지 않았습니까?"

박철은 그의 비꼬는 말에 화를 주체하지 못해 몸을 떨었다.

"그 지랄 맞은 성격은 끝까지 변하지를 않는군. 내가 100기 나 되는 기병을 이끌고 여기에 나타난 게 설마 우연이라 생각 하는 건 아니겠지? 넌 똑똑하다고 자부하는 놈이잖아."

이준성은 고개를 끄덕였다.

"당연히 아니겠죠. 설마 그런 우연이 있을 수 있겠습니까? 박 장군님은 아마 어젯밤에 관찰사 영감에게 날 죽이라는 명을 받았을 겁니다. 그리고 명을 받은 장군님은 사람을 시켜 내 뒤를 은밀히 뒤쫓았을 테지요. 그러다가 내가 병력을 매복시킬 수 없는 허허벌판으로 들어가는 순간, 기회라 생각해 부하들과 함께 나타난 겁니다. 제 말이 틀렸습니까?"

박철은 참지 못하고 승리한 자의 미소를 지어 보였다.

"잘 아는군. 네가 아무리 잘 싸워도 나와 100기의 기병이면 너와 네 옆의 강가 놈을 없애는 데 떡을 치고도 남을 거다."

이준성은 활짝 웃으며 두 팔을 벌려보였다.

"그럼 대체 뭘 기다리는 겁니까? 어서 날 죽이십시오."

"오냐! 해 달라는 대로 네놈의 수급을 잘라가 주마!"

소리친 박철이 부하들에게 손짓했다.

"놈을 쳐라!"

그러나 부하들은 움직이지 않았다.

당황한 박철이 다시 명령했지만 요지부동이기는 마찬가지였다.

그때, 용맹해 부장으로 삼은 유웅수가 철퇴를 뽑아 내리쳤다.

퍽!

철퇴에 머리를 정통으로 얻어맞은 박철은 믿을 수 없다는 눈빛으로 유웅수를 노려보다가 말에서 천천히 굴러 떨어졌다.

이준성은 누워 있는 박철에게 걸어가 그를 내려다보았다.

"난 적은 받아들여도 배신자는 절대 용서하지 않아. 내가 누누이 말해 왔을 텐데 믿지 않더니 결국 일을 저질러 버렸군."

박철은 뭐라 대꾸하려 했지만 머리에서 흘러내리는 피가 벌어진 입으로 꾸역꾸역 들어가는 바람에 말을 할 틈이 없었다.

이준성은 씁쓸한 표정으로 고개를 저었다.

"그래도 당신은 내가 기반을 처음 닦은 대호골에서부터 적지 않은 인연을 맺어 왔으니까 고통 없이 보내 줄 생각이야."

말을 마친 이준성이 돌아서려는데 박철이 피가 묻은 손으로 그의 바지자락을 움켜쥐며 뭔가를 애원하는 눈빛을 보냈다.

"내, 내 가족은 사, 살려 주시오. 그, 그들은 죄가 없소."

이준성은 말없이 돌아서며 유웅수에게 손짓했다.

말에서 내린 유웅수가 피가 묻은 철퇴를 박철의 정수리에 박아 넣었다. 곧 박철의 머리에서 피가 분수처럼 쏟아졌다.

강주봉이 슬며시 다가와 물었다.

"이자의 가족은 어떻게 할까요?"

"이자가 배신한 거지, 이자의 가족이 날 배신한 건 아니니까.

가족에게는 박철이 왜군과 싸우다가 장렬히 전사했다고 말해 줘. 그리고 위로금으로 감영에 있는 은을 좀 줘여 주고."

"알겠습니다."

그때였다.

박철이 데려온 기병 100여 기 중에서 네 사람이 더 말에서 내렸다. 그리고는 유웅수를 포함한 다섯 명이 앞으로 걸어와 군례를 취했다. 이준성은 만족한 표정으로 군례를 받았다.

유웅수만 30대 초반이었고 다른 네 명은 20대 초중반인 듯했다. 다섯 모두 기골이 장대했으며 눈에선 총기가 엿보였기 때문에 모두 뛰어난 인재란 사실을 금방 눈치 챌 수 있었다.

이준성은 유웅수를 보며 물었다.

"자넨 일전에 만난 적이 있으니까 알겠고, 다른 네 명은 누군가?"

유웅수가 자신 옆에 선 동료들을 가리키며 대답했다.

"왼쪽부터 차례대로 이유일, 이희록, 한인제, 한경상입니다. 모두 함흥과 북평 등에서 장사로 이름을 떨친 사람들입니다."

"그래 보이는군. 만나서 반갑네. 내가 이준성일세."

이유일 등은 얼른 정식으로 이준성에게 군례를 올리며 앞으로 그들이 모실 새로운 주군 앞에서 본인을 간략히 소개했다.

강문우, 원충서 등이 함경도 북쪽을 대표하는 인재라면, 유응수를 포함한 이 다섯은 함경도 남쪽을 대표하는 인재였다.

특히 유응수, 이유일, 한인제 이 세 명은 사람들이 함흥3걸이라 부를 정도로 명성이 자자해 모르는 사람이 없을 지경이었다.

그리고 이희록, 한경상은 아직 나이가 어려 명성이 함흥3걸처럼 높진 않았지만 일군을 책임지기에 부족함이 없는 인재들로 이들의 가세는 이준성에게 큰 힘이 되었다.

함경도 인재들에게 과거 시험을 볼 자격이 주어졌다면, 이들은 지금쯤 조선군의 주요 요직을 차지하고 있을 공산이 높았다.

한반도에서 체격조건이 가장 좋기로 유명한 함경도에서 태어난 사내들은 타고난 전사였으며 뛰어난 군인이었다.

그러나 조선은 함경도 인재들에게 과거 시험에 응시할 자격을 주지 않았다. 은근한 차별이 아니라 대놓고 차별한 것이다.

한때는 태조 이성계의 근거지가 함경도에 있던 덕에 왕이 태어난 땅이라 하여 성스럽게 여겨졌지만, 1402년에 조사의의 난과 1467년 이시애의 난이 일어나는 바람에 반역이 자주 일어난 반역향으로 찍혀 조선시대 내내 차별을 받았다.

타고난 전사들을 그저 100여 년 전에 반란이 일어난 곳에서 태어났단 이유로 과거에 응시할 자격조차 얻지 못한 것이다.

조선이 이미 그들을 버렸는데 만고의 충신처럼 조선에 끝까지 충성을 바칠 이유가 없는 것이다. 이준성이 몇 달이라는 짧은 기간 내에 함경도 백성들의 존경과 신뢰를 얻는 데 성공한 이유 역시 조선이 함경도에 행하던 뿌리 깊은 차별 때문에 왕실이 백성들의 신망을 크게 잃었기 때문이었다.

유웅수 등 함경도 남쪽의 젊은 인재들은 자신들의 처지를 한탄하다가 임진왜란과 이준성의 등장이라는 큰 격류를 만났다.

그리고 이준성이 부령에서 함흥으로 내려오는 순간, 은밀히 그를 찾아와 충성서약을 하였다.

이준성은 아시온 사단 밖에서 그를 도와줄 사람이 필요하던 차였기에 흔쾌히 받아들였다. 그리고 마침내 오늘 그 첫 번째 결실을 보았다.

유웅수가 그간의 일을 설명했다.

"박철이 어젯밤 늦게 저희를 찾아와서는 관찰사의 명이라며 장군님을 며칠 안으로 주살해야 한다고 했습니다. 저희는 즉시 강 부관님에게 연통을 보낸 뒤 다음 날 아침 박철을 따라 장군님을 추격하기 시작했습니다. 박철은 장군님의 놀라운 무용 때문에 상당히 겁을 먹은 듯 기습할 기회가 몇 차례 있었음에도 아직 때가 아니라며 질질 끌었습니다. 그러다가 장군님이 이 너른 벌판에 도착하는 순간, 주위에 매복할 공간이 없다는 사실을 확인하고는 바로 출진을 명했습니다. 그 다음은 장군님께서 보신 바와 일치합니다."

이준성은 고개를 끄덕였다.

윤탁연의 밀명을 받은 박철은 당연히 아시온 사단에 있지 않은 사람들을 선별해 암살조를 꾸렸을 것이다.

그러나 그가 고른 암살조가 이미 이준성에게 충성을 바치고 있을 줄은 꿈에도 몰랐을 공산이 높았다.

이준성은 고개를 끄덕였다.

"자네들은 돌아가서 나와 박철이 죽었다고 보고하게."

"예, 장군."

다섯 명은 다시 말에 올라 다른 기병들과 감영으로 복귀했다. 그러나 박철만 함께 돌아오지 않으면 이상하게 생각할 게 뻔해 이유일과 기병 몇을 남겨 이준성을 호위하게 했다.

그날 저녁, 감영에 도착한 유응수는 윤탁연에게 이준성을 죽이는 데 성공했지만 그 와중에 박철, 이유일 등 몇 명이 희생당했다고 보고하였다.

유응수가 이준성의 수급을 잘라오지 않았다는 사실에 약간 꺼림칙한 기분을 느끼기는 했지만, 곧 그의 권력을 위협하는 최강의 적을 없앴다는 사실에 만족한 윤탁연은 이광순, 조균 등을 불러 잔치를 벌였다.

관기들을 불러 밤늦게까지 술판을 벌인 그들은 새벽이 가까워올 무렵, 자리를 파하고 일어나 각자의 처소로 돌아갔다.

한편 이준성은 변장한 상태에서 강주봉, 이유일 등과 함께 함흥읍성에 잠입해 유응수에게서 연통이 오기를 기다렸다.

다음 날 새벽, 연통을 받은 그들은 감영으로 달려갔다. 감영 앞에는 이미 유응수 등이 나와 그들을 기다리는 중이었다.

유응수가 살기가 번득이는 눈빛으로 물었다.

"어떻게 처리할까요?"

이준성은 이미 생각해 둔 바가 있어 담담하게 대답했다.

"죽이진 말게. 그러나 반항하면 죽여도 상관없네."

"알겠습니다."

유응수 등이 감영 안으로 사라지는 모습을 확인한 이준성은 동헌으로 향했다.

관찰사가 업무를 보는 동헌 안쪽에는 돌을 깎아 만든 높은 계단이 있었다. 그리고 그 계단 뒤에 널찍한 대청이 있고 그 대청 한가운데에 의자가 놓여 있었다.

감영을 지키는 병력의 8할이 이미 이준성에게 충성을 바치기로 맹세한 터라, 동헌으로 가는 그를 막아서는 병사는 없었다.

의자에 털썩 주저앉은 이준성은 하품을 계속하며 상황이 끝나길 지루하게 기다렸다.

그러나 이준성을 호위하는 강주봉, 이유일 등은 여유로울 수가 없어 금방이라도 뛰쳐나갈 것처럼 잔뜩 긴장한 자세로 계속해서 사방을 두리번거렸다.

곧 감영 곳곳에서 고함 소리와 무기 부딪치는 소리가 들려왔다.

이준성은 누가 가장 먼저 끌려올지 궁금해졌다.

그러나 궁금증을 풀기 위해 오래 기다릴 필요는 없었다.

길주부사에서 얼마 전에 영흥대도호부사로 승진한 조균이 팔을 등 뒤로 포박당한 상태에서 한인제에게 붙잡혀 나타났다.

관찰사 의자에 다리를 꼰 자세로 앉아 있는 이준성을 본 조균은 늘어진 턱살이 부들부들 떨리는 게 보일 정도로 동요했다.

마치 염라대왕 앞에 선 죄 많은 자의 모습을 보는 듯했다.

"너, 너는 죽었다고 들었는데?"

"당신이 미쳐서 귀신을 보는 중인 건 아니니까 걱정 마시오."

조균은 자신의 운명을 직감한 듯했다.

엉덩이부터 슬슬 젖기 시작하더니 곧 바지 전체가 젖어 버렸다. 한인제가 미간을 찌푸리며 조균 옆에서 살짝 물러섰다.

뒤이어 이광순이 끌려왔다.

회령부사에서 얼마 전에 함경도 남병사로 승진한 그는 그래도 조균과 달리 사내다운 면이 있었다. 고래고래 소리를 지르거나 그를 포박해 압송하는 이희록의 얼굴에 침을 뱉었다.

이준성을 본 이광순은 그제야 일이 어떻게 돌아가는지를 눈치 챈 듯, 그를 향해 욕설과 저주를 퍼붓기 시작했다.

이준성은 손가락으로 귀를 파며 소리쳤다.

"거참 시끄러워 죽겠네!"

이준성의 말을 들은 이희록이 이광순의 얼굴에 주먹을 날렸다.

이광순은 부러진 이빨 몇 개를 피와 함께 토하고는 마침내 입을 다물었다.

이광순이 입을 다문 덕에 장내는 동헌 곳곳에 걸어 놓은 햇불이 타며 나는 타닥거리는 소리와 조균이 홀쩍이며 우는 소리 외에는 아무 소리도 들리지 않았다.

주인공은 가장 늦게 등장한다는 말처럼 윤탁연은 유응수, 한경상 사이에서 발을 질질 끌며 동헌으로 걸어 들어왔다.

윤탁연은 이미 체념한 듯 잔뜩 풀이 죽어 말했다.

"네놈일 줄 알았다. 유응수란 놈이 어제 저녁에 돌아와서 네놈이 죽었다고 보고했지만 수급을 잘라 오지 않아 왠지 찜 찜했지. 한데 역시 네놈은 죽지 않았던 거였어. 살아 있었 어."

이준성은 피식 웃었다.

"그럼 내가 무슨 비운을 타고난 영웅처럼 당신이 내린 칼 을 맞고 얌전히 죽을 줄 알았어? 정말 그렇게 믿었다면 순진 해도 너무 순진하다고 말해 줘야겠군. 사실 네놈이 먼저 날

건드리지 않았으면, 난 가만히 있었을 거야. 한데 너 같은 쓰레기들이 자꾸 날 나쁜 쪽으로 몰아가니까 가뜩이나 고통받는 백성이 많은데 더 많은 고통을 주게 생겼잖아."

윤탁연이 부들부들 떨리는 목소리로 물었다.

"우, 우릴 어찌할 셈이냐?"

"처음에는 네놈들의 수급을 뎅강 잘라 기다란 꼬챙이에 꽂은 다음 그 꼬챙이를 선봉 앞에 세워 놓고 임금이 있는 의주로 행군하면 좋겠다는 생각을 했지만, 나중에 생각해 보니까 별로 좋은 생각이 아니더라고. 네놈들은 일단 이번 일이 다 끝날 때까지 살지도, 죽지도 않은 상태로 있어 줘야겠어."

이준성은 윤탁연 등을 감영의 뇌옥에 가둬 두라 명령했다. 병사들이 윤탁연 등을 뇌옥으로 막 압송해 갔을 때였다.

소식을 들은 정현룡, 정문부, 유경천, 이희당 등이 달려 들어왔다.

그때, 유응수 일행이 재빨리 칼을 뽑아 정현룡 등을 겨누었다.

정문부가 자신들을 에워싼 유응수 등을 보며 고함을 질렀다.

"이게 무슨 짓인가?"

그러나 유응수는 신중한 사람답게 직접 대답하지 않았다. 대신 고개를 돌려 이준성을 보았다. 대답은 이준성이 할 거란 뜻이었다.

이준성은 유웅수의 대처가 아주 마음에 들었다. 원충서가 마치 불같은 사람이라면 유웅수는 물 같은 사람이었다. 그리고 원충서가 철퇴나 도끼와 같은 사람이라면, 유웅수는 창이나 칼과 같은 사람이었다.

같은 색을 가진 두 사람이 모이면 정확한 길이든, 틀린 길이든 한쪽 길로만 갈 위험이 있었다.

그러나 성격이 정반대인 두 사람이 모이면 부딪쳐서 빅뱅처럼 폭발하거나 시너지가 나서 조직의 능력을 전보다 한층 끌어올려 줄 수 있었다.

이준성은 당연히 유웅수와 원충서가 후자의 경우이기를 바랐다.

부상당한 후 타의에 의해 아시온 프로젝트팀에 합류하기 이전, 이준성은 10명 규모의 엘리트 특수부대를 지휘했다.

그는 그 부대에서 사람을 다루는 법을 배웠다. 용감하거나 잘 싸운다고 해서 조직을 잘 꾸려 나갈 수 있는 것은 결코 아니었다.

이준성은 일어나서 정문부 앞으로 걸어가며 물었다.

"북평사 어르신, 어제 무슨 일이 있었는지 아십니까?"

정문부가 한숨을 쉬며 대답했다.

"들었네. 관찰사가 사람을 시켜 자넬 죽이려 했다지?"

"그렇습니다. 하지만 전 죽지 않았습니다. 그리고 관찰사에게 반격을 가해 관찰사와 그를 따르는 몇 명을 구금했습니다.

그리고 그 말은 이제 선택의 시간이 왔다는 것을 의미합니다. 지금까지는 두 곳에 발을 다 담근 상태에서 간을 볼 수 있었지만, 앞으로는 그럴 수 없다는 말입니다."

옆에서 듣고 있던 정현룡이 급히 물었다.

"우리에게 어떤 선택을 하라는 건가?"

이준성은 그를 슬쩍 보며 대답했다.

"조선 왕실에 끝까지 충성을 바치겠다는 사람은 오른쪽으로 가십시오. 장담하건데 몸에 위해를 가하는 일은 절대 없을 겁니다. 제 성격을 잘 아실 테니 안심하고 선택하십시오."

이미 예상했다는 듯 정현룡이 급히 물었다.

"그럼 왼쪽에 있는 선택지는 무엇을 뜻하는 건가?"

"조선 왕실이 아니라, 나에게 충성을 바치는 겁니다."

그 말이 끝나는 순간, 장내가 쥐 죽은 듯이 조용해졌다.

침묵을 깬 사람은 이준성이었다.

이준성은 정현룡, 정문부, 유경천 등을 차례차례 쳐다보았다.

"나에게 충성을 바치면 그 대가로 여러분에게 금은보화와 미녀를 잔뜩 준다는 입에 발린 거짓말은 않겠습니다. 아니, 어쩌면 여러분은 전보다 더 손해를 봐야 할지도 모릅니다. 내가 만든 세상에선 양반과 노비가 없을 겁니다. 그리고 지주와 빈민 역시 없을 겁니다. 또 종교의 자유를 보장할 것이며 상업과 농업, 공업에 종사하는 사람을 차별하지 않을 겁니다.

가문이 대단하다거나 뒷배를 봐주는 사람이 높은 자리에 있다고 해서 그 사람의 인생이 결정되는 일 역시 없을 겁니다. 내가 만든 세상에서 출세는 본인의 능력에 달려 있습니다. 즉, 능력본위의 사회를 만들겠다는 뜻입니다."

다시 한 번 침묵이 장내를 감돌았다.

이번 침묵을 깬 사람은 지금까지 침묵을 지키던 유경천이었다.

"그런 세상에서 당신의 위치는 무엇입니까? 왕입니까?"

이준성은 히죽 웃으며 대답했다.

"난 독재자가 될 겁니다. 무소불위의 독재자 말입니다."

이준성은 사람들이 독재자의 뜻을 모를 수 있단 생각에 약간 불안해졌다. 그러나 사람들에게 독재자란 단어에 무슨 뜻이 담겨 있는지 일일이 설명하는 행동은 더 구차해 보였다.

그때, 자리를 옮기는 사람이 처음으로 등장했다.

바로 방금 전에 질문한 유경천이었다.

유경천은 왼쪽으로 걸어간 다음 허리를 곧추세웠다. 마치 자신의 선택을 절대 후회하지 않겠다는 의지의 표현 같았다.

이준성은 손을 들었다.

"아, 선택하기 전에 한 가지만 더 말씀드리겠습니다. 전 성격이 아주 개떡 같아서 적은 용서해도 배신자는 절대 용서 안 합니다. 절 죽이려 한 박철이 지금 어떻게 되었는지 아실 테니 제 말이 허언이 아니라는 것을 충분히 아셨을 겁니다."

유경천 다음은 지달원, 최배천 등 주로 정문부와 함께했던 사람들이 왼쪽으로 걸음을 옮겼다. 그리고 정문부 역시 고개를 절레절레 저으며 왼쪽으로 자리를 옮겼다.

이제 남은 사람은 정현룡과 그의 측근인 이희당, 오응태, 구황 등이었다.

오응태와 구황 등은 왜군을 피해 산에 숨어 있었는데, 이준성과 아시온 사단이 함경도를 탈환했다는 소식을 듣고 산에서 내려와 서둘러 정현룡에게 합류한 사람들이었다.

유경천을 시작으로 정문부까지 자리를 옮기자, 정현룡과 오응태, 구황 등이 전부 왼쪽으로 자리를 옮겼다.

그들이 있던 자리에는 이제 남아 있는 사람이 없었다.

모두 왼쪽으로 자리를 옮긴 것이다.

이준성은 그들을 보며 말했다.

"방금 무슨 선택을 한 건지는 여러분 자신이 더 잘 알 거라 생각합니다. 부디 그 선택을 후회하지 않길 바랍니다."

말을 마친 이준성은 사람들을 동헌 대청으로 불러 회의했다.

이준성은 상석에 있는 관찰사 의자에 앉았다. 그리고는 병사들이 내온 의자에 사람들이 앉길 기다리다가 입을 떼었다.

"이 중에 몇 명은 이미 알겠지만 난 엄청나게 실용적인 사람이오. 우리가 뜻을 모은 이번 일에 거창한 대의가 있다며 미사여구를 가져다 붙이거나 웅변하는 목소리로 일장 연설을 감행하여 당신들의 흔들리는 마음을 다잡을 생각은 없소. 난 바로 본론으로 들어갈 생각인데 반대하는 사람 없소?"

사람들은 숨죽인 채 이준성의 다음 말을 기다렸다.

이준성은 지체 없이 말을 이어 갔다.

"우리가 당면한 문제는 너무 많아서 일일이 거론하기 힘들 정도요. 때문에 지금은 보다 넓게 생각해 볼 필요가 있소. 그리고 넓게 생각하다 보면 결국 그 문제들이 하나의 커다란 문제에서 출발했단 사실을 알 수 있소. 즉 그 커다란 문제를 해결하면, 다른 문제들은 알아서 풀린 거란 뜻이오."

오른쪽에 앉은 정현룡이 의자 위에서 엉덩이를 당기며 물었다.

"무엇입니까? 그 커다란 문제라는 게?"

"내가 일일이 다 가르쳐 주면 재미없지 않겠소?"

히죽 웃은 이준성은 사람들을 쳐다보며 물었다.

"이 중에 그 커다란 문제의 정체가 무엇인지 아는 사람 있소?"

그러나 안다고 나서는 사람이 없었다.

이준성이 약간 실망하려 할 때, 끝자락에서 누가 손을 들었다.

사람들의 시선이 손을 든 사람에게 향했다.

손을 든 사람은 유생 복장을 한 30대 초반 사내였다. 그는 얼굴이 턱으로 내려갈수록 좁아지는 세모꼴에 볼품없는 염

소수염을 기른 데다 눈이 쫙 찢어져 있어 인상이 별로 좋지 않았다.

다만, 갈색이 도는 눈빛에는 번득이는 뭔가가 있었다.

이준성은 그가 정문부와 같이 다니던 지달원임을 알 수 있었다.

사람들의 시선을 받은 지달원은 약간 부끄러워하며 대답했다.

"상대해야 할 적이 늘어났단 게 우리의 가장 큰 문젯거리입니다."

이준성은 기뻐하며 재촉했다.

"오, 자세히 얘기해 보시오. 그리고 목소리는 좀 더 크게 하고."

헛기침을 한 지달원이 목소리 톤을 조금 높여 대답했다.

"전에는 왜군만을 상대하면 되었지만, 지금은 조선 왕실까지 상대해야 합니다. 그리고 그 조선 왕실에는 명나라가 붙어 있으니 우리가 상대해야 할 적이 세 곳으로 늘어났다는 뜻이지요."

"정확히 맞췄소. 전에는 적이 하나였다면, 지금은 조선과 명까지 해서 적이 세 곳으로 늘어난 상태요. 내가 전쟁에서 가장 꺼려하는 상황은 싸워야 할 전선이 늘어나는 상황이오. 전선이 늘어나 양면전선, 삼면전선으로 변해 버리면 소모전으로 흘러가서 아무리 강대한 제국도 무너질 수밖에 없소.

그리고 여기엔 또 다른 문제가 있는데 혹 눈치 챈 사람 있소?"

사람들은 다시 지달원 쪽으로 고개를 돌렸다.

사람들이 지달원을 보는 눈빛에는 그의 이런 모습을 처음 본 데서 느끼는 당혹감과 그가 또 정답을 맞힐지, 아니면 이번에는 맞히지 못할지에 대한 호기심이 반반 섞여 있었다.

얼굴이 발갛게 달아오른 지달원이 잠시 고민하다가 대답했다.

"우리와 조명연합군의 주적은 당연히 왜군입니다. 한데 우리와 조명연합군이 다투면 결국 가장 이득을 보는 건 왜군이라 할 수 있습니다. 장군께선 이 점을 경계하시는 듯합니다."

"또 맞았소. 당신은 유생 옷만 걸쳤지, 유생이 아니라 훌륭한 전략가 같군. 방금 지 유생이 한 말처럼 우리와 조명연합군이 서로 다투면 왜군이 어부지리를 챙길 수 있단 뜻이오. 즉 왜군이 어부지리를 챙기지 못하도록 해야 백성들이 덜 고통받으면서 이번 난국을 헤쳐 나갈 수 있을 것이오."

말을 멈춘 이준성은 기대에 찬 눈빛으로 지달원을 응시했다.

"왜군이 어부지리를 챙기지 못하게 하려면 어떻게 해야 하겠소?"

이미 그에 대한 생각해 놓은 것인지 지달원은 거침없이 대답했다.

"장군께서는 이미 그 방법을 알고 계시는 것 같습니다. 윤탁연, 이광순, 조균 등을 죽이지 않고 하옥한 게 그 이유겠지요."

정현룡이 답답하다는 표정으로 급히 물었다.

"그래서 그 방법이 뭐란 말인가?"

"버틸 수 있을 때까지 최대한 버티며 조정을 속이는 것입니다. 윤탁연, 이광순, 조균 등이 자기 자리에 앉아 자기 업무를 보는 것처럼 조정을 속인 다음, 우린 왜군을 치는 겁니다. 그럼 조정에선 윤탁연이 이끄는 함경도군이 왜군을 공격하는 것으로 판단할 겁니다. 언젠가는 소문이 나서 들키겠지만 어쨌든 그때까지는 시간을 벌 수 있을 겁니다."

정현룡이 고개를 돌려 이준성을 보았다.

"지 유생이 한 말이 모두 맞습니까?"

"거의 맞소."

대꾸한 이준성은 바로 명령을 내렸다.

"정현룡은 이곳 함흥에 남아 윤탁연의 업무를 대신 보도록 하시오. 그리고 정문부는 함경도 각 고을을 돌면서 아전들을 포섭하거나 아니면 우리 사람을 아전으로 심어 함경도의 행정체계를 완벽히 장악해 두도록 하시오. 현재 조정은 정신이 없어서 작은 고을까지 다 신경 쓰진 못하겠지만, 어쨌든 조정이 새 관원을 내려보내도 우리 일을 하는 데 전혀 지장을 받지 않도록 해야 하오. 또 오응태는 단천 등 유명한 광산을 찾아금, 은, 철, 구리와 같은 자원을 캐는 일을 맡아 주고, 구황은 캔 자원으로 무기와 갑옷을 만드는 일을 책임져 주시오. 마지막으로 이봉수, 최배천 두 사람은 군량 확보에 주력해 주시오. 이미 아시온 사단에 그런 일을 하는 사람들이 있으니 그들과 협력해 일을 추진하면 쉬울 것이오."

이제 명을 받지 않은 사람들은 함흥3걸 등과 지달원뿐이었다.

"당신들은 나와 함께 움직입시다."

각자에게 할 일을 알려 준 이준성은 함흥에서 열흘을 더 머무르며 그가 자리를 비운 동안 조직이 큰 문제없이 돌아갈 수 있는 시스템을 갖춰 놓았다.

그리고 열흘 후에는 다시 집결한 아시온 사단과 함께 함흥을 나와 안변으로 내려갔다.

잠시 멈췄던 왜군 토벌의 막이 다시 오른 것이다.

4장. 유격전

4장. 유격전

오랜만에 만난 아시온 사단 장교들은 서로의 안부를 묻느라 분주했다. 그리고 유응수, 이유일, 이희록 등 새로 합류한 사람들과 통성명하며 아시온 사단에 들어온 것을 환영했다.

이준성은 회의에 앞서 은호대대장 강태봉에게 보고를 받았다.

"노토가 연락했다고?"

"예. 노토부락에 연락관으로 보낸 병사에게서 연락이 왔는데, 노토가 자신의 도움이 필요하면 언제든 말해 달라 했답니다."

"흥. 이제 막 밥상을 차리기 시작했는데 숟가락부터 얹으려

드는군. 전쟁이 끝나면 한몫 잡겠다는 거겠지. 연락관한테 이번 일은 우리 조선인의 자존심이 걸린 문제라 다른 나라의 도움을 받을 생각이 없다고 노토에게 정중히 전하라 하게."

"알겠습니다."

"강원도에 주둔한 왜군 상황은?"

"전에 드린 보고와 같습니다. 함경도에서 강원도로 들어가는 길목을 틀어막은 채 우리가 내려오기를 기다리는 중입니다."

이마에 주름을 만든 이준성은 손가락으로 귀를 파며 물었다.

"다른 전선의 상황은?"

"조명연합군은 여전히 평양성을 탈환하지 못해 애를 먹는 중이고, 경상도와 충청도의 왜군은 전라도로 들어갈 방법을 찾기 위해 사방을 쑤시고 다니는 중입니다. 또 삼도 수군은 왜군을 연달아 격파해 개가를 올리는 중이라 들었습니다."

"아직까진 똑같군."

강태봉이 영문을 모르겠다는 표정으로 물었다.

"무엇과 똑같은지요?"

"아니야. 그런 게 있어."

"예. 그럼 전 이만 물러가 보겠습니다."

"고생해."

강태봉은 500명으로 숫자를 늘린 은호대대를 통솔하느라 눈코 뜰 새 없이 바빴다.

그는 현재 함경도와 강원도 일대뿐만 아니라 경상도와 전라도의 해안가부터 선조가 있는 의주의 행재소까지 팔도 구석구석에 부하들을 파견한 상태였다.

물론 아직까진 은호대대가 이준성의 기대를 완벽히 충족시키지는 못했다.

어쩔 수 없는 일이었다.

30년 가까이 현대를 살던 사람에게 불과 4, 5개월 만에 16세기 말 왕정시대에 적응하라는 것은 무리가 있었다.

게다가 가끔 현대인의 관점에서 지금 세상을 이해하려다 보니 문제가 발생할 수밖에 없었다.

이준성은 처음에 은호대대가 좀 더 체계적이길 원했다.

현장에서 일하는 요원들이 알아낸 정보를 안전한 비어, 즉 암호를 이용해 본부에 전달하면 본부는 분석관을 동원해 정보를 분석하는 것이다. 마치 현대의 정보기관처럼 말이다.

그러나 그는 곧 이런 체계를 만드는 데 커다란 장애물이 있다는 사실을 깨달았다.

바로 병사들의 지식수준이었다. 은호대대 병사들의 99퍼센트가 문맹이었다.

심지어 은호대대 대대장인 강태봉 역시 글을 어설프게 배운 통에 안다고 하기도 뭐하고 모른다고 하기도 뭐한 그런 어중간한 상태였다.

강태봉의 할아버지 강 노인은 양반 출신이지만, 함경도 차별로 인해 공부를 해선 가족을 먹여 살릴 수 없다는 현실을 절감하고는 아이들에게 공부 대신 농사를 짓고 고기 잡는 법을 가르쳤다.

강 노인은 아이들이 자기 이름 석 자 정도만 제대로 쓸 수 있으면 살아가는 데 전혀 불편하지 않을 거라 믿었다.

그렇다고 이 와중에 현장에서 일하는 요원들을 불러다가 글부터 가르칠 순 없는 노릇이었기에 요원들은 지금도 구전으로 자기가 알아낸 정보를 전달했다.

그리고 그런 과정을 몇 번 거치다 보면 마지막에는 무슨 정보였는지 모를 정도로 의미가 변색되어 인력과 시간을 잡아먹는 일이 발생했다.

이준성은 세상이 조금 조용해지면 교육부터 신경 써야겠다는 생각을 하였다.

그러나 정신없이 바쁘면 단호한 결의도 흐려지기 마련이라, 그는 조금 더 안전한 방법을 선택했다.

"유진."

-오랜만이군요.

"엥? 뭐가 오래만이란 거야?"

-저를 마지막으로 호출한 게 지금으로부터 12일 22시간 전이었습니다. 그동안은 저의 도움이 필요 없으셨나 보군요.

"무슨 소리야? 넌 내 머리 속에 들어 있기 때문에 호출하지 않는다고 네 도움을 받지 않는 게 아니잖아? 설마 삐진 거야?"

-삐진다는 말이 가지는 사전적인 정의는 알겠지만, 그런 고차원적인 감정을 만들어 내기에는 아직 제 능력이 부족합니다.

"겸손할 필요 없어. 지금 네가 하는 행동이 삐졌다는 말의 사전적 정의에 100퍼센트 부합하는 행동이었으니까 말이야."

-사용자께서 그렇다면 그런 거겠죠.

"아, 오늘은 아주 바쁜 날이니까 말싸움은 여기까지 하자고. 초등학교 1학년 애들이 국어 공부하는 교과서 좀 보여 줘."

유진은 곧 초등학교 1학년 검정교과서를 인드라망에 띄웠다.

교과서를 읽어 내려가던 이준성의 눈이 점점 커졌다.

"요즘 애들은 초등학교 1학년 때 이런 걸 배워?"

-그렇습니다.

"이거 수준이 장난 아닌데? 그럼 한글은 대체 언제 떼는데?"

-늦어도 4살에서 5살 시기에 떼는 편입니다.

"늦어도라는 말은 그보다 빠를 때도 있다는 거야?"

-요즘은 유아기 때부터 선행학습을 하여 3살에 떼는 경우도 아주 많습니다. 그리고 유아원 때는 주로 영어를 배웁니다.

이준성은 고개를 절레절레 저었다.

"우리 때도 심했는데 요즘은 더 심하군."

-당연하지 않겠습니까? 세월이 20여 년 넘게 흘렀으니까요.

"너 지금 나 나이 많다고 디스하는 거야?"

-아닙니다.

"휴, 말을 말자. 지금부터 내가 하는 말 잘 들어. 이 시대 사람들이 내가 학교에서 배운 지식을 습득하는데 가장 효과적인 형태의 국어, 산수, 과학 교과서 세 개를 만들어 놔. 그리고 다 끝나면 나에게 신호를 줘. 바로 실행에 옮길 거니까."

-알겠습니다.

유진에게 명령을 내린 이준성은 회의에 참석하기 위해 대기하던 간부들을 그가 있는 안변도호부 동헌으로 불러들였다.

가장 먼저 나타난 사람은 원충서였다.

원충서는 화난 황소처럼 씩씩거리며 들어와 이준성에게 물었다.

"정말 이러시기 있습니까?"

이준성은 시치미를 뚝 떼며 물었다.

"뭐가?"

"이번 거사에 우리는 쏙 빼놓고 함흥 애들이랑 작업했다고 들었습니다. 아니, 미운 정도 정이라면 정인데 어찌 저희들에게 일어반구도 없을 수 있습니까? 저희들은 속이 타서 은호대대 애들만 오면 언제 하냐고 닦달해 댔는데 말입니다."

뒤이어 나타난 강문우, 일우, 김국신 등도 원충서와 같은 생각이었다는 듯 말없이 원충서를 지지하는 눈빛을 보냈다.

"아시온 사단을 함흥으로 불러들였으면 놈들이 눈치 챘을 거야. 그리고 윤탁연 등이 멀쩡하게 살아서 관찰사 업무를 보고 있는 것처럼 꾸며야 했기 때문에 자넨 더더욱 부를 수 없었고."

원충서가 그 무슨 뚱딴지같은 소리냐는 표정을 지으며 물었다.

"그게 무슨 소립니까?"

"힘을 주체 못 해 윤탁연 등을 죽여 버리면 일이 꼬이니 그렇지."

"제가 아무리 멍청해도 그 정도 사리분별까지 못 하진 않습니다."

원충서는 억울한 듯 항변했지만, 다른 사람들은 이준성의 의견에 동의하는 듯 말없이 고개를 끄덕였다.

강문우가 원충서를 잡아끌어 억지로 의자에 앉힌 다음에야 회의를 제대로 시작할 수 있었다.

사람들이 다 앉은 후에 이준성은 손가락을 살짝 튕겼다.

그때, 동헌 안쪽 문이 열리더니 체격이 보디빌더처럼 건장한 중년 사내 하나가 손에 상자를 하나 들고 안으로 들어왔다.

이준성은 중년 사내를 다른 사람들에게 소개했다.

"이쪽은 앞으로 갑옷, 무기, 군복 등 필요한 모든 물품을 만들어 군에 보급하는 임무를 맡은 황돈대대 신임 대대장 조인호요. 아는 사람은 알겠지만, 대호골 조 노인의 장남으로 함경도 대장장이 중에서는 첫 손가락에 드는 실력을 갖추었소."

이준성의 눈짓을 받은 조인호가 앞으로 성큼 걸어 나와 범종을 울리는 것 같은 굵고 낮은 저음으로 자신을 소개하였다.

"소생 조인호라 하외다. 앞으로 잘 부탁드리겠소이다."

함경도의 거친 사내답게 짧고 굵은 인사였다.

그때, 조인호가 돌아서서 손에 든 상자를 이준성에게 건넸다. 이준성은 상자를 열어 안에 든 물건을 조심스레 꺼냈다.

물건의 정체는 쇠공이었다.

이준성이 잘 볼 수 있게 쇠공을 높이 들어 올렸다.

"이 쇠공은 완구에 쓸 새로운 포탄인 유성이오. 앞으로 개량이 더 필요한 상태라 지금은 유성 1호로 부르는 중이오. 한데 이 유성 1호에는 기존의 포탄과 다른 점이 하나 있소."

말을 마친 이준성은 유성 1호를 상자 위에 올린 다음 마치 수박 꼭지를 따듯 윗부분을 천천히 돌렸다.

잠시 후, 쇠공 윗부분이 떨어져 나가며 본체와 뚜껑 두 개로 분리되었다.

이준성이 본체와 뚜껑을 양손에 든 채 설명을 이어 갔다.

"바로 이처럼 본체와 뚜껑 두 부분으로 분리할 수 있단 점이오. 그렇다면 왜 이런 귀찮은 짓을 할까 궁금할 거라 생각하오. 이렇게 분리하는 이유는 안을 비워야 했기 때문이오."

이준성은 본체를 앞으로 돌려 사람들에게 보여 주었다.

그 말대로 누가 파먹은 것처럼 포탄 내부가 텅 비어 있었다.

"이 비워 둔 공간에는 차례대로 화약, 쇠못, 뇌관을 장착하오. 그런 다음 도화선에 불을 붙이면 포탄을 터트릴 수 있소."

이준성은 화약과 쇠못, 그리고 뇌홍이 담긴 종이 주머니를 차례대로 보여 주며 유성 1호의 폭발 메커니즘을 자세히 설명했다.

설명을 마친 이준성은 장교들의 얼굴을 쓱 둘러보았다.

그러나 이해한 장교가 거의 없는 듯했다.

이준성은 백물이 불여일견이란 생각에 직접 포탄을 제작했다.

큰 쇠공 안에 연구를 통해 알아낸 적정량의 화약과 쇠못을 집어넣은 다음, 마지막으로 도화선이 달린 종이 주머니를 넣었다.

종이 주머니 안에는 뇌홍이 들어 있기 때문에 포탄의 화약을 점화하는 뇌관 역할을 수행할 수 있었다.

그는 종이 주머니에 달린 도화선을 쇠공 뚜껑 가운데에 뚫어 놓은 구멍으로 빼낸 다음, 뚜껑을 반대로 돌려 조립을 끝냈다.

이준성은 조립한 포탄을 밖으로 가져가 성벽에 설치한 지자총통에 장전한 다음, 돌로 만든 엄폐물 뒤에 숨어 불을 붙인 긴 작대기로 점화했다.

그 순간, 지자총통 약실에 뿌려 둔 화약에 불이 붙으며 매캐한 냄새와 불꽃이 같이 치솟았다.

펑!

곧 짧지만 강렬한 포성과 함께 지자총통이 출렁였고, 포구에서 하얀 연기가 구름처럼 뿜어져 나왔다.

사람들의 시선은 성벽에서 북쪽으로 300미터 떨어진 포탄 탄착지로 향했다.

포탄은 탄착지에 정확히 명중했다. 각도와 화약의 양을 미리 계산해 둔 덕에 빗나가지 않았다.

탄착지에 명중한 포탄은 잠시 잠잠하다가 갑자기 엄청난 폭음을 내며 폭발했다.

사람을 대신하기 위해 세워 둔 나무 인형이 폭발에 휩쓸려 불에 타거나 튀어나온 파편에 맞아 바닥을 굴렀다.

사람들은 입을 벌린 채 멍하니 그 모습을 지켜보았다.

◆　◆　◆

　이준성은 함흥에 있을 때, 시간을 허투루 보내지 않았다.

　은호대대를 동원해 윤탁연 등이 무슨 짓을 하는지 감시하
는 한편, 아시온 사단의 전력을 끌어올릴 방법을 연구했다.

　결론은 하나였다. 다름 아닌 무기의 질을 높이는 것이었
다.

　병력의 질을 높이려면 병력이 그의 지휘하에 있어야 하는
데, 윤탁연이 병력을 쪼개 함경도 곳곳에 흩어 놓는 바람에
선택할 수 있는 방법이 무기의 질을 높이는 선택 외엔 없었
다.

　이준성은 조인호 등 황돈대대에서 실력이 가장 뛰어난 대
장장이 몇 명을 함흥으로 불렀다.

　그리고는 함흥 외곽에 마련한 임시연구소에서 무기의 질
을 높이는 연구에 착수했다.

　무기의 질을 높이는 방법엔 칼과 창, 활로 대표되는 냉병기
의 질을 높이는 것과 조총과 화포 같은 열병기의 질을 높이는
것 두 가지가 있었다.

　그러나 짧은 시간 안에 가능한 방법은 그중에 화포 전력을
강화하는 방법밖에 없었다.

　조선은 병력의 질이나 무기 성능 등 대부분의 분야에서 왜
군보다 열세에 처해 있었지만, 앞서는 부분이 전혀 없냐 하면

그건 또 아니었다.

화포에선 월등히 앞서 있던 것이다. 조선은 천자, 지자, 현자, 황자로 불리는 구경이 다른 네 종류 대구경 화포에 승자총통처럼 구경이 작은 화포까지 갖췄다.

포탄 역시 연구를 거듭해 많은 종류의 포탄을 만들어 냈는데, 철환과 연환, 단석, 수철연의환, 조란환 등이 바로 그런 포탄이었다.

이준성은 그중 포탄을 개조해 화포 전력을 끌어올릴 생각이었다. 다행히 이번 역시 운이 약간 따라 주어 이장손이 개발한 비격진천뢰를 함흥읍성 무기고에서 발견했다.

비격진천뢰는 간단하지만 아주 효과적인 무기였다. 어쩌면 지연신관을 장착한 옛날 무기 중에서 효과가 가장 큰 무기일지 몰랐다.

비격진천뢰는 안이 빈 쇳덩어리에 화약과 쇳조각, 못 등의 재료를 함께 넣은 다음, 볼트처럼 생긴 목곡의 홈에 도화선을 감아 뚜껑에 장착하는 방식으로 제작했다.

발사는 완구로 했는데 목곡에 감아 둔 도화선에 불을 붙인 다음, 다른 포탄을 쏘듯이 발사하면 포탄이 적진에 떨어졌다.

그러나 목곡에 감아 둔 도화선이 다 타기 전엔 안에 넣은 화약이 폭발하지 않기 때문에 평범한 쇳덩어리 포탄처럼 보일 가능성이 높았다.

실제로 왜군은 비격진천뢰를 평범한 포탄으로 생각해 발로 차거나 손으로 만졌다는 기록이 있었다.

그러다가 목곡에 감아 둔 도화선이 다 타는 순간, 안에 든 화약이 터지며 포탄에 든 쇳조각과 못이 사방으로 비산했다.

이준성은 이 비격진천뢰에 약간의 수정을 가했다.

도화선을 감는 목곡 대신에 적은 양으로도 큰 폭발을 일으키는 뇌홍이 담긴 종이 주머니를 집어넣었다.

뇌홍은 만들기 쉬운 기폭제였다.

증류주에 들어 있는 아세틸알코올, 화약에서 추출 가능한 질산, 그리고 수은을 이용해 만들 수 있었다.

수은을 구하는 일이 조금 어려웠지만, 예로부터 불교문화가 융성한 한반도에서는 불상을 제작할 때 금과 수은을 섞은 아말감 방식으로 금박을 입혔기 때문에 구하기가 아주 어렵지는 않았다.

그러나 만들기 쉽다는 데는 언제나 함정이 있기 마련이었다.

뇌홍 역시 마찬가지였다. 인체에 유독한 수은을 이용하는 데다 뇌홍 자체가 별로 안정적이지 않아 자칫 실수하는 날에는 뇌홍이 폭발해 여러 사람이 크게 다칠 위험이 있었다.

이준성은 그런 이유로 뇌홍 만드는 법을 대장장이에게 가르칠 때, 미리 만들어 둔 안전 대책을 같이 가르쳐야 했다.

가르쳐 준 안전 대책을 대장장이들이 제대로 준수하기만 하면 수은에 중독될 일도, 뇌홍이 중간에 폭발해 다칠 일도 없었다.

어쨌든 비격진천뢰에서 얻은 힌트에 뇌홍을 추가해 만든 이 유성 1호는 천궁대대의 위력을 몇 배로 끌어올려 줄 터였다.

기폭제인 뇌홍으로 터트리는 폭탄과 질 나쁜 화약에 직접 불을 붙여 터트리는 폭탄 사이에는 차이가 있기 마련인 것이다.

이준성은 감탄하는 관중들 앞에서 유성 1호를 계속 제작해 천궁대대에 보급하란 명령을 황돈대대장 조인호에게 내렸다.

명령을 내린 다음엔 다시 동헌으로 돌아와 작전 회의를 열었다.

이준성은 우선 함경도와 강원도를 그린 작전지도를 펼쳤다.

"은호의 보고에 따르면 왜군은 철령을 중심으로 2중, 3중에 걸쳐 단단한 방어선을 펼친 상태요. 보급선이 길어지는 문제 때문에 함경도로 재침공할 의사는 없어 보이지만 우리가 함경도로 진입하는 상황은 기필코 막으려 들 게 분명하오."

이준성은 지휘봉으로 지도에 있는 철령을 가리켰다.

"철령의 중요함은 굳이 말로 설명하지 않아도 다들 알 것이오. 철령을 점령하면 강원도, 경기도, 충청도 세 방향으로 움직이는 게 가능해지오. 왜군 역시 철령의 중요함을 알아 왜군 4번대에서 가장 강한 힘을 가진 시마즈 요시히로와 시마즈 도요히사 숙질을 배치해 지키는 중이오. 두 숙질이 데려온 병력은 모두 1만 5천 명에 달하오. 그리고 철령 좌측에 있는 곡산, 이천, 평강에는 왜군 4번대 주장 모리 요시나리가 다카하시 모토타네와 주둔해 있고, 우측에 있는 흡곡에는 이토 스케타카와 아키츠키 다네나가가 주둔해 있소."

왜군은 철령을 본진으로 삼은 다음 양쪽에 많게는 2천여 명, 적게는 수백 명으로 이뤄진 부대를 배치해 두었다.

그야말로 물샐틈없는 방비였다. 뚫고 들어갈 틈이 보이지 않았다.

더욱이 본진이 있는 철령은 700고지였기 때문에 1만 5천이 지키는 고지로 돌격하는 일은 자살행위나 다름없었다.

이준성은 지휘봉으로 지도를 탁탁 치며 장교들에게 물었다.

"자신에게 적을 물리칠 계획이 있는 사람 있소?"

가장 먼저 원충서가 손을 번쩍 들었다.

"소장에게 좋은 생각이 하나 있습니다."

이준성은 원충서를 보며 고개를 끄덕였다.

"말해 보게."

"적이 철령에 전력을 집중했다면 약한 고리를 노리는 게 맞지 않겠습니까? 즉 곡산과 이천 방향이나 흡곡을 노리는 겁니다."

"고려해 봄직한 작전이군. 다른 사람들은 어떻소?"

그때, 아시온 사단에 작전참모로 임관한 지달원이 입을 열었다.

"배를 타고 적의 배후에 상륙하는 방법 역시 괜찮아 보입니다."

"일리가 있군. 수송선단만 준비되면 적에게 치명상을 입힐 수가 있겠어. 이러면 지금까지 두 개의 작전이 나온 셈인가?"

중얼거린 이준성이 장교들을 둘러보며 말했다.

"하고 싶은 말이 있는 사람은 지금 하시오. 나나 다른 사람의 질책, 반대, 조롱이 두려워 말을 하지 않겠다면, 그런 사람들은 내가 지휘하는 군대에 있을 생각을 말아야 할 거요."

상명하복에 길들여진 장교들은 서로의 얼굴을 바라보다가 한마디씩 던졌다.

강문우는 새로 개발한 유성 1호를 적극 활용해 천천히 전진하잔 의견을 내었고, 유응수는 소수 인원을 이용해 적의 후방에서 특공작전을 펼치자는 의견을 개진했다.

이준성은 만족한 얼굴로 고개를 끄덕였다.

"좋소. 아주 좋소. 난 여러분들이 낸 의견을 십분 활용해 작전을 세울 생각이오. 내일 이 시간에 다시 모이도록 하시오."

이준성은 장교들이 돌아간 후, 유진을 호출해 작전을 만들었다. 유진이 그동안 확보한 데이터에 그가 깨우친 인간의 심리나 중세 전장의 장단점을 더해 가장 효율적이며 가장 안전한, 그리고 성공 가능성이 가장 높은 작전을 구상했다.

다음 날, 이준성은 장교들에게 작전을 발표했다.

"이번에는 세 가지의 양동작전을 쓸 생각이오. 우선 어제 강 장군이 말한 대로 철령 방면에 천궁대대를 포함한 주력을 배치해 전선을 고착화할 것이오. 물론 그때는 천궁대대가 유성 1호를 쓰지 않을 것이오. 유성 1호는 좀 더 극적인 상황에서 써야 적에게 치명상을 가할 수 있소. 그리고 두 번째 양동작전은 지 참모가 건의한 대로 상륙 준비를 하는 거요. 안변 해안에서 어선을 징발하거나 군선을 건조하는 것 같은 움직임을 보여 왜군에게 우리가 그들의 후방에 상륙할지 모른단 두려움을 줄 생각이오. 세 번째 양동작전은 원 장군이 말한 대로 적의 약한 고리라 할 수 있는 곡산, 이천, 흡곡 세 방향에 소수 부대를 배치하는 것이오."

이준성은 이어서 양동작전 부대가 해야 하는 임무를 알려주었다. 적을 견제만 할 뿐 직접 공격하지 말라는 엄명을 내린 다음, 적이 공세로 돌아서면 즉시 퇴각하란 명을 같이 내렸다.

양동작전은 끝까지 양동작전으로 남길 생각이었다.

상황이 달라졌다고 양동작전을 주공으로 바꾸면, 장교나 병사들이 혼란에 빠져 자멸할 위험이 아주 높았다.

전체적인 작전은 복잡하더라도 세부적인 작전은 단순한 게 좋았다.

물론 가장 중요한 주공은 이준성이 직접 맡을 생각이었다. 이준성이 없는 동안, 양동작전을 맡은 부대의 지휘는 강문우에게 맡길 생각이었다. 강문우는 성격이 아주 꼼꼼했다. 이준성이 없어도 그가 지시한 임무를 잘 해낼 사람이었다.

그날 밤, 이준성은 은밀히 비룡대대를 소집했다. 곧 하구로와 카네, 우메즈, 마사카츠, 진에몬 형제가 지휘하는 항왜 병사들을 필두로 강억필, 강억수 형제가 이끄는 함경도 북방 출신 병사들과 유응수, 이유일 등이 이끄는 함경도 남방 출신 병사들이 속속 도착해 1,500명에 달하는 인원이 집결했다.

유응수, 이유일 등이 합류한 덕에 이젠 비룡대대에 100명이 넘는 조선인 병사들이 있었다.

항왜만으로 부대를 편성하면 폐쇄성이 생겨 그들이 우리 문화에 적응하거나 우리 언어를 익히는 데 어려움이 따를 공산이 높아 내린 조치였다.

하구로 등은 그동안 우리말을 열심히 배운 듯 기본적인 의사소통은 가능한 상태였다.

그들은 이준성을 아시온 사단에서 쫓아낸 윤탁연이 천여 명에 달하는 항왜를 잘게 쪼개 여러 곳에 분산 배치하는 모습을 보고는 엄청 불안해했다. 윤탁연의 눈에 항왜가 위험인물로 비쳐지는 순간, 그들은 꼼짝없이 목이 날아갈 수밖에 없는 상황이었다.

그러나 다행히 불안함을 느껴야 하는 시간은 길지 않았다. 권토중래한 이준성이 그들을 다시 비룡대대로 모은 것이다.

이준성이 살아 있어야, 그리고 그가 하려는 일이 성공해야 그들이 살 수 있다는 사실을 직감한 듯 전보다 더 비장해 보였다.

이준성은 얼굴과 살갗을 재와 먹물로 위장한 다음, 황돈대대에 들러 새로 만든 무기를 수령했다. 그리고는 달이 구름에 가린 틈을 타 안변 좌측에 위치한 재령산으로 이동했다.

재령산은 해발 1,200미터의 고지대였다. 재령산 옆에 붙어 있는 조개덕산, 철덕산, 두류산 역시 해발 1,000미터 훌쩍 넘는 산들이었다.

이 지역 산의 평균 고도가 5, 600미터인 점을 감안하면 말 그대로 산으로 만들어진 거대한 병풍이 함경도와 평안도를 가르는 분기점 역할을 하는 셈이었다.

물론 지형 역시 험하기 짝이 없었다. 호랑이와 표범, 늑대와 같은 맹수들이 들끓어 근처 백성들은 아예 발길을 끊었다.

왜군 역시 순왜를 통해 이런 정보들을 주워들은 듯 혹시
하는 마음에 감시병을 파견하기는 했지만 그 숫자는 그리 많
지 않았다.

더욱이 야간에는 아예 감시하기를 포기했다. 머리가 돈
놈이 아니고선 달빛이 들지 않는 재령산의 험한 산속을 야간
에 넘을 만큼 간이 큰 적은 없을 거라 여긴 것이다.

그러나 비룡대대에는 이준성이 있었다.

이준성은 비룡대대 선두에 서서 오른쪽 눈에 이식한 인드
라망을 십분 활용해 통로를 개척했다.

인드라망의 야간 모드를 가동하는 순간, 어둠은 더 이상
그의 발목을 잡지 못했다.

이준성은 왜도로 앞을 막아서는 관목과 풀을 모두 잘라 냈
다.

그리고 절벽이 있는 지역에서는 밧줄을 달아 올라갔으며
벼랑이 있는 곳에선 반대로 밧줄을 밑으로 내려 내려갔다.

사람 냄새를 맡고 모여든 맹수들에게는 친절히 각궁 화살
을 한 발씩 먹여 주었다. 빛 한 점 없는 곳에서 쉭 하는 바람
소리를 내며 튀어 나간 화살이 맹수의 미간에 구멍을 뚫었
다.

비룡대대 병사들은 이준성이 만든 길만 조심히 따라가면
실족하거나 맹수들에게 잡혀먹을 걱정을 하지 않아도 되었
다.

야음을 틈타 재령산을 넘은 비룡대대는 왜군 후방 깊숙이 침투했다. 이젠 적에게 게릴라전의 참맛을 가르쳐 줄 때였다.

　이준성은 재령산을 넘으며 두 가지를 걱정했다.

　하나는 그가 개척한 통로를 벗어나 크게 다치거나 낙오하는 병사가 생기는 경우였다.

　다행히 재령산을 넘은 후에 인원을 점검했을 때, 다리를 삐거나 나무에 머리를 부딪쳐 피를 흘리는 병사는 좀 있었지만 낙오한 병사는 나오지 않았다.

　두 번째는 신무기에 든 뇌홍이었다.

　뇌홍은 앞서 말했다시피 안정적인 기폭제가 아니었다. 충격을 크게 받으면 폭발할 위험이 높았다. 만약 이런 뇌홍을 장착한 신무기를 등에 짊어진 채 험한 산길을 걷거나 뛰어야 한다면, 그건 자살하기 위해 몸부림치는 일과 다름없었다.

　이준성은 그런 이유로 뇌홍을 종이 주머니에 단단히 봉한 상태에서 모래가 든 나무상자에 담아 운반했다.

　어쩔 수 없이 선택한 미봉책이었지만 다행히 이번에는 통한 듯했다. 뇌홍은 첫날밤을 치르는 새색시처럼 얌전히 들어 있었다.

　낮 동안 근처 산에 비트를 파고 들어가 휴식을 취한 비룡대대는 야간에 산을 내려와 후방으로 이동했다.

다행히 목표물을 발견하는 일은 그리 어렵지 않았다. 1만 5천에 달하는 병력을 먹여 살리려면 보급 부대가 쉼 없이 움직여야 했다.

지금 역시 마찬가지였다. 비룡대대가 매복한 숲 앞으로 수레 30여 대를 보유한 중대 규모의 왜군 보급 부대가 지나 갔는데, 적이 이곳에 나타날 리 없을 거란 생각에 경계가 아주 허술했다.

이준성은 장교들에게 수신호로 명령을 내렸다.

그 즉시, 장교들은 자기 부대에서 활을 가장 잘 쏘는 병사 몇 명에게 왜군 지휘관으로 보이는 적을 저격하라 지시했다.

쉭쉭쉭!

4, 50발의 화살이 어둠을 가르는 순간, 말을 탄 기마무사 몇 명과 갑옷을 차려입은 왜군 몇 명이 비명을 지르며 쓰러 졌다.

왜군이 야간에 길을 밝히는 용도로 쓰던 횃불이 비행기 유도등처럼 화살을 유도해 빗나간 화살은 많지 않았다.

예상치 못한 기습에 왜군은 수레로 급히 원진을 구축한 뒤 그 안에 들어가 숨었다. 그리고 몇 명은 말을 타고 남동쪽으로 도망쳤다.

비룡대대는 어둠 속에서 시계 방향으로 움직이며 위치를 바꿨다.

왜군은 화살이 날아온 방향에 비룡대대가 있을 거라 생각할 테지만, 비룡대대는 이미 그들의 뒤로 돌아간 후였다.

비룡대대가 자리를 이동한 후 20분쯤 지났을 때였다.

남동쪽 방향에서 200여 명으로 이루어진 전투부대가 당도했다. 방금 전에 말을 타고 남동쪽으로 도망친 왜군 기병이 본성에 가서 지원부대를 불러온 것이다.

이준성은 왜군 숫자가 적은 게 마음에 들지 않았지만 어쨌든 작전을 계속했다.

이준성은 즉시 손짓으로 공격하라 명령했고, 비룡대대 병사들은 활과 조총을 일제히 발사하기 시작했다.

이미 기습하기 좋은 지점으로 이동해 있던 터라, 왜군은 뒤에서 날아든 화살과 조총 탄환세례에 커다란 피해를 입었다.

"내려가서 마저 정리해!"

이준성의 명령이 떨어지기 무섭게 벌떡 일어난 병사들이 산 밑으로 달려 내려가 이미 혼이 빠져나간 왜군을 정리했다.

비룡대대는 왜군 보급 부대가 싣고 가던 보급품을 노획한 다음, 남서쪽으로 퇴각했다. 노획한 보급품은 왜군이 발견하기 힘든 으슥한 지역에 숨겨 두었다.

유격전은 경보병으로 하는 거지, 짐을 잔뜩 싣고 다니며 하는 전투가 아니었다.

이준성은 경보병의 장점을 살려 속도감 있게 움직였다.

다음 날에는 첫 번째 기습 장소에서 10킬로미터 이상 이동해 두 번째 보급 부대를 기습했다.

그리고 같은 방식을 써서 보급 부대를 도와주러 달려온 왜군 전투부대를 같이 없앴다.

이러한 전투 방식은 테러리스트가 많이 사용하는 형태였다.

물론 이런 형태의 전투는 오래전부터 사용되어 왔지만 가장 유명한 사례는 테러리스트가 일으킨 테러에서 찾을 수 있었다.

테러리스트는 최대한 많은 소프트타깃, 즉 군인이 아닌 사람을 없애는 데 주력했다.

그들은 먼저 민간인을 대상으로 한 테러를 자행했다. 그러면 당연히 민간인을 구조하기 위해 소방대원, 구급대원, 경찰, 의료인력 등이 현장에 출동하기 마련이었다.

테러리스트는 그때 두 번째 테러를 자행하여 지원 인력까지 한 번에 없애는 전략을 애용했다.

이준성은 이러한 방식을 왜군을 상대로 사용한 것이다.

이준성이 세 번째 보급 부대를 찾아냈을 때는 이미 보급 부대 병력이 중대에서 대대 규모로 바뀐 상태였다.

정체를 알 수 없는 적들이 보급 부대를 집중적으로 노린다는 사실을 간파한 왜군이 보급 부대가 지닌 방어력을 향상시킨 것이다.

그 모습을 본 이준성은 처음으로 비룡대대를 나누어 운용했다.

이준성은 유응수를 불렀다.

"할 수 있겠나?"

유응수는 고개를 끄덕이며 조용히 대답했다.

"예."

이준성은 유응수의 표정을 자세히 관찰했다.

유진 안에는 인간의 감정을 파악하는 소프트웨어가 들어 있어 그가 보고 있는 사람이 어떤 감정 상태인지를 알 수 있었다.

유진의 검사에 따르면 유응수는 아주 차분한 상태였다. 들 뜨거나 흥분하거나 겁을 먹거나 압박감을 받는 상태가 아니었다.

안심한 그는 유응수에게 300명의 병력을 준 다음 보급 부대를 기습하게 했다. 그리고 보급 부대를 호위하기 위해 따라 온 전투부대가 추격해 오면 최대한 빨리 도망쳐 지도에 나와 있는 합류 지점에서 대기하란 명령을 내렸다.

유응수는 물론이거니와 비룡대대에 있는 장교들은 전원 독도법을 숙지한 상태였다.

또한 독도법과 나침반, 모래시계를 이용하여 지도에 있는 장소를 혼자 찾아갈 능력을 갖추었다.

300명의 병력을 거느린 유응수가 보급 부대를 추격하는 모 습을 지켜보던 이준성은 몸을 돌려 나머지 부대와 함께 회양 성으로 향했다.

회양성은 우측에 있는 통천성과 함께 왜군이 보급기지로 사용하는 성이어서 전략적으로 아주 중요했다.

인드라망으로 회양성의 경계 상태를 확인한 이준성은 고개를 끄덕였다. 보급 부대에 호위부대를 따로 붙이다 보니, 정작 가장 중요한 회양성의 경계 상태가 나빠져 있었던 것이다.

물론 이는 이준성이 의도한 대로였다. 보급 부대를 기습한 행동엔 그들이 가진 보급품을 강탈하는 목적이 제일 크지만, 지금 같은 상황을 유도하려는 목적 역시 숨어 있었다.

이준성은 즉시 카네와 진에몬 형제를 불렀다.

그리고 카네를 통해 진에몬 형제에게 명령을 내렸다.

"잘 싸우는 애들로 100명만 추려서 왜군 갑옷과 무기로 복장을 교체시켜 놔. 그리고 복장을 다 교체한 다음에는 마치 방금 전에 있었던 전투에서 패한 패잔병처럼 행색을 위장해."

진에몬 형제는 즉시 형제가 지휘하는 부대로 돌아가 100명을 추렸다.

그리고 추린 병력에게 왜군 복장과 무기로 무장을 교체하란 지시를 내린 다음, 짐승 피를 갑옷에 바르거나 옷을 칼로 찢어 싸우다 온 사람처럼 행색을 위장시켰다.

이준성 역시 그들과 똑같은 모습으로 행색을 위장한 다음, 진에몬 형제를 앞세워 회양성 정문으로 터벅터벅 걸어갔다.

성문 경계를 서던 왜군 몇 명이 즉시 성루에 나타나 그들에게 조총을 겨누었다. 그리고 왜국말로 그들의 정체를 물었다.

진에몬 형제는 왜군이 묻는 말에 이준성이 시킨 대로 대답했다. 보급 부대를 호위하러 갔다가 조선군에게 기습당해 낭패한 꼴을 당했다는 대답이었다.

왜군은 같은 사투리를 쓰는 진에몬 형제를 전혀 의심하지 않는 눈빛이었다. 큐슈 사투리도 남과 북, 동과 서에 따라 조금씩 차이가 있지만, 어차피 왜군 4번대도 큐슈 전 지역에서 끌려왔기는 마찬가지였다.

왜군은 서둘러 성문을 열어젖혔다.

이준성은 진에몬 형제를 따라 성 안으로 들어간 다음, 바로 행동을 개시했다.

수문장으로 보이는 왜군 지휘관의 목에 왜도부터 찔러 넣은 그는 진에몬 형제 등의 도움을 받아 성문을 점령했다.

그리고 성루에 올라가 대기하던 우메즈에게 신호를 보냈다. 신호를 본 우메즈는 즉시 대기하던 나머지 병력을 이끌고 회양성 안으로 쏟아져 들어와 성을 점거했다.

성을 지키는 병력은 수백 명에 불과했다. 더욱이 야간기습이었기 때문에 왜군은 제대로 저항 한번 못 해 보고 죽어 갔다.

회양성을 점거한 이준성은 즉시 부하들에게 값이 가장 비싼 화약 위주로 노획하라 명령한 다음, 군량고와 무기고에 불을 질렀다. 곧 군량 수만 석과 무기 수만 개가 불길에 휩싸였다.

작전을 마친 이준성은 회양성을 나와 우측으로 이동했다.

다행히 유응수는 그가 명한 작전을 제대로 이행해 회양성 동쪽 5킬로미터 지점 숲에서 기다리는 중이었다.

이준성은 회양성이 적에게 당했다는 소식이 퍼지기 전에 우측에 있는 통천성마저 점령하길 원했다.

그날 새벽, 이준성은 같은 방법으로 통천성을 점령했다.

비록 통천성에는 생각보다 많은 왜군이 있어 꽤 애를 먹었지만, 오전이 지나기 전에 통천성을 점령해 화약을 노획할 수 있었다.

그리고 다 노획한 후에는 불을 질러 군량과 무기를 태웠다.

통천성을 나온 비룡대대는 금강산을 우회해 고성으로 향했다. 그리고 고성을 점령한 다음, 해안을 따라 남쪽으로 내려갔다.

해안 좌측에 진부령, 미시령, 그리고 설악산, 한계령, 오대산 등으로 이어지는 태백산맥이 자리해 유격전을 펼치기 좋았다.

비룡대대는 드넓은 태백산맥을 임시 거점 삼아 그 근처에 위치한 건성, 양양, 강릉을 차례로 점령했다.

강원도를 맡은 왜군 4번대가 함경도에서 내려오는 아시온 사단을 막기 위해 다 철령에 가있어 왜군의 저항은 미미했다.

이준성은 거기서 멈추지 않았다.

강릉에서 서쪽으로 이동해 평창, 영월을 거쳐 마침내 강원도 감영이 있는 원주를 공격했다.

원주에는 꽤 많은 병력이 있었지만 유인과 기습, 매복을 번갈아 펼쳐 성을 지키는 병력을 끌어낸 다음 철저히 궤멸시켰다.

그리고는 거의 빈 성을 공성해 강원도 감영을 점령하는 데 성공을 거두었다.

거의 20일간 이어진 쉴 새 없는 강행군이었지만, 독하게 마음먹은 이준성은 거기서 다시 북상해 홍천, 춘천, 철원을 거쳐 회양으로 재차 올라갔다.

그리고는 회양 근처에 있는 숲에 숨어 휴식을 취하며 은호부대 병사들이 나타나길 기다렸다.

은호부대 병사는 그로부터 이틀 후에 작전지도에 표시해 둔 연락 장소에 도착해 그동안 있었던 일을 보고했다.

은호부대 병사의 보고에 따르면 왜군은 공황상태에 빠져 있었다.

회양성과 통천성을 점령한 비룡대대가 보급품을 다 태워 버린 데서 충격을 한 번 받았고, 강릉과 양양, 원주 등 그들이 점령한 큰 고을들이 적에게 싹 털렸다는 소식에 두 번째로 충격을 받았다.

왜군은 시마즈 요시히로와 시마즈 도요히사 두 명을 제외한 전 병력을 동원해 남쪽으로 내려와 비룡대대의 뒤를 추격하기 시작했다.

물론 비룡대대가 워낙 동에 번쩍, 서에 번쩍하는 통에 소득은 없었다.

은호대대 병사를 돌려보낸 이준성은 숲에서 나와 마지막 일격을 가할 준비에 들어갔다.

한데 전선에서 얼마 떨어지지 않은 지점에 이르렀을 때였다. 길가에 있던 마을에서 불길이 치솟더니 뒤이어 찢어질 듯한 비명 소리가 들려왔다.

뭔가를 직감한 이준성은 이를 부드득 갈았다.

"개새끼들!"

이준성은 즉시 비명 소리가 들리는 쪽으로 부하들을 이끌었다.

독재자

4장. 유격전

이준성은 오래지 않아 불길이 치솟는 현장에 도착할 수 있었다.

현장은 30가구가 모여 사는 작은 마을이었다.

마을 입구 갈림길에 심은 커다란 느티나무 한 그루가 긴 가지를 우산처럼 펼쳐 마을 사람들과 지나가는 과객에게 시원한 그늘을 선사한 덕에 느티나무골로 불리는 동네였다.

그러나 시원한 그늘을 선사해 주던 느티나무가 지금은 전혀 다른 의미의 시원함을 안겨 주었다.

사실 그건 시원함이라기보다는 서늘한 냉기라는 표현이 더 맞을 듯한 상황이었다.

느티나무 가지에 발가벗겨진 노인과 여인, 어린아이의 시신이 대롱대롱 매달려 있었다.

시신 냄새를 맡은 독수리 떼가 벌써부터 느티나무 가지에 걸터앉아 연신 날개를 퍼덕거렸다.

이준성은 느티나무 아래로 걸어가 고개를 들었다.

시신은 귀와 코가 잘려 있었다.

단순히 목매다는 데서 그치지 않고 시신까지 훼손한 것이다.

이준성은 하구로와 유응수 두 명을 불렀다.

"너희들은 마을을 포위해서 한 놈도 빠져나가지 못하게 해라."

굳은 표정으로 고개를 끄덕인 하구로, 유응수는 각자 500명의 병력을 이끌고 외곽으로 향했다.

포위를 마친 이준성은 나머지 500명을 직접 대동한 채 마을 안으로 들어갔다.

화르륵!

마을에 존재하는 30가구 전부에서 불길이 치솟아 불지옥이 따로 없었다. 그리고 살갗을 익게 만드는 뜨거운 열기 속에서 살과 머리카락이 탈 때 나는 노린내가 훅 풍겨 왔다.

비위가 약한 병사 몇 명은 토하거나 손으로 코를 틀어쥐었다.

비명 소리가 점점 잦아드는 것을 느낀 이준성은 걷는 속도를 빨리했다. 왼쪽에 있는 집에서 왜군 몇 명이 이미 싸늘하게 식어 버린 시신의 귀와 코를 단도로 자르는 모습이 보였다.

이준성은 왜도를 던져 그중 한 명을 쓰러트린 후 손짓했다.

즉시 우메즈가 이끄는 병력이 달려가 왜군을 제압했다.

이준성은 우메즈 등 뒤에 대고 소리쳤다.

"죽이지 마라! 모두 살려서 내 앞에 데려와야 한다!"

카네가 통역하는 순간, 우메즈가 우리말로 분명하게 대답했다.

"예!"

이준성은 앞을 막아서는 불똥과 불길, 그리고 연기를 헤치며 마을 깊숙이 들어갔다.

그리고 왜군이 눈에 뜨일 때마다 마사카츠, 진에몬 형제, 강억필 형제를 내보내 제압하게 했다.

"꺄아악!"

그때, 젊은 여자가 지르는 날카로운 비명 소리가 들렸다.

이준성은 급히 소리가 들려온 방향으로 달려갔다.

비명 소리는 마을에서 유일하게 기와를 얹은 집에서 들려왔다.

이준성은 언월도로 문을 부수며 뛰어들었다.

불길이 치솟는 한옥의 모습이 가장 먼저 눈에 들어왔다.

이준성은 시선을 급히 옆으로 옮겼다.

아직 불이 번지지 않은 한옥 마당 구석에 눈을 의심케 하는 참상이 펼쳐져 있었다.

일곱 명이 코와 귀, 그리고 목이 잘린 채로 질펀한 피바다 속에 누워 있었다.

그중 40대로 보이는 남녀 두 명은 다른 다섯 명과 달리 깔끔한 행색에 비단으로 만든 옷을 입고 있었다.

여자는 하늘을 보며 똑바로 누워 있었고, 남자는 죽은 여자를 감싸듯이 등을 위로 한 채 그 위에 쓰러져 있었다.

부부로 보이는 두 사람 주위로 피와 내장을 쏟아 낸 채 죽어 있는 다섯 명은 그들이 부리던 하인인 듯했다.

이준성은 시신을 지나 월동문 안으로 달려갔다. 소리가 거기서 들려왔던 것이다.

비명 소리는 이제 흐느끼는 소리로 바뀌어 있었다.

기와집은 바깥채와 사랑채, 그리고 안채로 이뤄져 있었다. 비명 소리는 그중 안채에서 들려왔다.

안채로 뛰어든 이준성은 머리카락이 쭈뼛 섰다. 그리고 뱃속 깊은 곳에서 묵직한 무언가가 탄도미사일처럼 정수리까지 곧장 치솟는 기분을 느꼈다.

그 묵직한 무언가는 바로 억제할 수 없는 분노였다.

안채 안마당에 갑옷과 투구에 피를 묻힌 왜군 대여섯 명이 원을 그리며 둥글게 서 있었다.

그리고 그 원 안에선 옷이 찢어진 탓에 반쯤 벗은 것처럼 보이는 10대 후반 소녀가 맨살을 손으로 가리기 위해 몸부림치며 흐느끼는 중이었다.

이준성의 시선이 소녀 옆으로 이동했다.

거기엔 소녀보다 대여섯 살 적어 보이는 소년 하나가 바닥에 엎드려 있었다.

그리고 소년 위에는 마치 말을 타듯 왜군 장수 하나가 걸터앉아 있었는데, 소년이 고개를 밑으로 숙일 때마다 댕기머리를 홱 잡아당겨 머리를 강제로 들어 올렸다.

소년은 장수의 우악스러운 손길 때문에 눈앞에서 희롱당하는 소녀의 모습을 억지로 봐야 했다.

눈을 감으려 하면 장수가 손가락으로 눈꺼풀을 위로 잡아당기는 바람에 두 눈이 곧 피눈물을 쏟아 낼 것처럼 시뻘겋게 충혈되어 있었다.

이준성은 앞으로 달리다가 언월도 뒷날로 장수의 머리를 후려갈겼다.

발소리를 들은 장수가 고개를 급히 돌렸을 때는 이미 언월도의 두툼한 뒷날이 코앞으로 날아드는 중이었다.

퍼억!

언월도 뒷날에 얼굴을 정통으로 맞은 장수가 코와 입에서 피를 쏟으며 뒤로 나자빠졌다.

코뼈는 이미 형태를 잃어버린 지 오래였고, 광대뼈는 움푹 주저앉아 있었다. 그리고 입에서는 침과 피가 묻은 부러진 이빨 몇 개가 튀어나왔다.

장수가 나자빠지는 모습을 본 왜군은 급히 왜도와 창으로 이준성을 공격했다.

그러나 이준성이 언월도를 휘두르는 순간, 그들이 쥔 무기가 손에서 빠져나와 허공으로 날아갔다.

눈치가 빠른 왜군 몇 명은 얼른 돌아서서 뒤로 내뺐다. 이준성이 대단한 실력자임을 직감한 것이다.

그러나 눈치가 느린 자들은 이준성이 휘두른 언월도에 정수리부터 세로로 쪼개지거나 허리가 가로로 잘려 두 동강이 나 버렸다.

그때, 왜군 하나가 소녀 뒤에 몸을 숨겼다. 그리고는 왼팔로 소녀의 목을 틀어쥔 다음, 오른손으로 왜도를 뽑아 이준성을 위협했다.

소녀를 인질로 삼아 도망치려는 듯했다.

실제로 왜군은 소녀의 목을 틀어쥔 채 천천히 뒤로 걸음을 옮겼다.

이준성은 무표정한 얼굴로 왜군을 향해 걸어갔다.

그때, 전혀 예상 못 한 일이 벌어졌다.

왜군 장수 밑에 깔려 버둥거리던 소년이 갑자기 바닥에 떨어진 장도를 주워 들고 소녀를 구하기 위해 몸을 날린 것이다.

소녀는 그녀가 인질로 잡혔을 때보다 더 크게 놀라 소리쳤다.

"혁아, 안 돼! 오지 마!"

그러나 소년은 소녀의 말을 듣지 않았다. 자기 키와 비슷한 장도로 소녀를 인질로 잡은 왜군을 베어 갔다.

하나 왜군이 수중의 왜도를 가볍게 휘둘러 소년의 장도를 막아 냈고, 장도는 소년의 손을 떠나 힘없이 바닥으로 떨어졌다.

왜군은 왜도를 솜씨 좋게 뒤집어 소년의 머리에 내리찍었다.

"안 돼!"

소녀가 자지러지는 비명을 지르는 순간.

시커먼 그림자가 폭발적인 속도로 달려와 소년의 머리 위에 떨어지던 왜도를 언월도로 막아 냈다.

시커먼 그림자의 정체는 바로 이준성이었다.

왜도를 막은 이준성은 왼손으로 소년의 뒷덜미를 잡아 뒤로 던져 버렸다. 이준성의 뒤를 따르던 강주봉이 날아온 소년을 받아 얼른 안전한 위치로 물러섰다.

왜군은 도망치기엔 이미 늦었다는 생각이 든 듯 소녀의 목에 왜도를 휘둘렀다. 소녀를 저승길 동무로 삼으려는 것이다.

그 모습을 본 이준성은 언월도를 앞으로 던졌다.

무거운 언월도가 화살처럼 쏘아져 날아가 왜군의 오른팔을 어깻죽지부터 통째로 잘라 냈다.

왜군은 비명을 내질렀고, 억압에서 풀려난 소녀는 왜군의 잘린 팔에서 쏟아져 나오는 피를 온몸에 덮어쓰며 바닥으로 쓰러졌다.

이준성은 소녀가 떨어트린 장도를 주워 비스듬히 내리쳤다. 장도가 왜군의 오른쪽 눈과 턱, 그리고 왼쪽 가슴을 가르며 밑으로 떨어졌다.

잠시 비틀거리던 왜군은 얼굴과 가슴에서 피를 분수처럼 쏟아 내다가 고목처럼 천천히 넘어갔다.

이준성은 참았던 숨을 내쉰 다음, 고개를 옆으로 돌렸다.

얼굴과 몸에 피를 흠뻑 뒤집어쓴 소녀가 몸을 사시나무처럼 떨며 그를 올려다보았다.

소녀의 눈빛엔 여러 가지 감정이 섞여 있었다. 일말의 안도감과 수치심, 그리고 비통함까지.

소녀는 그리 크지 않은 두 손으로 반쯤 드러난 뽀얀 가슴과 배 아래쪽의 속살을 가리느라 필사적이었다.

이준성은 메고 다니던 봇짐에서 바람막이를 하나 꺼내 소녀의 몸에 덮어 주었다. 그리고는 피를 닦으라는 손짓을 해 보이며 깨끗한 손수건을 꺼내 건넸다.

바람막이 덕분에 몸을 가린 소녀는 고개를 작게 끄덕이며 떨리는 손길로 손수건을 받았다.

이준성은 부드러운 음성으로 물었다.

"이름이 뭐니?"

소녀는 말이 잘 나오지 않는 듯 입술을 달싹거리며 대답했다.

"김, 김은이에요."

"아까 달려들던 꼬마는 네 동생이야?"

김은은 고개를 끄덕였다.

"맞아요. 제 동생이에요. 이름은 김혁이고요."

"불이 여기까지 번질 것 같은데 동생을 다독여서 필요한 물건만 갖고 나올 수 있겠니? 힘들 거 같으면 우리가 대신 해 줄게."

김은은 할 수 있다는 듯 고개를 끄덕이며 자리에서 일어났다. 그러나 충격으로 인해 쇼크가 온 듯 잠시 비틀거렸다.

이준성은 김은의 팔을 붙잡아 넘어지지 않게 해 주었다.

고맙다는 듯 고개를 끄덕인 김은이 동생을 불러서 불이 막 번지려는 기미가 보이는 안채 안으로 달려 들어갔다. 이준성은 왜군 팔을 자를 때 던진 언월도를 챙겨 들며 기다렸다.

잠시 후, 얼굴에 묻은 피를 닦고 편한 옷으로 갈아입은 김은이 동생과 함께 봇짐을 하나씩 등에 멘 채 밖으로 나왔다.

김은은 이준성이 주었던 바람막이를 봇짐 안에 넣으며 말했다.

"이건 깨끗하게 만들어서 돌려 드릴게요."

"네가 편한 대로 해라."

이준성은 남매와 함께 바깥채로 돌아갔다.

바깥채로 들어서는 순간, 중년부부의 시신을 마주한 남매는 통곡하며 달려가 시신을 감싸 안았다.

강주봉에게 남매가 슬픔을 추스르면 호위해서 데려오란 명을 내린 이준성은 나머지 병력과 함께 불이 붙지 않은 공터로 향했다.

공터에는 사로잡힌 왜군 30여 명이 무릎을 꿇은 채 일렬로 늘어서 있었다.

이준성은 언월도를 들고 직접 앞으로 나갔다. 그리고는 맨 오른쪽에 있던 왜군 앞에 멈춰서며 물었다.

"누가 시켰나?"

이준성이 묻는 순간, 카네가 재빨리 통역했다.

왜군은 카네의 얼굴에 침을 퉤 뱉으며 뭐라 소리쳤다.

카네가 미간을 찌푸렸다.

"저보고 배신자라 하는군요."

"말할 생각이 없나 보군."

이준성은 언월도로 왜군의 머리를 단숨에 잘라 버렸다.

머리가 잘린 왜군의 목에서 솟던 피가 채 가라앉기도 전, 이준성은 옆으로 옮겨 가 그 앞에 있던 왜군에게 같은 질문을 던졌다.

그러나 그 역시 대답하기를 거부했다.

이준성은 언월도로 머리를 잘라 버린 다음, 다음 왜군에게 같은 질문을 계속했다. 그는 왜군이 이준성의 질문에 대답하기를 거부하거나 카네나 그에게 욕을 할 때마다 목을 잘라 버렸다.

순식간에 10여 명이 넘는 왜군의 목이 잘려 나갔다.

다행히 14번째 왜군은 처음으로 쓸 만한 대답을 내놓았다.

"시마즈 요시히로의 지시를 받았답니다."

이준성은 말없이 고개를 끄덕였다.

그러나 눈에서는 분노의 불길이 활활 타오르는 중이었다.

유격전은 당하는 입장에서 치가 떨리는 전투 방식이었다.

보급 부대가 말라죽고 후방이 어지러워지면 전방부대 역시 흔들릴 수밖에 없었다. 그런 이유로 유격전에 휘말린 군대는 어떻게든 이를 빠르게 해결하려 들었다.

그러나 유격전을 펼치는 소규모 정예부대를 추격해 격멸하는 일은 쉽지 않기 때문에 전혀 다른 쪽에 화풀이를 하는 경우가 많았다.

바로 민간인을 학살하는 것이다.

명목상으로는 유격부대를 지원하는 현지 지원세력을 제거하여 활동할 근거를 없앤다는 것이지만, 실제로는 계속 유격전을 수행할 경우 민간인을 계속 죽이겠단 협박에 가까웠다.

그들이 발견한 마을은 느티나무골 하나였지만 회양과 통천 근처에 이런 마을이 얼마나 더 있을지 알 수 없는 일이었다.

이준성은 항왜에게 남은 왜군을 고문해 시마즈 요시히로와 시마즈 도요히사 숙질의 부대 배치 상황을 알아내게 하였다.

또한 그는 고문에 입을 열지 않는 왜군은 즉시 처형하라 명령했다. 반대로 적극적으로 협조할 의사를 보이는 왜군은 항왜로 받아들여 비룡대대 편제에 집어넣으란 명을 내렸다.

이준성은 날이 밝아오는 하늘을 보며 중얼거렸다.

"너희들이 이렇게 나온다면 나도 더 이상 점잔뺄 필요 없겠지. 어디 한번 우리 둘 중에 누가 더 개새끼인지 겨뤄 보자고."

이준성은 느티나무골 백성들의 시신을 전부 찾아내 양지바른 장소에 묻어 주었다.

물론 느티나무에 매달려 있던 시신도 끌어내려 같이 묻어 주었는데, 시신 중에 이제 막 젖을 뗐을 것 같은 아기까지 있어 사람들의 치를 떨게 만들었다.

그러나 왜군이 전리품으로 베어 낸 귀와 코 수십 개는 누구 것인지 알 방법이 없어 따로 무덤을 만들어 매장했다.

이번 학살에서 살아남은 생존자는 김은, 김혁 남매밖에 없었다.

남매의 부친은 조정에서 꽤 높은 벼슬을 하다가 정여립 모반 사건 때 친구들이 부지기수로 죽어 나가는 모습을 보고는 크게 낙담해 낙향한 양반이었다.

몇 십 년 전에는 훈구 세력이 조정 진출을 시도하는 사람을 죽이며 권력을 유지하려 했었다.

그러나 훈구 세력이 몰락한 지금은 정권을 잡은 사림 간에 권력을 독차지하기 위한 칼부림이 일어나는 중이었다.

서인이 정여립 모반 사건을 조작해 동인 수천 명을 살해한 사건은 앞으로 이어질 처절한 당쟁의 시발점이라 할 수 있었다.

한데 다시 찾은 고향 역시 그에게 행복한 은퇴 생활을 보장하지지 못했다. 낙향한 지 채 2년이 지나지 않아 왜군 손에 목숨을 잃은 것이다.

그나마 남매는 그 지옥 같은 곳에서 살아남았단 사실이 그에게 작은 위안 정도는 줄 수 있을 듯했다.

어쨌든 왜군이 연락이 끊긴 학살부대를 찾아내기 전에 느티나무골을 떠나야 했다. 그러나 떠나기 전에 할 일이 있었다.

떠나기 전에 남매를 어떻게 할지 결정해야 했다.

이준성은 남매를 불러 물었다.

"혹시 가까운 곳에 아는 사람 있니? 너희 남매를 거두어 줄 수 있는 다른 가족이나 친척, 아버지 친구 같은 사람 말이야."

남매는 동시에 고개를 저었다.

이준성은 잠시 생각하다가 다시 물었다.

"그럼 우리가 다른 마을에 데려다줄게. 마을 촌장에게 부탁하면 너희 남매를 거두어 주는 건 일도 아닐 거야. 어떠니?"

그때, 누나인 김은이 간절한 목소리로 부탁했다.

"저희들을 데려가 주실 순 없는 건가요?"

"보다시피 우리는 너희들을 데리고 다닐 형편이 아니야."

"폐는 끼치지 않을게요. 아니, 왜군과 싸우라면 싸울게요. 부모님의 원수를 갚을 수만 있으면 우린 못할 일이 없어요."

이준성은 한숨을 쉬며 이마를 짚었다.

"이건 애들 장난이 아니야. 너희 같은 애들이 끼어들 곳이 아니라고. 전쟁을 우습게 보다가는 신세 조지기 딱 좋을 거야."

이번엔 동생 김혁이 대들듯 소리쳤다.

"저흰 진심이에요! 정말 싸울 수 있다고요!"

이준성은 차가운 표정으로 물었다.

"너희들은 아직 앞날이 창창하잖아. 왜 쓸데없는 일에 끼어들어서 명을 단축하려고 하니? 왜군은 어린애라고, 여자애라고 절대 봐주지 않아. 목을 자르고 배를 갈라 내장을 꺼내려 들겠지. 차라리 그렇게라도 죽으면 다행인 게 산 채로 붙잡히면 아주 끔찍한 일을 당할 거야. 여자애는 죽을 때까지 강간당할 테고 남자애는 너처럼 살결이 뽀얀 남자애를 좋아하는 미친 변태 같은 놈에게 노리개로 바쳐질 테지. 너희들이 말하는 그 진심엔 이런 가정도 들어 있는 거야?"

이준성이 이렇게 신랄하게 말할 줄 몰랐다는 듯 남매는 몸을 부들부들 떨다가 발악하듯 고개를 들어 그를 노려보았다.

김혁이 먼저 소리쳤다.

"저흰 어떤 일을 당해도 후회하지 않을 자신 있어요!"

김은이 뒤따라 소리쳤다.

"저 역시 동생과 같아요! 어차피 오늘 저희 남매는 죽은 거나 다름없어요! 우리에게 어떤 일이 닥쳐도 두렵지 않다고요!"

소리친 김은은 자기 각오를 보여 주겠다는 듯 갑자기 품에서 은장도를 꺼냈다. 이준성은 눈살을 찌푸렸다. 김은이 데려가 주지 않으면 목숨을 끊겠다고 위협하려는 것처럼 보였다.

한데 김은은 꺼낸 은장도로 길게 기른 댕기머리를 잘랐다. 워낙 순식간에 벌어진 일이라 말리고 자시고 할 게 없었다.

단발로 변한 김은은 입술을 살짝 깨문 채 눈물을 글썽이며 이준성을 쳐다보았다. 그는 쓴웃음을 지을 수밖에 없었다.

그때, 누나에게 절대 지지 않겠다는 듯 김혁 역시 누나의 손에서 은장도를 뺏어 들더니 자기 댕기머리를 싹둑 잘라 냈다.

머리카락을 자른 남매를 번갈아 쳐다보던 이준성이 물었다.

"설령 너희들이 운 좋게 이번 전쟁에서 살아남는다고 해도 전장에서 보았던 참혹한 광경은 머릿속에 각인되어 죽을 때까지 너희들을 따라다닐 거다. 악몽을 말하는 게 아니야. 차라리 악몽은 꾸다가 깰 수나 있지. 밥을 먹거나 친구와 얘길 하다가도 그때의 기억이 떠올라 몸서리를 치게 될 거다. 더구나 어린 나이일 때 받은 충격은 어른보다 후유증이 더 큰 법이다. 아마 운 좋으면 그런 기억을 슬기롭게 제어하는 법을 알아낼 수 있을 테지만 운이 나쁘면 미쳐 버릴 거다. 미쳐서 스스로 자해를 하거나 절벽에서 떨어져 스스로 목숨을 끊겠지. 너희들은 이런 것까지 각오한 것이냐?"

남매는 동시에 고개를 끄덕였다.

이준성은 남매에게 따라오란 손짓을 했다.

"이건 너희들이 앞으로 수도 없이 보게 될 장면이다. 이걸 보고도 눈을 감거나 고개를 돌리지 않는다면 데려가 주겠다."

이준성은 짐을 실은 수레 앞으로 남매를 데려간 다음, 수레를 지키던 병사에게 짐칸을 덮은 거적을 치우라 명령했다.

그 순간, 수레 짐칸에 가득 실려 있는 왜군의 수급이 드러났다. 사람의 잘린 머리가 그 안에 탑처럼 쌓여 있던 것이다.

이미 부패하기 시작한 탓에 지독한 악취가 나며 벌레들이 들끓었다. 설사 어른이라고 해도 견디기가 힘든 광경이었다.

그러나 남매는 눈을 감지 않았다. 고개 역시 돌리지 않았다. 그저 얼굴이 하얗게 질려서는 수레를 쳐다볼 뿐이었다.

1분 정도 기다린 이준성은 병사에게 수레 짐칸을 다시 거적으로 덮으라는 명령을 내렸다. 남매는 그제야 밖으로 달려가 먹을 것을 토해 냈다. 먹은 것을 다 토한 다음에는 마지막 남은 신물까지 마저 토한 후에야 간신히 일어날 수 있었다.

"그 정도 기백이면 데려가지 않을 도리가 없겠군. 하지만 우린 너희들 뒤치다꺼리까지 해 줄 만큼 한가하지 않아. 너희들은 너희들이 입고 먹고 쓸 물건을 직접 지고 가야 할 거다."

이준성은 강주봉을 시켜 남매에게 옷과 군장, 무기를 나눠 주었다. 강주봉은 불만이 있는 눈치였지만 시키는 대로 하였다.

유웅수가 다가와 조용히 물었다.

"수급을 실은 수레는 어떻게 하실 생각입니까?"

"받은 대로 돌려줘야지. 아니, 몇 배로 돌려줘야지."

이를 간 이준성은 커다란 물통 하나에 노획한 화약을 전부 집어넣은 다음, 그 위에 수저와 못, 각종 쇠붙이를 집어넣었다. 마지막으로 물통 뚜껑에는 뇌홍을 적당량 뿌려 두었다.

"이 물통을 수급 속에 끼워 넣어라."

유웅수는 시키는 대로 병사들과 함께 물통을 수급 안에 끼워 넣어 밖에서 보이지 않도록 만든 다음, 완벽을 기하기 위해 물통 뚜껑에 마른 짚과 낙엽 등을 적당히 깔아 두었다.

작업을 마친 유웅수가 물었다.

"점화는 어떻게 하실 생각입니까?"

"생각해 둔 방법이 있으니까 걱정할 필요 없어."

이준성은 느티나무골을 나와 북쪽으로 올라갔다. 항복한 왜군을 통해 이미 왜군의 배치를 상세히 파악한 상태였기 때문에 병력을 보내 위험을 안고 위력정찰을 무릅쓸 필요가 없었다.

이준성은 왜군 본채가 위치한 언덕을 정찰하기 위해 근처 고지대로 올라갔다.

이곳이 북쪽이라면 전초를 세워 두어 적의 정찰을 막겠지만, 이곳은 그들이 점령한 후방 쪽이었다.

이준성은 인드라망으로 왜군 본채를 자세히 관찰했다.

본채 곳곳에 검은색 바탕에 하얀색으로 열십자를 그린 군기가 걸려 있었다. 열십자 모양 군기는 시마즈 가문의 군기였는데, 항복한 적들이 정확한 정보를 주었다는 의미였다.

야트막한 언덕 위에 진채를 내린 왜군은 주위에 대기병용 말뚝을 촘촘히 박아 아시온 사단의 중기병을 막으려 하였다.

패잔병이 남쪽으로 후퇴할 때, 아시온 사단이 중기병을 동원해 그들을 공격했단 정보를 전해 준 듯 준비가 아주 철저했다.

날이 좀 더 어두워지길 기다린 이준성은 유웅수에게 수급을 실어 둔 수레를 왜군이 볼 수 있는 장소에 가져다 놓게 했다.

유웅수는 시킨 대로 수레를 왜군 진채 가까이 옮겨놓은 다음, 이준성이 정찰 중인 산에 합류했다.

이준성은 새벽이 오기 전에 왜군이 수레를 발견해 주기를 원했다. 새벽이 오면 찬이슬이 짚을 적셔 계획대로 흘러가지 않을 가능성이 있었다.

다행히 왜군은 유웅수가 감쪽같이 가져다 놓은 수레를 곧 발견했다. 잔뜩 경계하며 접근한 왜군 하나가 수레를 덮은 거적을 치우기 무섭게 허리를 굽힌 자세로 먹은 것을 토했다.

다른 한 명은 짐칸에 실린 수급의 주인을 알아본 듯했다. 동료에게 뭐라 소리친 다음, 수레를 끌고 급히 본채로 돌아갔다.

이준성은 강주봉에게 손을 내밀었다.

강주봉은 기다렸다는 듯 이준성 전용 철궁을 건넸다.

철궁은 웬만한 사람 신장과 맞먹었다. 무게 역시 무척 많이 나가 농사와 고기잡이로 단련된 강주봉조차 힘에 부쳐 했다.

그 모습에 유웅수는 이게 뭐 하는 짓인가 싶어 눈을 크게 떴다.

이곳과 왜군 본채와의 거리는 거의 1킬로미터에 이르렀다. 이곳 도량형으로는 2.5리에 해당하는 거리였다. 맨눈으론 사람의 얼굴은커녕 몸통조차 희미한 윤곽으로 보이는 거리였다.

이준성은 강주봉이 건넨 불화살 하나를 철궁 활시위에 잰 다음, 활시위가 끊어지기 전까지 계속해서 시위를 뒤로 당겼다.

끼이이익!

무쇠란 사실이 믿기지 않을 만큼 잔뜩 휘어진 철궁이 어느 순간 쉭 하는 날카로운 소리를 내며 원상태로 돌아왔다.

불화살은 1킬로미터를 나는 동안 용케 꺼지지 않고 잘 버텼다. 송진, 기름, 화약을 절묘한 비율로 섞어 만들었기 때문에 1킬로미터 가까이 날아가는 동안 꺼지지 않을 수 있었다.

포물선을 그린 불화살은 왜군 본채에 정확히 떨어졌다.

유응수는 화살이 거기까지 날아갈 수 있다는 사실에 놀라 입을 떡 벌렸다. 그러나 이는 시작에 불과할 뿐이었다. 갑자기 왜군 본채 안에서 폭음이 들리며 불꽃이 하늘로 치솟았다.

◆ ◈ ◆

이준성은 인드라망으로 폭발이 일어나는 과정을 자세히 관찰할 수 있었다. 불화살은 수급을 실은 수레 짐칸에 떨어졌다.

비록 오차는 조금 났지만 수레 위에 깔아 둔 마른 짚과 낙엽에 불을 붙이는 데는 성공을 거두었다. 짚과 낙엽에서 즉시 주황색 불꽃을 피어오르며 회색 연기를 뿜어내기 시작했다.

깔아 둔 짚과 낙엽의 양을 생각하면 불은 금방 꺼져야 했다. 그러나 짚과 낙엽 밑에 깔아 둔 뇌홍이 그렇게 놔두지 않았다.

뇌홍은 불안정한 기폭제였다. 불과 열기에 아주 약했다. 곧 열이 받은 뇌홍이 폭발하며 사방으로 강한 열기를 발산했다.

뇌홍이 만들어 낸 열기는 물통에 담아 둔 화약을 빠른 속도로 태웠다. 화약은 타는 속도에 따라 발산하는 폭발의 위력이 달라졌다. 빠르게 탈수록 더 큰 위력을 뿜어내는 것이다.

질 나쁜 흑색화약을 도화선처럼 길게 늘어트려 놓은 다음 불을 붙이면 그냥 타들어 갈 뿐이다. 그러나 뇌홍을 이용해 순간적으로 태워 버리면 타들어 가는 게 아니라 폭발했다.

물통에 든 화약이 급속도로 타들어 가는 순간, 엄청난 양의 폭발에너지가 사방으로 뿜어져 나왔다.

그리고 그 에너지는 1차적으로 물통에 담아 둔 쇳조각과 수저, 못 등을 부러트려 그 파편을 사방으로 날렸다.

그러나 이준성이 만든 IED, 즉 급조폭발물은 거기서 한 번 더 업그레이드되어 있었다.

쇳조각과 수저, 못 등이 만들어 낸 금속파편은 수레 짐칸에 실어 둔 왜군의 수급을 도끼로 다진 것처럼 잘게 쪼개 인간의 뼈로 이뤄진 수천수만 개의 작은 파편을 더 생성해 냈다.

그리고는 그 모든 파편이 사방으로 날아가 근처 4, 5미터 반경에 있는 왜군에게 즉사에 가까운 피해를 입혔다.

또 10미터 안에 위치한 왜군에게는 중경상을 입히는 데 성공했다.

심지어 가장 멀리 날아간 파편은 30여 미터 밖에서 관찰되었다.

물론 30여 미터를 날아가는 동안 운동에너지를 거의 다 소모해 별 위력은 없었지만, 어쨌든 작전은 대성공이었다.

이준성은 재빨리 피해 규모를 산정했다.

최소 다섯 명은 즉사했다. 그리고 10명에서 20명은 중경상을 입어 전열에서 이탈했다.

폭탄을 만들 때 들어간 화약의 양을 생각하면 왜군 입장에선 그리 큰 타격이 아닐지 모르지만, 정신적인 면에서는 상당한 타격을 입힐 수 있었다.

왜군은 화약을 이런 식으로 사용할 수 있다는 사실을 이번에 처음 알았다.

물론 왜군은 화약을 쓰는 열병기에 익숙한 편이었다. 16세기 말엽에 접어들었을 무렵엔 이미 조총병이 편제에서 상당한 비율을 차지하는 수준에 이르러 있었다.

또 서양과 교역이 활발하던 큐슈나 주코쿠 일부 영지에 국한된 이야기이기는 하지만 대포 역시 사용하기 시작했다.

그러나 대포는 조총을 크게 확대한 무기와 같은 거여서 화약이란 포탄이나 조총 탄환을 멀리 날려 보내는 데 쓰는 재료지, 폭발시키는 데 쓰는 재료라곤 생각지 못했다.

충격은 그뿐만이 아니었다.

적은 그들의 동료, 친구, 어쩌면 형제나 아들일지 모를 왜군의 수급을 잘라 수레에 쌓은 다음, 그들에게 보내왔다. 그리고 그 안에 폭발물이 든 뭔가를 집어넣어 폭탄으로 사용했다.

무엇보다 그들을 두려움에 떨게 만든 건 이 폭탄을 터트리는 데 결정적인 역할을 한 불화살의 존재였다.

후방에서 해 오는 적의 접근과 기습을 막기 위해 본채 남쪽에 몇십 미터 간격으로 전초를 세워 두었다.

한데 전초를 서던 병사들은 화살이 날아온 지점을 본채에서 1킬로미터 가까이 떨어져 있는 작은 산의 중턱을 가리켰다.

왜군 지휘부는 믿을 수 없어 다시 물었지만 전초 병사들의 대답은 한결같았다. 그들이 단체로 홀린 게 아니라면 그게 사실이란 뜻이었다.

왜군은 전율했다.

그럴 수밖에 없었다.

1킬로미터 밖에서, 그것도 야간에 불화살을 쏘아 가로 2미터, 세로 3미터인 수레의 짐칸을 정확히 맞혔단 뜻인 것이다.

이는 그들이 앞으로 상대해야 하는 적이 엄청난 궁술을 지녔다는 뜻이었다. 또 교묘하게 함정을 팔 정도로 교활했으며, 동료와 친구와 형제가 지켜보는 앞에서 동료와 친구와 형제의 수급을 수천 조각내는 데 전혀 망설이지 않을 만큼 잔인하단 뜻이었다.

왜군은 이번 일로 상당한 충격을 받을 게 틀림없었다. 그러나 정작 당사자인 이준성은 적에게 그가 누군지 알려 주는 인사로 더 없이 적당하단 생각이 들었다.

한편, 이준성이 날린 불화살을 보고 놀란 사람은 왜군만이 아니었다. 유응수를 비롯해 그가 지금처럼 활을 쏘거나 언월도로 적을 수수깡 자르듯 베어 넘기는 모습을 보지 못한 병사들 역시 경악과 감탄으로 인해 입이 저절로 벌어져 있었다.

이준성은 유응수를 보며 히죽 웃었다.

"그렇게 놀랄 필요 없어. 지금은 맛보기일 뿐이니까. 거나하게 차려진 저녁 만찬을 먹기 전에 입가심하는 거라 생각해."

유응수는 얼떨결에 고개를 끄덕였다. 그러나 속으로는 다른 생각을 하였다. 이런 무시무시한 이준성을 적으로 돌리지 않은 게 얼마나 다행스러운 일이었는지 새삼 절감한 것이다.

이준성은 철궁을 강주봉에게 돌려주며 부하들에게 명령했다.

"곧 왜군 수색부대가 달려올 거다! 여기에 지뢰 1호를 깔아 둬라!"

그 즉시 공병을 맡은 항왜 몇 명이 등짐에서 뇌홍과 화약, 그리고 쇳조각을 꺼내 지뢰 1호를 제작하기 시작했다.

그들은 가죽 주머니에 화약과 쇳조각을 넣은 다음, 입구에 뇌홍을 달았다. 그리고는 도화선을 설치해 지뢰 1호를 완성했다.

완성된 지뢰 1호는 바닥에 살짝 묻은 다음, 그 위에 짚과 낙엽 등을 쌓아 집중해서 보지 않으면 찾기 힘들게 만들었다.

이준성은 비룡대대를 언덕 너머로 철수시켰다. 그리고는 왜군 수색부대가 그들이 있던 자리에 도착했을 때, 병사들에게 불화살을 쏘게 하여 지뢰를 터트렸다. 곧 폭죽을 터트릴 때처럼 환한 불꽃이 밤하늘을 가르며 아름답게 피어올랐다.

물론 불꽃 위에 서 있던 사람들은 전혀 다르게 생각할 터였다.

시마즈 요시히로는 본채 후방에 무시 못 할 적이 있다는 사실을 알기 무섭게 재빨리 움직였다.

우선 엉뚱한 곳에서 유격부대를 추적중인 4번대 대장 모리 요시나리에게 전령을 보내 빨리 올라오도록 했다.

그리고 전에 하던 대로 회양, 통천, 흡곡, 금성, 평강, 이천 등지에 학살부대를 내보내 민간인을 학살하려 들었다.

비룡대대가 후방을 어지럽히면 죄 없는 민간인을 학살하겠단 의지의 표명이었다.

그러나 이준성은 이미 시미즈 요시히로가 이렇게 나오리라 예상했기 때문에 진작 만반의 준비를 갖추어 놓은 상태였다.

전선 곳곳에 은호대대 병사들을 파견해 왜군의 이동을 면밀히 감시했다.

그리고 왜군이 학살부대를 파견할 때마다 우메즈, 마사카츠, 유응수, 강억필 등에게 병력을 주어 처단케 했다. 그리고 그중 한 부대는 이준성이 직접 지휘했다.

왜군은 유격부대의 숫자가 적지 않다는 사실을 파악하고 500명 규모의 학살부대를 운용했다. 이준성은 은호의 보고를 받으며 학살부대의 경로를 파악하는 데 전력을 기울였다.

이준성은 강주봉이 펼친 지도의 한 점을 손가락으로 가리켰다.

"그렇다면 다음은 이 서낭골이란 마을이겠군."

그가 지금 보는 중인 지도는 강원도의 지형과 지리를 표시한 군사지도였는데, 유진의 데이터베이스에 있는 21세기 군사지도에 지금 시대에 부르는 지명을 붙여 새로 제작했다.

학살부대가 이대로 이동을 계속한다면, 다음 목표는 서낭골이 될 게 분명했다.

이준성은 서낭골을 아는 사람을 수소문해 필요한 정보를
얻었다.

100여 호가 거주하는 서낭골은 이 근처에서 가장 큰 마을
이었다. 왜군이 처음 쳐들어왔을 때는 근처에 있는 산과 계곡
으로 피난을 떠났지만, 산속에서 겨울을 보낼 순 없었기 때문
에 마을로 돌아와 월동을 준비했다.

이준성은 서낭골에 도착해 마을 촌장을 만났다. 그리고 촌
장에게 왜군 학살부대가 오는 중이니 안전한 장소로 피하는
것이 좋겠다는 권고를 하였다.

놀란 촌장은 마을사람들을 데리고 근처에 있는 깊은 계곡
으로 들어가 몸을 숨겼다.

이준성이 현재 데리고 있는 병력은 500명이었다. 남은
1,000명은 유웅수, 우메즈 등이 이끌고 있어 3분의 1에 불과
했다.

이준성은 마사카츠, 이유일, 한인제를 불러 작전을 상의했
다.

"적을 마을로 끌어들이는 게 가장 좋지만 그러면 백성들이
살아갈 터전을 잃게 된다. 우리는 서낭골로 들어오는 이 길목
에 매복해 적을 칠 것이다. 바닥에 지뢰 1호를 깔고 병사들에
게는 천뢰 1호를 주어 매복시켜라. 내 신호에 따라 일제히 공
격한 다음, 상황을 봐 가면서 작전을 펼 것이다."

작전 회의를 마친 다음에는 바로 매복에 들어갔다.

그로부터 20분쯤 지났을 때, 기병 10기와 보병 400여 명으로 이루어진 학살부대가 모습을 드러냈다. 이준성이 예상한 길목으로 들어선 그들은 서낭골을 향해 급속하게 행군하기 시작했다.

왜군을 깊이 끌어들인 이준성은 천뢰 1호를 꺼냈다.

이름은 거창하지만, 사실 천뢰 1호는 대나무 속을 파낸 다음 그 안에 화약과 작은 쇠구슬을 넣어 만든 재래식 폭탄이었다. 뚜껑에 뇌홍을 넣고 그 위에 도화선을 매단 형태였다.

이준성은 천뢰 1호에 불을 붙인 뒤 잠시 대기했다. 왜군이 천뢰 1호를 주워 그들에게 다시 던지지 않게 하려면 도화선이 충분히 탈 때까지 기다려야 했다.

도화선이 거의 타들어 갔을 때쯤, 이준성은 수류탄을 던지듯 천뢰 1호를 던졌다.

천뢰 1호는 공중에서 폭발하며 사방에 작은 쇠구슬을 토해 냈다.

그러나 위력이 약해 폭발지점 바로 옆에 위치해 있지 않은 이상 큰 피해를 입히기는 무리였다.

다만 바닥에 매설해 둔 지뢰 1호 도화선에 불을 붙이는 것은 가능했다.

다른 병사들 역시 이준성이 한 것처럼 천뢰 1호에 불을 붙여 길목으로 던졌다.

이준성처럼 충분히 기다리지 않은 경우엔 바닥에 떨어진 후 몇 초 더 기다려야 폭발이 일어났다.

펑펑펑펑!

천뢰 1호와 지뢰 1호가 마치 합주곡을 연주하듯 번갈아 가며 폭발했고, 길목을 행군 중이던 왜군이 풀썩풀썩 쓰러졌다.

놀란 왜군은 입구와 출구 양쪽으로 부리나케 도망쳤다.

이준성은 병력 반을 이끌고 입구로 이동해 활과 조총으로 도망치는 왜군을 사냥했다. 마사카즈와 이유일, 한인제 세 명은 병력 반과 길목 출구로 뛰어가 같은 방식으로 공격했다.

길목 양쪽에서 무수히 많은 왜군이 쓰러져 나갔다.

이준성이 마저 처리하기 위해 돌격 명령을 내리려 할 때였다.

길목 북쪽과 남쪽 언저리에서 사람 그림자가 얼핏 보였다. 뒤이어 2,000명에 달하는 왜군이 양쪽에서 그들을 포위해 왔다.

함정에 걸린 쪽은 왜군이 아니라 그들이었다.

왜군은 학살부대 근처에 유격부대가 있으리라 예상하고 근처에 매복해 있었다. 그리고 예상대로 유격부대가 나타나 학살부대를 매복 공격하는 모습을 보고는 재빨리 포위에 나섰다.

이준성은 부하들에게 서쪽으로 탈출하란 명을 내린 다음, 쫓아오는 왜군 앞을 막아섰다.

그런 그를 흑룡중대 소속 정예병 100여 명이 에워쌌다. 흑룡중대는 원래 기병이지만 기병을 운용할 수 없는 지금은 근위보병 역할을 담당했다.

　그야말로 비룡대대, 아니 아시온 사단 전체를 통틀어 가장 강력한 중대급 부대 하나가 2,000명의 적을 막아선 것이다.

6장. 역의 역

　이번 기습 작전을 주도한 왜장의 이름은 시마즈 도요히사였다.

　시마즈 도요히사가 속한 시마즈 가문은 큐슈 남쪽을 통일한 다음, 그들과 더불어 큐슈 3강이라 불리던 오토모, 류조지를 차례로 격파해 큐슈를 거의 통일하는 데 성공했다.

　그러나 그들이 큐슈를 통일하기 위해 동분서주할 때, 이미 도요토미 히데요시는 왜국에서 적수를 찾기 힘들 정도로 세력이 강성해진 상태였다.

　그런 도요토미 히데요시가 큐슈를 정벌하기 위해 바다를 건너는 순간, 시마즈 가문의 큐슈 통일이란 염원은 이미 물건너간 상황이나 마찬가지였다.

어쨌든 시마즈 가문이 큐슈를 통일하기 직전까지 갈 수 있던 가장 큰 이유는 가문에 무용과 지략으로 명성을 떨친 네 형제가 존재했기 때문이었다.

차례대로 요시히사, 요시히로, 토시히사, 이에히사였는데, 시마즈 도요히사는 그중 막내 시마즈 이에히사의 아들이었다.

시마즈 도요히사와 시마즈 요시히로는 삼촌과 조카의 관계, 즉 숙질간이었던 것이다.

도요토미 히데요시에게 조선으로 출병하란 명령을 받은 시마즈 가문은 이들 시마즈 요시히로와 시마즈 도요히사 숙질에게 1만 5천에 달하는 대병력을 주어 조선에 상륙시켰다.

지금은 왜군 4번대에 속해 대본영의 작전 계획에 따라 강원도에 주둔해 있었는데, 함경도를 맡은 왜군 2번대가 토병으로 이루어진 의병에게 전멸해 흔적조차 찾기 어려워지는 바람에 그들이 함경도 경계까지 올라와 적을 막는 상황이었다.

한데 적은 북쪽에만 있지 않았다.

적은 어느새 남쪽으로 내려와 강원도 곳곳을 돌며 유격전을 수행했다.

그 바람에 후방과의 연락은 물론이거니와 보급까지 끊긴 상태였다.

4번대 주장 모리 요시나리가 어중이떠중이들을 데리고 적을 추적하는 중이었지만 별 소용이 없었는지 유격부대는 그들 바로 등 뒤에까지 접근해 있었다.

그들은 유격부대를 위협하기 위해 민간인 학살 작전을 감행했지만, 오히려 작전을 펼치러 나간 부대만 상해 돌아왔다.

적이 학살부대가 가는 경로를 정확히 파악한 점으로 볼 때, 이는 적이 아주 뛰어난 정찰 부대를 운용한다는 뜻이었다.

이에 시마즈 요시히로와 도요히사 숙질은 오히려 이를 이용해 함정을 파기로 했다. 적이 정찰 부대에 상당히 의존한다는 점을 역으로 이용하여 타격을 주는 계획이었다.

왜군은 적이 전선에 깔아 둔 정찰 부대를 피하기 위해 밤에 노획한 배를 타고 남쪽 깊숙한 지점에 상륙했다. 그리고는 미끼인 학살부대를 먼저 내보내 적이 걸리기를 기다렸다.

예상대로 적은 미끼에 걸렸다.

이번 작전을 주도한 시마즈 도요히사는 즉각 공격을 명했다. 나이는 비록 약관을 갓 넘긴 상태였지만, 아주 어렸을 때부터 부친과 숙부를 따라 큐슈의 전장을 돌아다녔기 때문에 이런 상황에서 어떤 일이 벌어지는 누구보다 잘 알았다.

당황한 적은 질서 없이 퇴각하다가 용맹하기로 이름 높은 시마즈군의 정예 병력에 몰살당하기 십상이었다.

시마즈 도요히사는 이런 장면을 수없이 보았기 때문에 지금 역시 마찬가지일 거라 생각했다. 더욱이 상대는 정규군이 아니었다.

100년 동안 전쟁을 치른 왜국은 정규군과 준군사조직의 차이가 거의 없었지만, 큰 전쟁을 치른 경험이 없는 조선은 정규군이 약해 빠져서 하품이 나올 정도였다.

한데 상대는 그런 정규군보다 훈련 경험이 적거나 장비가 취약한 의병이었으니, 이런 전투는 승리하기보다 패하기가 더 어려운 법이었다.

한데 상황이 갑자기 묘하게 흘러갔다.

적은 그들이 모습을 드러내기 무섭게 서쪽으로 퇴각했다. 그 속도가 너무 빨라 마치 그들이 나타나길 기다린 것처럼 보일 지경이었다.

시마즈 도요히사는 지체 없이 적을 쫓으란 명을 내렸다. 한데 그때 또 한 번 이상한 일이 벌어졌다.

적 일부가 빠져나와 그들 앞을 막아선 것이다.

이는 마치 시마즈군이 자랑하는 스테가마리를 흉내 낸 것 같은 전법이었다.

스테가마리는 지금처럼 퇴각해야 하는 상황에 놓여 있을 때, 조총병을 포함한 병력 일부를 남겨 적의 추격을 저지하는 전법이었다.

물론 뒤에 남은 병력은 목숨을 잃겠지만 어쨌든 그들의 희생 덕분에 본대는 적의 추격을 뿌리칠 수 있었다.

이는 시마즈군처럼 군기가 세고 용맹하지 않으면 시도할

수 없는 전법이었다. 군기가 약하면 적을 막는 게 아니라, 먼저 도망쳐 버릴 것이기 때문이었다.

스테가마리는 의병처럼 단련되지 않은 부대는 결코 흉내 낼 수 없는 전법이었는데, 적이 그걸 시도하고 있는 것이다.

그러나 시마즈 도요히사는 곧 적이 스테가마리를 흉내 내는 게 아님을 깨달았다.

적은 병력 일부를 희생시켜 그 틈에 본대가 퇴각하는 게 아니라, 100여 명 남짓한 병력으로 2,000명에 달하는 그의 군대 전체를 상대하려는 계획이었다.

시마즈 도요히사는 헛웃음이 나왔다.

100여 명으로 2,000명을 상대하다니!

그러나 헛웃음은 곧 씁쓸한 웃음으로 바뀌었다.

그리고 그 씁쓸한 웃음은 곧 경악으로 바뀌었다.

100여 명 남짓한 적이 그들을 성공적으로 막아 내고 있었던 것이다.

시마즈 도요히사는 저들이 그렇게 할 수 있는 이유를 바로 눈치 챌 수 있었다. 아니, 눈치 채지 못하는 게 더 어려웠다.

신장이 거의 2미터에 달하는 거인 하나가 왜군 무기인 언월도와 왜도를 양손에 든 채 악귀처럼 그의 부하를 도륙하는 중이었다.

그도 어렸을 때, 언월도를 배운 적이 있었다. 그러나 무겁고 느리고 사용하는 데 체력이 많이 필요한 언월도는 그의 흥미를 끄는 데 실패했다.

한데 그가 어렸을 때 배운 게 맞다면 언월도는 분명 두 손으로 사용하는 무기였다.

그러나 거인은 한 손으로 그 언월도를 자유자재로 사용했다. 게다가 언월도는 갑옷을 베느라 날이 다 빠져 톱이나 다름없었다. 전처럼 날카롭지 않단 뜻이었다.

그러나 거인은 상관없다는 듯 톱으로 변한 언월도로 부하의 사지를 썰어 버렸다.

시마즈 도요히사는 수많은 전투를 겪었지만 저 거인처럼 무시무시한 방법으로 적을 죽이는 도살자는 본 기억이 없었다.

놀라운 점은 언월도만이 아니었다.

왼손에 쥔 왜도 역시 마찬가지였다.

왜도는 베는 용도였다. 그리고 갑옷 밖으로 살이 드러난 부위를 찌르는 용도였다. 한데 거인은 왜도를 갑옷에 찔러 넣었다.

갑옷은 당연히 이를 막아 내야 했는데 거인이 쥔 왜도는 잠시 멈칫할 뿐 그대로 갑옷을 뚫고 들어갔다.

거인의 잔인하기 짝이 없는 손속에 용맹하기로 이름 높은 사츠마의 무사들이 겁을 집어먹는 추태를 보였다.

보다 못한 시마즈 도요히사는 앞으로 달려가 부대를 직접 지휘했다.

"물러나서 활과 조총을 쏴라!"

도요히사의 명령은 곧장 전령을 통해 현장 지휘관에게 전해졌다.

이에 지휘관은 거인이 이끄는 병력과 섞여 있는 부하들을 뒤로 물렸다.

방금 전까진 적아를 구분하기 어려울 만큼 한데 뒤섞인 탓에 원거리 무기로 공격할 엄두를 내지 못했다.

왜군은 희생을 감수한 상태에서 먼저 퇴각하여 원거리 무기로 끝장을 내려 했다. 한데 놀라운 일이 또 한 번 벌어졌다.

적은 등을 돌린 채 도망치는 왜군을 추격하지 않았다. 그 대신, 마치 이때를 기다렸다는 듯 재빨리 돌아서서 도망쳤다.

한 방 먹은 왜군은 급히 조총과 활을 쏘았지만, 10여 명만 쓰러트렸을 뿐 적을 분쇄하는 데는 실패했다.

뛰어나기로 유명한 시마즈군 조총병조차 100미터 밖에서는 맞히지 못했다.

시마즈 도요히사는 급히 추격하라 명했다.

그러나 숲에 숨은 적을 찾아내는 일은 쉽지 않았다.

결국 포기한 시마즈 도요히사는 본채로 돌아갈 수밖에 없었다.

왜군의 추격을 뿌리친 이준성은 병력 피해를 확인했다.

20여 명이 돌아오지 못했다. 그리고 살아 돌아온 80여 명 중 전열에서 이탈해야 할 정도로 큰 부상을 입은 병사가 30명이었다.

즉, 이번 전투로 50여 명에 가까운 피해를 입었다.

그러나 그 덕에 비룡대대 1,500명은 무사히 안전한 장소로 퇴각할 수 있었다.

부상당한 병사를 안전한 장소에 옮겨 치료하도록 조치한 이준성은 계속해서 유격전을 수행했다. 이번에는 전선의 왜군을 직접 공격했다. 왜군을 유인한 다음, 지뢰 1호와 천뢰 1호를 적절히 사용해 큰 피해를 입혔다.

그렇게 닷새쯤 했을 때, 마침내 전선에 변동이 생겼다.

보급에 문제가 생긴 왜군은 진채를 뽑아 서쪽으로 후퇴했다.

남쪽이 아닌 서쪽으로 후퇴한다는 말은 강원도를 포기하겠단 표현이나 다름없어 이준성의 작전이 성공했음을 뜻했다.

그러나 이준성은 왜군을 이대로 돌려보내 줄 마음이 없었다.

이준성은 즉시 은호를 통해 강문우에게 명령을 내렸다.

명을 받은 강문우는 즉각 전군을 움직여 왜군을 추격했다. 그리고 출발한 지 네 시간 만에 왜군을 추월하는 데 성공했다.

왜군은 생소한 길을 가는 거지만 아시온 사단은 은호를 통해 그 주변 지리를 상세히 조사해 둔 덕에 앞지를 수 있었다.

강문우는 매복, 협공하는 데 유리한 장소를 재빨리 선점한 뒤 천궁대대를 배치했다.

그리고 천마대대는 오른쪽 언덕 뒤에 매복시켰고, 흑표와 백랑 두 대대는 근처 산 정상에 진채를 세운 다음 적이 화공을 쓰지 못하도록 나무와 풀을 베어 내도록 했다.

또 참호를 판 다음, 목책을 세우게 했다. 적을 맞을 준비를 모두 마쳤을 때, 왜군이 나타났다.

이준성은 왜군이 갈림길에서 다른 방향으로 가지 못하도록 만들기 위해 위험을 감수했다. 비룡대대와 함께 왜군 선두를 기습한 것이다.

한데 100미터쯤 비룡대대를 추격하던 왜군이 멈춰 섰다. 적의 유인작전일지 모른다는 생각이 든 것이다.

그러나 이준성은 포기하지 않았다.

왜군이 유인작전에 말려들 때까지 계속 기습하여 괴롭혔다.

1만이 넘는 왜군 전체를 유인할 필요는 없었다.

그중 일부를 유인하면 몸통은 알아서 따라오기 마련이었다.

그렇게 한 시간쯤 했을 때, 마침내 왜군이 유인에 걸려들었다.

이준성은 꼬리에 왜군을 매단 채 아시온 사단이 있는 장소로 도망쳤다. 가끔 왜군이 추격속도를 늦추려는 기미가 보이면 돌아가서 맹렬한 공격을 가해 다른 생각을 못 하게 했다.

이준성은 인드라망으로 주변을 살피다가 왼쪽 산을 가리
켰다.

"저기다! 저곳으로 이동해라!"

이준성은 병력을 산 위로 퇴각하게 한 다음, 뒤를 돌아보
았다.

왜군이 길게 늘어진 상태에서 비룡대대를 쫓아왔다. 한데
시마즈 요시히로가 지휘하는 왜군은 역시 쉽지 않은 상대였
다.

비룡대대가 산으로 올라가는 모습을 보기 무섭게 추격을
중단한 다음, 방어 대형을 갖추었다. 이준성은 자기가 왜군
을 이쪽으로 유인한 줄 알았는데 지나고 보니 아니었던 것이
다.

왜군은 아시온 사단을 전부 끌어내기 위해 일부러 함정에
걸려든 척한 것이다.

마치 유격전에서는 이길 수 없지만 힘과 힘이 정면으로 맞
붙는 전투에서는 이길 수 있다는 듯했다.

대단한 자신감이 아닐 수 없었다.

이준성은 히죽 웃었다.

"뭐 어떻게 가든 서울에만 도착하면 되는 거 아니겠어?"

이준성의 말이 끝나기 무섭게 포성과 함께 불벼락이 쏟아
졌다.

천궁대대가 완구로 쏘아올린 유성 1호는 아름다운 포물선을 그린 다음, 사신이 강림하듯 왜군 머리에 떨어졌다. 기계가 아닌 사람이 수제로 만든 포탄을 수제로 만든 완구로 직접 쏘는 상황이기 때문에 터지는 시간은 제각각이었다.

　　아니, 제멋대로였다.

　　어떤 포탄은 떨어지기 전에 폭발해 우산살이 퍼지듯 금속 파편을 사방으로 뿜어냈다. 그리고 또 어떤 포탄은 땅에 떨어진 후에도 물수제비처럼 여기저기 굴러다니다가 폭발했다.

　　물론 불발이 나거나 왜군 진영과 상관없는 지역에 떨어진 포탄 역시 적지 않았다. 16세기 말의 원시적인 야포로는 현대 포병이 TOT를 하듯 정밀한 포격을 가할 수 없었다.

　　어쨌든 유성 1호는 왜군에게 물질적, 정신적 피해를 입히는 데 성공했다. 왜군은 조선군이 쏘는 화포를 경험한 적이 많았다. 그러나 대부분 쇳덩어리 포탄이어서 피해가 크진 않았다.

　　한데 이번 포탄은 달랐다. 쇳덩어리 안에 든 금속조각이 달구어진 화살촉처럼 날아와 사람의 살에 들러붙으며 여기저기서 신음과 비명, 고함이 터져 나왔다.

　　그중 가장 큰 피해를 입힌 포탄은 역시 공중에서 폭발한 포탄이었다.

지면에 충돌한 후에 폭발하면 파편이 날아갈 수 있는 각도는 180도지만, 공중에서 터질 경우에는 날아가는 각도가 360도였다.

물론 왜군이 공중에 떠 있지 않는 이상 360도로 날아간다고 해서 살상범위가 2배로 늘어나는 건 아니지만, 어쨌든 가장 큰 피해를 준 것은 사실이었다.

그러나 유성 1호에는 한계가 있었다.

황돈대대 소속 기술자들이 밤을 새워 가며 제작에 몰두했지만, 30여 발을 발사했을 때는 이미 포탄이 남아 있지 않았다.

여기엔 두 가지 이유가 있었다.

첫 번째는 시간이 부족했기 때문이었다.

시간이 부족했단 말은 절대적 의미와 상대적인 의미를 함께 포함했다. 절대적 의미는 말 그대로 물리적인 시간이 부족했다는 뜻이었다. 유성 1호를 양산하기 시작한 지 이제 한 달이 갓 넘은 때라 애초에 시간이 부족했다.

그리고 상대적인 의미에선 모든 부품을 장인이 직접 제작해야 했기 때문에 포탄 한 발을 제작하는 데 많은 시간이 걸린단 뜻이었다.

두 번째 이유는 재료가 비쌌기 때문이었다.

철은 어떻게 구할 수 있을지 몰라도 뇌홍에 들어가는 수은과 화약은 구하기가 쉽지 않았다. 16세기 조선에는 땅에 묻혀 있는 화약이라 할 수 있는 초석광산이 없었다.

그렇다고 유럽처럼 식민지에서 초석을 캐와 화약을 만들 수도 없었다.

조선은 그래서 낡은 집의 부뚜막이나 마루 아래, 온돌 밑에 있는 흙을 긁어모은 뒤 그 안에 나무가 타고 남은 재와 사람의 소변을 섞어 가열했다.

그러면 하얀 이끼 같은 물질이 생기는데, 그 이끼를 4, 5개월 동안 방치했다가 다시 긁어서 입부리가 달린 항아리에 넣은 뒤 그 위에 불을 부어 입부리에서 나온 물을 받았다.

그리고는 그 물을 세 번 끓였다가 식히는 과정을 반복하여 초석을 만들어 냈다.

이렇게 만든 초석에 유황, 버드나무를 태운 재를 섞은 다음 쌀뜨물에 섞어 반죽해 방아로 찧으면 화약이 되는 것이다.

물론 이 역시 화약을 개발한 중국에서 배워 온 방법이었지만, 어쨌든 부뚜막이나 마루 아래 같은 장소에서 화약의 가장 중요한 재료인 질산염이나 질산칼륨을 채취한다는 방법은 획기적이었다.

다만 빠른 시간에 양산이 불가능하다는 게 문제였다. 또 뇌홍에 들어가는 수은은 경상도에 많았는데, 왜군에 의해 팔도가 찢어진 이런 상황에선 수급이 어려울 수밖에 없었다.

이준성이 세운 작전대로라면 천궁대대는 지금쯤 유성 1호를 다 소진해 전처럼 쇠로 만든 철환이나 납으로 만든 연환,

돌을 둥글게 깎아 만든 단석을 포탄으로 쓸 수밖에 없었다.

예상대로 왜군은 유성 1호가 더 이상 날아오지 않는단 사실을 파악하기 무섭게 전열을 정비한 다음, 아시온 사단 주력이 진채를 내린 오른쪽 산 능선 방향으로 병력을 전개했다.

병력 전개의 신속함은 혀를 내두를 정도였다. 불과 얼마 전까지 유성 1호에 속절없이 당한 부대라곤 전혀 믿기지 않았다.

이준성은 길 왼쪽 산 정상으로 올라가 강문우가 지휘하는 아시온 사단 주력의 전투를 지켜보았다. 강문우는 이미 그가 가르친 전투교범에 따라 만반의 준비를 갖춰 둔 상태였다.

적의 접근을 막는 방책을 앞에 세우고 그 뒤에 참호와 교통호를 파 적이 병력을 축차 투입해 소모시키도록 유도했다.

공격 전술 역시 이준성이 사용하던 전술과 비슷했다.

적이 포격 사거리 안에 들어오면 완구로 포탄을 쏘아 공격했다. 그리고 각궁 사거리 안에 들어오면 각궁을, 조총 사거리 안에 들어오면 조총으로 공격해 끊임없이 피해를 입혔다.

강문우는 적이 참호에 붙을 때까지 기다리다가 공격하지 않았다. 그러나 왜군 역시 계속 당해 줄 생각은 없다는 듯 조총 탄환을 막는 대나무 방패를 앞세워 거리를 점점 좁혀 왔다.

왜군이 쓰는 대나무 방패는 대나무를 여러 개 묶어 다발로 만든 다음 철판이나 나무판자를 붙여 만들었는데, 웬만한 조총 탄환이나 화살은 문제없이 막을 정도의 강도를 갖췄다.

왜군은 일단 산 좌우측에서 산 정상을 바라보는 형태로 대나무 방패를 세운 다음, 시마즈군이 자랑하는 조총병을 대거 투입했다.

조총병은 단단한 대나무 방패에 의지해 아시온 사단 병사들이 쏘는 조총 탄환과 화살을 막으며 반격했다.

탕탕탕탕탕!

곧 양측 군대는 조총으로 치열한 공격을 주고받았다.

아시온 사단이 가진 조총은 노획한 것이기 때문에 엄밀히 말하면 양쪽 다 왜국에서 만든 조총으로 공격하는 셈이었다.

흑색화약은 사람들의 예상보다 훨씬 더 많은 포연을 뿜어냈다.

마치 연막탄을 터트린 것처럼 산 중턱을 연기로 덮어 버렸다.

그때, 흑색화약이 만든 짙은 포연 속에서 왜군 보병 부대가 본격적으로 산을 기어오르기 시작했다.

왜국은 험한 산에 건설하는 산성이 방어의 중추를 담당하는 경우가 많았기 때문에 이까짓 산은 금방 점령할 수 있다고 생각하는 듯했다.

왜군 보병 부대가 조총 부대의 엄호를 받으며 아시온 사단이 쌓은 방책에 이르렀을 때였다.

왜군이 방책을 제거하려는 순간, 참호에 있던 아시온 사단 병사들이 벌떡 일어나 천뢰 1호를 던졌다.

천뢰 1호의 위력은 별것 없었지만, 방책에 매설해 둔 지뢰 1호의 도화선에 불을 붙이는 데는 성공했다.

곧 지뢰 1호가 폭발하며 방책과 왜군을 같이 날려 버렸다. 전선에서 폭발음이 울릴 때마다 왜군이 뭉텅이로 쓰러져 산 밑으로 굴러갔다. 이준성은 지금쯤 왜군이 후퇴해 전열을 정비할 거라 생각했다. 전투 초반에는 땅거미가 내려앉은 정도였다면 지금은 완전히 어두워져 시야가 좁아져 있었다.

그러나 왜군은 예상과 달리 후퇴하지 않았다.

첫 전투에서 병력을 1할 가까이 소모했지만 단숨에 승부를 보겠다는 듯 병력을 계속 밀어 넣었다. 왜군의 파상적인 공세에 밀려 결국 아시온 사단은 1차 참호를 빼앗겼다.

그리고 저녁 10시 무렵에는 중턱의 2차 참호를 빼앗겼으며 자정 무렵에는 산 정상 가까이에 파둔 3차 참호까지 밀려나 있었다.

이는 이준성의 예상을 빗나가는 일이었다.

아시온 사단 주력은 현재 7천 명을 상회했다. 비록 왜군 숫자가 그 두 배라고는 하지만, 아시온 사단에는 유성 1호와 천뢰 1호, 지뢰 1호 같은 신무기가 있었다.

그리고 미리 산에 참호를 파 놓는 등 방어 준비를 마친 상태였다.

한데 왜군, 아니 시마즈군은 맹렬한 기세로 방어를 무너트렸다.

"좋지 않군."

입맛을 다신 이준성은 휴식을 취한 비룡대대에게 야습을 준비시켰다.

그리고 시마즈군이 아시온 사단 3선 참호에 대규모 병력을 투입하는 순간, 재빨리 매복지에서 나와 시마즈군 후방을 기습했다.

그러나 시마즈군 역시 이미 준비가 되어 있었다. 길 왼쪽 산으로 도망친 비룡대대를 계속 염두에 두고 있었는지 조총부대 일부를 후방에 배치해 둔 것이다.

사상자가 늘어난 비룡대대는 하는 수 없이 뒤로 퇴각해야 했다.

우메즈, 유응수 등이 지휘하는 비룡대대가 패해 퇴각하는 모습을 본 이준성은 왜군이 어떻게 나오는지를 유심히 살폈다.

패해 도망치는 적만큼 좋은 먹잇감이 없었다.

전투에서 가장 많은 피를 흘리는 상황은 적과 교전할 때가 아니라, 지금처럼 패해 퇴각하는 때였다.

그냥 진채를 나와 도망치는 적의 뒤를 후려치기만 해도 적은 나자빠지기 마련이었다.

피가 펄펄 끓는 사내라면 적이 도망치게 놔두지 않았다.

한데 왜군은 움직이지 않았다.

진채 안에 숨어 도망치는 비룡대대를 그저 지켜볼 따름이었다.

공격성으로 유명한 시마즈 가문이라면 반드시 튀어나와야 하는 상황인데 그럴 기미가 보이지 않았다.

시마즈 요시히로가 자기 군대를 얼마만큼 잘 통솔하는지를 보여 주는 예시였다.

이준성은 고개를 돌려 아시온 사단을 보았다.

아시온 사단은 3선 참호 곳곳이 돌파당해 왜군과 육박전을 벌이는 중이었다. 시간을 더 지체하면 피해가 커질 듯했다.

아니, 피해가 커지는 상황을 넘어 전멸에 이를지도 모를 일이었다.

이준성은 황돈대대에 부탁해 만든, 현대의 보병 철모처럼 둥근 투구를 덮어쓴 뒤 얼굴 전체를 가리는 철제 바이저를 밑으로 내렸다.

얼핏 보면 중세 유럽기사가 사용하던 플레이트메일 헬멧처럼 보였지만 형태는 철모에 가까웠다.

투구는 시작에 불과했다. 팔과 다리, 몸통을 가리는 두꺼운 판형 갑옷을 착용해 밖으로 드러난 살이 없도록 만들었다.

다른 사람이 그런 중무장을 하면 몇백 미터 가지 못해 뻗겠지만, 근력 수준이 다른 이준성은 약간 힘들 뿐이었다.

이준성은 풀 플레이트메일을 걸친 중세의 유럽기사들과 달리 시종의 도움을 받지 않은 상태에서 흑표의 등자에 오른발을 건 다음, 위로 훌쩍 뛰어올라 안장에 엉덩이를 걸쳤다.

흑표 역시 이준성보다 약간 가볍기는 하지만 눈과 코를 제외한 거의 모든 부위를 갑옷으로 가려 단단히 방호한 상태였다.

이준성은 뒤를 돌아보았다.

완전무장한 중기병 2,000명이 그만 쳐다보고 있었다.

이들은 지금까지 아껴 둔 아시온 사단의 최정예 천마대대였다. 대대 규모를 넘은 지 오래지만 어쨌든 맹호연대와 함께 아시온 사단의 주요 전투부대로 맹활약을 이어 가는 중이었다.

천마대대는 조선에서 흔히 입는 두석린갑과 두정갑에 왜군에게 노획한 찰갑 등을 입어 통일성이 부족했다.

함경도 각 성의 무기고에서 구한 두석린갑, 두정갑으로는 2,000명에 달하는 중기병을 전부 무장시킬 수 없었던 것이다.

또 기존 갑주를 녹여 새 갑옷으로 만들기에는 시간이 부족했다.

그러나 자신들이 아시온 사단 최정예라는 자부심만은 대단해서 눈빛과 얼굴 표정에 그러한 감정이 여실히 드러나 있었다.

세모꼴로 선 천마대대의 맨 앞 꼭짓점에는 이준성이 서 있었다. 그리고 그 뒤에는 이준성의 근위대 역할을 하는 비룡대대 흑룡중대가 자리해 있었다. 흑룡중대의 중대장은 항왜 중에서 카네와 함께 가장 먼저 이준성을 따른 하구로였다.

흥분한 이들의 모습과 긴장한 군마가 뿜는 하얀 입김을 바라보던 이준성이 고개를 돌리며 오른손의 언월도를 번쩍 치켜들었다.

"돌격!"

소리친 이준성은 매복지에서 빠져나와 왜군 측면으로 돌격했다. 그런 이준성의 뒤를 2,000에 달하는 중기병이 따랐다.

마치 쇠로 제작한 거대한 쐐기가 적진에 틀어박히는 듯했다.

◆ ◈ ◆

이준성의 부관 강주봉은 1,000명에 달하는 천마대대 지원중대 병사들과 함께 뒤에 남아 있었다. 중기병은 혼자 할 수 있는 일이 많지 않기 때문에 여분의 군마, 갑옷, 무기 식량 등을 싣고 다니며 천마대대를 지원하는 중대가 꼭 필요했다.

지원중대는 나이가 어려 아직 기병이 될 순 없지만 장차 기병으로 성장할 가능성이 높은 소년병들과 이젠 나이가 많아 예전처럼 무거운 갑옷을 입고 몇 시간 동안 싸우는 극한의 중노동을 견뎌 내지 못하는 노병으로 이루어져 있었다.

강주봉은 홀린 사람처럼 근처 산으로 올라갔다. 그 뒤를 김은, 김영 두 남매가 따랐다. 두 남매는 비룡대대 소속이지만, 지금은 이준성의 명에 의해 강주봉과 같이 다니는 중이었다.

세 사람이 전장이 내려다보이는 산 중턱에 도착했을 때, 이준성이 이끄는 천마대대는 왜군 측면 100미터 지점에 있었다.

세 사람은 밤하늘을 밝게 비추는 새하얀 달빛 아래에서 돌격이 이루어지는 광경을 쳐다보며 눈 한 번 깜빡이지 않았다.

한편 당사자인 이준성은 왜군과 전투를 시작한 이래 처음으로 실패할지 모른다는 우려에 휩싸여 있었다.

지금까지 그가 사용한 중기병 전술은 망치와 모루 작전의 변형에 해당했다.

모루 역할을 맡은 보병으로 적을 끌어들인 다음, 망치 역할을 하는 기병이 적의 옆이나 뒤를 쳐서 공격하는 전술이었다.

그러나 지금은 망치와 모루 작전이 아니었다.

모루 역할을 맡은 보병 부대가 박살 나기 일보 직전이었기 때문에 모루를 지키기 위해 서둘러 망치를 꺼내 든 상황과 같았다.

그렇다고 자신감까지 같이 사라진 것은 아니었다.

심지어 고스트 사무라이가 깔린 산으로 혼자 돌진했을 때조차 자신감으로 가득 차 있던 그였기에 진다는 생각을 하지 않았다.

지금 역시 마찬가지였다.

아시온 사단 주력이 밀리고 비룡대대가 패한 이유는 그곳에 그가 없기 때문이라는 생각이 강했다.

이준성은 전에 없이 고무된 상태에서 눈앞의 왜군을 향해 맹렬히 흑표를 몰았다.

300미터를 전력으로 달린 탓에 흑표가 헐떡이기 시작할 때였다. 거의 무방비처럼 보이는 왜군 측면이 눈앞에 나타났다.

이준성은 중기병이 가지는 엄청난 충격력을 이용하기 위해 말배를 걷어찼다. 흠칫한 흑표가 사력을 다해 속도를 높였다.

한데 그때였다.

무방비처럼 보이던 왜군 측면에 갑자기 지키는 병사들의 숫자가 확 늘었다. 이준성은 인드라망으로 늘어난 병력이 대부분 조총병임을 확인하는 순간, 뒤를 돌아보며 명령했다.

"산개해라!"

바로 뒤에서 따라오던 원충서가 급히 부하들에게 소리쳤다.

"산개해라! 옆으로 넓게 퍼져라!"

천마대대 기병들은 급히 그 명에 따라 군마와 군마 사이의 간격을 넓히기 위해 애썼다.

그러나 2,000에 달하는 기병부대가 충분한 공간을 확보하는 데는 생각보다 많은 시간이 걸렸다.

그리고 그 순간, 왜군 조총병이 일제사격을 가했다.

천마대대 본대와 왜군 조총병 사이의 거리는 60미터. 조총의 유효사거리에 간신히 걸리는 거리였다.

왜군은 천마대대를 진채 가까이 끌어들여 일망타진할 목적으로 적지 않은 숫자의 조총병을 자기 진채 안에 매복시켜 두었던 것이다.

시마즈 요시히로가 아시온 사단이 적지 않은 수의 기병을 운용한다는 정보를 전해 듣고는 미리 대비해 둔 모양이었다.

흑색화약이 뿜어낸 연기가 투구 바이저에 뚫어 놓은 구멍으로 들어와 눈을 따갑게 만들었을 때, 이준성은 누가 앞에서 망치로 가슴 부위를 냅다 후려친 것 같은 통증을 느꼈다.

이준성은 고개를 내려 가슴을 보았다.

심장 부위가 움푹 들어가 있었다.

조총 탄환이 박힌 자국이 분명했다.

만약 두꺼운 철판으로 갑옷을 다시 제작하지 않았으면, 조총 탄환은 갑옷을 뚫고 심장에 박혔을 것이다.

그가 많은 비용을 들여 갑옷을 새로 제작한 이유는 다른 사람 몸에 맞춰 만든 갑옷이 몸에 맞지 않아 계속 불편했기 때문이었다.

한데 그 덕분에 그는 목숨을 건졌다.

이준성은 뒤를 돌아보았다.

기병 수십 명이 조총 탄환에 맞아 쓰러졌다.

탄환 중 일부는 갑옷을 관통하지 못했지만 탄환이 가진 에너지가 기병을 말에서 떨어뜨리는 데는 성공했다.

떨어진 기병은 뒤에서 달려온 동료의 군마에 밟히거나 들이받혔다. 차라리 갑옷을 관통당해 즉사하는 쪽이 고통이 덜해 보였다.

이준성은 체중과 갑옷 무게, 그리고 엄청난 근력을 이용해 흑표에서 떨어지는 상황은 면했지만 그렇지 못한 기병이 많았다.

다행히 그 틈에 거리는 더 가까워져 30미터로 줄었다.

일제사격으로 꽤 훌륭한 성과를 거둔 조총 부대는 거리를 좁히는 천마대대를 지켜보며 재장전하는 실수를 범하지 않았다.

그들은 미련 없이 돌아서서 뒤쪽으로 숨어 버렸다. 그리고 그 자리를 왜군 기병부대가 차지했다.

숫자는 정확히 파악할 수 없었지만 몇 백은 넘는 듯했다. 왜군 기병부대는 자신감 넘치는 모습으로 천마대대 중앙을 돌파해 들어왔다.

장기를 두듯 정확한 수로 복잡한 전장을 풀어 나가는 면을 고려했을 때, 시마즈 요시히로는 보기 드문 훌륭한 지휘관임이 틀림없었다.

비룡대대의 유인작전에 당한 것처럼 적의 매복지역에 스스로 걸어 들어와서는 어떤 형태의 싸움에서도 이길 수 있다는 듯 적지 한가운데에 진채를 세웠다.

그리고는 산에 주둔한 강문우의 맹호연대를 맹렬히 밀어붙였다.

죽음을 각오하고 덤벼드는 통에 어지간한 강문우조차 속절없이 뒤로 밀려 산꼭대기에서 포위당하기 직전이었다.

이준성은 곤경에 처한 맹호연대를 지원하기 위해 반대쪽에 있던 비룡대대를 내보냈다. 그러나 시마즈 요시히로는 바로 대응부대를 파견해 비룡대대를 패퇴시키는 데 성공했다.

비룡대대야 후방에서 유격전을 수행할 때부터 시마즈 요시히로의 레이더에 포착된 부대였기 때문에 예비대로 대응부대를 만들어 신속히 대응하는 게 그리 이상한 일은 아니었다.

그러나 천마대대는 달랐다.

비록 2번대 패잔병에게서 아시온 사단이 1,000명을 상회하는 대규모 기병부대를 운용한다는 첩보는 얻었을지 모르지만, 그 부대를 위해 피 같은 조총 부대와 기병부대를 예비전력으로 돌리는 일은 쉽지 않은 결정이었다.

시마즈 요시히로가 조총 부대와 기병부대를 썩히지 않고 맹호연대를 치는 쪽에 투입했다면 맹호연대는 패해도 여러 번 패했을 것이다.

그러나 시마즈 요시히로는 실체가 불분명한 천마대대에 대응하기 위해 적지 않은 수의 병력을 예비전력으로 남겨 두었다.

물론 시마즈 요시히로가 그런 작전을 펼칠 수 있는 이유는 시마즈군이 강병이기 때문이었다. 강병이 아니면 예비전력을 그렇게 많이 남긴 상태에서 승기를 잡지 못했을 것이다.

그러나 인간은 누구나 실수를 하는 법이었다.

지금 역시 마찬가지였다.

시마즈 요시히로는 천마대대의 수준이 그가 큐슈에서 싸울 때 다른 영주들이 동원한 기병부대와 비슷할 거라 생각한 듯했다.

그는 그런 이유로 장기를 둘 때 상대가 차를 내보내면 같이 차를 내보내듯 천마대대에 맞서 기병부대를 내보내면 최소한 지진 않을 거라 내다본 듯했다.

그리고 그사이 맹호연대를 공격하는 중인 주력을 돌아오게 하여 천마대대를 포위한 다음, 조총 부대와 힘을 합쳐 섬멸시킬 수 있을 거라 예상한 듯했다.

그러나 전장은 장기판이 아니었다.

차는 먼저 공격하면 똑같은 능력을 가진 상대방의 차를 잡을 수 있지만, 그 법칙이 전장에서 반드시 통용되는 게 아니었다.

같은 차라도 한쪽이 무지막지하게 강한 차를 보유했다면, 누가 먼저 선공했는지에 따라 승패가 갈리는 게 아닌 것이다.

이준성은 뒤를 돌아보며 소리쳤다.

"투척한 후에 둔기로 때려 부순다!"

곧 알아들었다는 의미의 함성이 세찬 바람을 뚫고 들려왔다.

이준성은 고개를 돌려 정면을 보았다.

적 기병부대와의 거리는 25미터였다.

이준성은 출발할 때 흑표 말안장에 미리 끼워 둔 투척용 단창 세 자루를 꺼내 차례대로 던졌다. 화살처럼 쏘아져 간 단창이 적 선두에서 달려오던 기병 세 명을 연거푸 쓰러트렸다.

만족한 이준성은 이어서 언월도와 왜도를 양손에 쥐었다. 부하들은 철퇴와 도끼, 철곤과 같은 둔기를 주로 이용했지만, 그는 언월도와 왜도로 그와 같은 효과를 거둘 수 있었다.

마침내 적 기병부대 선두와 맞부딪쳤다.

쾌쾅!

흑표와 정면으로 충돌한 왜군의 군마가 비명을 지르며 나가떨어졌다. 물론 그 위에 탄 기병 역시 말과 같이 떨어졌다.

이준성은 오른쪽 옆을 스치듯 지나가며 공격해 오는 두 번째 기병의 창을 왜도로 막아 낸 다음, 오른손에 쥔 언월도를 앞으로 베어 갔다. 언월도가 기병의 허리를 가르며 지나갔다.

이준성은 세 번째 기병의 얼굴에 왜도를 찔러 넣은 다음, 언월도를 밑으로 휘둘러 네 번째 기병이 탄 군마의 앞다리를 잘라 버렸다.

그사이, 이준성은 어느새 왜군 진채 앞에 도착해 있었다. 기병을 막기 위한 방책은 허술한 편이었다.

기병용 방책을 돌파해 들어가는 이준성 앞으로 장전을 마친 왜군 조총 부대가 모여들었다.

그러나 그들은 아군과 적군이 뒤엉킨 상황에 부담을 느껴 조총 발사를 주저했다. 그리고 언제나 그렇듯 주저함은 곧 치명적인 결과를 불러왔다.

첫 번째 총성이 울렸을 때, 이준성은 이미 조총 부대 앞에 도착해 있었다.

그는 언월도를 낫처럼 사용해 풀을 베듯 앞으로 베어 갔다. 갑옷이 허술한 조총병이 언월도에 쓸려 나갔다.

그때, 왜군 기병을 분쇄한 흑룡중대가 도착해 이준성의 사각지대를 없애 주었다. 덕분에 옆과 뒤에서 날아드는 공격을 신경 쓸 필요가 없어진 이준성은 더 깊이 돌파해 들어갔다.

그로부터 30초 후엔 원충서를 포함한 천마대대 기병 100
여 기가 진채 안으로 쏟아져 들어왔다.

그리고 1분 후엔 300기가 들어왔으며, 10분 후에는 거의
대부분에 달하는 천마대대 기병이 왜군 진채 안으로 물밀듯
쏟아져 들어왔다.

이는 왜군 기병부대가 철저하게 박살 났단 의미였다.

이준성은 얼굴을 가린 바이저가 피칠갑을 할 때까지 적진
을 휩쓸었다. 측면을 돌파한 그는 어느새 중군까지 돌파해 들
어가 시마즈군 가신단이 직접 이끄는 근위대와 맞붙었다.

근위대는 꽤 용감했지만 천마대대의 상대는 아니었다.

결국 왜군은 강문우의 맹호연대를 공격하던 주력을 진채
로 소환해야 했다. 한데 그때 패해 도망친 줄 알았던 비룡대
대가 반대쪽 측면을 기습했다. 그리고 전열을 추스른 강문우
의 맹호연대 역시 산 밑으로 내려와 전장에 속속 합류했다.

전세가 완전히 뒤바뀐 것이다.

새벽까지 이어진 전투에서 패한 왜군은 결국 퇴각에 나섰
다.

이준성은 이대로 시마즈 요시히로가 도망치게 놔두면 뒤에
무슨 일이 생길지 알 수 없단 불안감에 적을 직접 추격했다.

그때, 시마즈군의 생각지 못한 저항이 그를 멈추게 만들었
다.

독재자

7장. 장절

7장. 장절

이준성이 이끄는 아시온 사단이 시마즈군 후위를 쫓아 추격을 개시했을 때, 예상치 못한 기습을 받으며 적지 않은 피해를 입었다.

시마즈군은 퇴각 경로 좌우에 조총 부대를 매복시켜 놓았는데, 이준성이 그들의 뒤를 쫓자 매복해 있던 그 조총 부대가 기습을 가한 것이었다.

"빨리 처리해!"

이준성의 명을 받은 비룡대대와 천마대대가 급히 좌우로 달려가 조총 부대를 제압했다.

그러나 조총 부대는 전멸하기 직전까지 저항을 지속하는

199

바람에 피해가 계속해서 늘어났다.

조총 부대의 매복 공격 때문에 잠시 지체한 이준성은 다시 추격을 개시했다. 그러나 시마즈군 후위에 다다랐을 즈음, 또 한 번 시마즈군이 매복시켜 놓은 조총 부대가 기습해 왔다.

"지독한 새끼들!"

이준성은 다시 부대를 나누어 조총 부대를 제압했다.

그런 과정이 한두 번 더 이어졌을 때, 시마즈군은 아시온 사단을 멀찍이 떨어트려 놓는 데 성공했다.

조총 부대를 희생해 본대가 살아 돌아가는, 그야말로 처절한 탈출방법이었다.

"개새끼들! 이렇게 나온다 이거지!"

이준성은 휴식을 취하던 천마대대를 불러 추격을 명했다.

물론 왜군은 다시 같은 전법으로 천마대대를 막으려 들었지만 천마대대는 무시한 채 계속 달려 시마즈군 꼬리에 붙었다.

꼬리에 불이 붙은 시마즈군은 하는 수 없이 군 일부를 떼어 내 천마대대를 막으려 들었다.

한데 그 일부 병력을 지휘하는 지휘관이 시마즈 요시히로의 조카 시마즈 도요히사였다.

시마즈 도요히사는 1,000명으로 이뤄진 결사대로 천마대대에 부딪쳐 왔다.

물론 수가 더 많은 데다 중기병으로 이루어진 천마대대의 상대는 아니었다.

차례차례 격파당했는데 그리 넓지 않은 길 위에 왜군 시신이 산처럼 쌓여 갔다. 그들이 흘린 피는 마치 시내처럼 물길을 이뤄 도랑으로 흘러갔다.

그러나 시마즈 도요히사는 항복하지 않았다.

그들은 마지막 한 명이 죽을 때까지 저항할 생각인 듯했다.

이준성은 결사대 전체가 그런 비장한 각오로 나섰을 것 같진 않았다.

그는 곧 흑룡중대와 앞으로 달려 나갔다. 언월도와 왜도가 부러져 왜군이 쓰던 왜도 두 개로 무장을 교체했을 때였다.

그는 근위무사의 호위를 받으며 서 있는 시마즈 도요히사를 발견했다. 시마즈 도요히사 역시 이준성을 발견한 듯 말배를 걷어차며 비장한 표정으로 달려왔다.

그의 근위무사들 역시 주군과 마지막을 함께하겠다는 듯 욕설과 고함을 지르며 돌격했다.

근위무사들을 흑룡중대에 넘긴 이준성은 시마즈 도요히사를 향해 흑표를 몰아갔다.

두 사람의 탄 말의 머리가 스치듯이 붙었다가 떨어지는 순간.

시마즈 도요히사가 단창으로 이준성의 가슴을 매섭게 찔러 왔다. 이준성은 왼손의 왜도로 단창을 막아 낸 다음, 오른손의 왜도로 시마즈 도요히사의 목을 베어 갔다. 시마즈 도요히사는 말 등에서 상체를 급히 뒤로 젖혀 왜도를 피해 냈다.

그러나 피하는 게 조금 늦었는지 왜도 끝에 목이 살짝 걸렸다.

이준성은 시마즈 도요히사의 목이 벌어지며 붉은 피가 쏟아질 거라 예상했지만 그 예상은 형편없이 빗나가 버렸다.

시마즈 도요히사는 목을 완전히 가리는 두꺼운 투구를 착용한 상태였다.

물론 이준성의 힘이라면 질이 별로인 무쇠로 만든 목 보호대 따윈 왜도로 쉽게 잘라 버릴 수 있었다. 지금까지 그래 왔던 경험이 많아 이번 역시 그럴 거라 생각했다.

한데 이번에는 잘리지 않았다.

힘이 부족해서는 아니었다.

이준성은 인드라망으로 재빨리 시마즈 도요히사의 갑옷을 살폈다. 처음에는 그 색깔 때문에 왜군이 입는 찰갑인 줄 알았는데 가까이서 보니 아니었다.

시마즈 도요히사는 서양 기사들이 주로 입는 강철 플레이트갑옷을 입었던 것이다.

시마즈 가문이 있는 큐슈는 예부터 서양과 교류가 많은 지역이었다. 플레이트갑옷을 입은 게 이상한 일까지는 아니었다.

갑옷의 성능 덕분에 치명상을 피한 시마즈 도요히사는 재빨리 뒤로 젖힌 상체를 세운 뒤 왜도로 이준성의 어깨 위를 내리쳤다.

이준성은 오른손에 쥔 왜도를 위로 힘껏 올려쳐 공격을 막아 갔다.

갑옷은 이준성의 힘을 견딜 수 있을지 모르지만 손에 쥔 왜도는 그럴 수가 없었다.

손아귀가 찢어지는 바람에 왜도를 놓친 시마즈 도요히사는 재빨리 허리춤에 찬 두 번째 왜도를 뽑아 재차 공격하려 들었다.

그는 저격수가 볼트액션 소총을 재빨리 장전하는 것처럼 물이 흐르듯, 그리고 아주 짧은 시간에 무장을 교체했다. 비록 나이는 어리지만 실전을 많이 치렀다는 증거일 것이다.

그러나 이준성은 그를 더 상대할 생각이 없었는지 왼손과 오른손에 쥔 왜도를 번갈아 시마즈 도요히사에게 던졌다.

공격을 시도하던 시마즈 도요히사는 깜짝 놀라 멈칫했다.

손에 쥔 무기를 전부 상대에게 던지는 수법이 있으리라곤 생각지 못한 것이다. 그때, 시마즈 도요히사가 그랬던 것처럼 이준성 역시 말안장에서 새 무기를 꺼내 들었다.

그가 꺼내 든 무기는 편곤이었다.

편곤은 짧은 도리깨 같은 무기로 쇠몽둥이 두 개를 쇠사슬로 연결해 놓은 형태였다.

원래는 명군이 임진왜란 때 처음 가지고 들어온 무기였는데 실전에서 활약이 아주 대단했기 때문에 임진왜란 후에는 정식 무기편제에 집어넣었다.

　특히 긴 무기를 사용하기 어려운 기병에게 알맞은 무기였다.

　상대가 도검으로 자르기 힘든 갑옷을 착용했을 때는 역시 편곤과 같은 둔기로 타격해 쓰러트리는 방법이 가장 좋았다.

　이준성이 던진 왜도에 맞아 잠시 멈칫거린 시마즈 도요히사가 왜국말로 욕을 뱉으며 수중의 왜도를 다시 휘둘러 왔다.

　이준성은 왜도를 향해 편곤을 휘둘렀다.

　카앙!

　편곤의 모편이 왜도를 막아 내는 순간.

　휘익!

　모편과 쇠사슬로 이어진 편곤의 자편이 관성에 의해 회전하며 시마즈 도요히사의 옆구리를 강타했다.

　움찔한 시마즈 도요히사가 다시 공격하려 할 때, 이번에는 이준성이 먼저 편곤을 휘둘렀다.

　공격을 포기한 시마즈 도요히사는 얼른 왜도로 편곤을 막아 갔다. 그러나 이번 역시 결과가 같았다.

　왜도로 편곤의 모편은 막았지만 자편이 회전하며 시마즈 도요히사의 머리를 제대로 강타한 것이다.

이번에는 눈에 띄게 휘청한 시마즈 도요시하가 덜덜 떨리는 손으로 왜도를 다시 휘둘러 왔다.

이에 이준성이 편곤을 던지듯 힘껏 내리치자 편곤에 달린 사슬이 왜도를 한 바퀴 감아 버렸다.

이준성은 편곤의 모편을 끌어당겨 시마즈 도요히사가 왜도를 놓치게 한 다음, 자편으로 그의 머리를 힘껏 내리쩍었다.

카아앙!

편곤의 자편이 시마즈 도요히사의 투구 가운데를 강타했다.

투구가 팍 찌그러졌고, 머리 뒤쪽에 상당한 충격을 받은 시마즈 도요히사는 코와 입에서 피를 흘리다가 천천히 넘어갔다.

이준성은 뒤를 돌아보았다.

시마즈 도요히사가 데려온 결사대는 어느 정도 정리가 끝난 상태였다. 시마즈 도요히사가 죽은 후에 사기가 더 떨어진 결사대는 결국 결사하지 못하고 중간에 항복을 선택했다.

시마즈 도요히사부터 노린 이준성의 계획이 성공한 것이다.

이준성은 인드라망으로 시마즈군이 간 방향을 살폈다. 그러나 이미 고개를 넘어간 듯 시마즈군의 모습은 보이지 않았다.

"그래, 너희들이 이겼다."

쓸쓸하게 중얼거린 이준성은 뒤이어 도착한 맹호연대에게 이번 전투에서 잡은 포로를 넘긴 뒤 전장으로 돌아갔다.

싸움이 벌어졌던 주전장에는 생포하거나 항복, 또는 부상당해 버려진 포로가 생각보다 더 많아 근 1,000명에 달했다.

추격전에서 잡은 포로까지 합하면 1,500명을 상회했다.

정확한 전투 결과는 다음 날 아침에서야 드러났다.

아시온 사단은 가장 큰 피해를 입은 맹호연대를 필두로 총 1,259명이 전사했다.

살아남은 병사 중 300여 명은 위독해서 특별한 계기가 없는 한 사망자 숫자는 계속 늘어날 터였다.

반면 왜군은 3,917구의 시신을 전장에 남겨 두었다. 거기에 부상당해 오늘내일하는 병사를 합치면 4,500여 명이 피해를 입었다. 항복한 포로까지 합치면 6,000여 명을 잃은 것이다.

숫자만 보면 대승처럼 보였지만 마음에 드는 대승은 아니었다.

아시온 사단은 나베시마 나오시게, 가토 기요마사를 상대로 1,000명 안팎의 사상자를 낸 상태에서 적을 전멸시켰다.

사상자란 전사자와 부상자를 합친 뜻으로 전사자는 수백 명 단위였다는 뜻이었다.

한데 이번에는 사상자가 무려 1,500명에 육박했다.

무엇보다 2,000명의 사상자가 났음에도 시마즈군 1만 5천 명에서 9,000명이 살아 돌아가도록 만들었다.

그나마 희소식은 조총을 잘 다루는 시마즈군 출신 항왜 1,500명을 얻었단 점이었다.

포로들은 처형과 항왜 두 가지 길에서 항왜의 길을 선택했다. 그들 중에는 죽어서 시마즈군 충신으로 남을 자는 없었다.

애초에 충신으로 남을 거였으면 죽을 때까지 싸웠을 것이다.

더욱이 우메즈, 마사카츠, 하구로 등 이미 항왜로 전향한 이들의 설득까지 받았기 때문에 전향하는 일을 망설이는 포로는 거의 나오지 않았다.

그리고 두 번째 희소식은 조총병 비율이 높은 시마즈군답게 상당한 수의 질 좋은 조총과 화약을 노획했다는 점이었다.

이준성은 이번에 새로 얻은 항왜를 비룡대대에 편입시켜 그의 직할부대 병력을 3,000명으로 늘렸다.

그리고 정현룡, 강문부 등이 안변에 집결시킨 자원병을 보충해 1만 병력을 채웠다.

노획한 전리품 중 군량, 갑옷, 천, 가죽 등은 황돈대대에 넘겨 재활용하도록 했다.

전장에서 3일 동안 머무르며 전열을 가다듬은 이준성은 곧장 남하해 강원도를 수복했다.

모시 요시나리 등 4번대에 속한 다른 왜군은 시마즈군이 이미 전선을 버리고 서쪽으로 후퇴했단 정보를 접한 듯 경상도와 경기도로 빠져나가 강원도를 지키는 왜군은 거의 없었다.

이준성은 보름 만에 강원도를 완전히 수복해 감영이 있는 원주에 입성했다. 그리고 원주 감영에서 강원도 자원병을 받아 위로는 철원, 밑으로는 태백산까지 방어선을 구축했다.

방어선을 구축하는 일에는 강원도 백성들의 협조를 얻었다. 근처에 성이 있으면 그 성을 요새화시켰고, 성이 없으면 목진지를 새로 만들어 방어종심을 두텁게 구축했다.

강원도는 경기도, 충청도, 경상도 세 방향에서 공격받을 수 있는 위치에 있기 때문에 종심을 두텁게 만든 다음 왜군이 종심을 돌파하기 위해 노력하는 동안 원주에 있는 이준성의 아시온 사단이 기동해 방어한다는 전략에 따른 조치였다.

기동방어에는 당연히 기동력이 있는 교통수단이 필요했기 때문에 강원도와 함경도에 있는 군마와 가축을 총동원했다.

이준성의 1592년은 거기서 끝났다.

겨울에는 싸울 생각이 없었다.

강원도에서는 더더욱 겨울에 싸울 생각이 없었다.

그는 방어선을 단단히 구축한 다음, 몇 가지 작업에 착수했다.

먼저 함경도에서 한 선무공작과 비슷한 공작을 강원도에서 펼쳤다.

백성들이 왕실과 조정을 극도로 증오하게 만든 다음, 이준성이야말로 이 모든 압제와 폭정, 부당한 대우로부터 백성들을 진정으로 해방시킬 수 있는 구세주인 것처럼 이야기를 만들어 퍼트렸다.

백성의 지지를 받지 못한 반란은 실패할 수밖에 없기 때문에 선무공작에 많은 공을 들였다.

선무공작을 마친 후엔 황돈대대장 조인호 등을 원주로 불렀다.

수가 훨씬 많은 왜군과 조명연합군을 상대로 승리를 쟁취하기 위해선 지금보다 더 좋은 무기가 필수였기 때문이었다.

이준성은 적과 전력의 차이를 만들어 내기 위해서 어떤 무기의 성능을 향상시켜야 할지를 곰곰이 따져 보았다.

처음에 떠오른 생각은 냉병기를 강철로 제작하는 방법이었다.

그러나 사단급 병력이 사용할 무기를 교체할 만큼의 강철을 준비하기 위해서는 제철, 제강이 가능한 대규모 설비가 필요했다.

그런 이유로 겨울 동안 제철, 제강할 수 있는 설비를 만든 다음, 양산에 돌입하는 것은 사실상 불가능해 보였다.

그렇다면 역시 열병기의 성능을 끌어올리는 수밖에 없었다.

열병기는 화약을 태워 발사하는 무기를 가리키는데, 총과 화포가 대표적이었다.

먼저 총에 대해 생각해 보았다.

총은 화승식에서 수발식, 뇌관식, 후장식, 선조총, 탄피개발과 같은 방식으로 꾸준히 개발이 이루어져 현대의 형태를 갖췄다.

화포는 총의 구경을 엄청나게 확대한 것과 마찬가지였기 때문에 비슷한 방식으로 발전했다.

물론 화포의 반동은 총의 그것과 비교할 수 없을 정도로 크기 때문에 주퇴복좌기와 같은 반동제어장치가 필요했다.

또 포탄이 무겁기 때문에 이를 발사하기 위한 장약 개발이 같이 이뤄져야 했다.

그러나 열병기 역시 연구와 개발, 그리고 양산에 많은 시간이 필요하긴 마찬가지였다.

기존에 쓰던 조총을 분해해 일부 부품을 교체한다 해도 수백 명만으로 수천 정으로 늘어난 조총을 분해해 새로 제작한다는 것은 짧은 시간에 이룰 수 없는 일이었다.

그러나 희망이 전혀 없지는 않았다.

이준성은 지금까지 조총, 완구와 같은 무기 그 자체의 성능을 끌어올리려는 생각만 했을 뿐, 조총, 완구로 발사하는 탄환과 포탄에 대해서는 별로 신경 쓰지 않았다.

이미 뇌홍처럼 몇 세기 앞선 첨단기술을 적용한 상태였기 때문이었다.

한데 가만 생각해 보니 기존 포탄에 뇌홍만 더 들어갔을 뿐, 다른 것은 바뀐 게 없었다.

즉 화약은 여전히 질 나쁜 흑색화약이었다.

다만 왜군에게 노획한 화약의 질은 괜찮았다.

이는 조선과 왜군이 열병기를 발전시킨 형태와 관련이 있었다.

조선이 만든 화약은 입자가 크고 거칠어 작은 구경을 가진 무기에는 맞지 않았다. 물론 입자를 작고 부드럽게 만들 능력은 있었지만 비용과 시간이 많이 들어 시도하지 않았던 것이다.

그런 이유로 조선은 화약 입자가 크고 거칠어도 양을 많이 쓰면 발사가 쉽게 가능한 화포 위주로 열병기가 발전했다.

반면 왜국은 포르투갈 상인으로부터 구경이 상대적으로 작은 조총부터 받아들였기 때문에 화약 입자가 작고 부드러워야 했다.

일찍부터 이런 원리를 깨달은 왜국은 약실에 넣는 약실 화약과 총강에 집어넣은 총강 화약 두 가지를 만들어 사용했다.

총강 화약은 조선의 화약과 질이 비슷했지만 약실 화약은 입자가 부드러워 꽤 쓸 만한 성능을 끌어낼 수 있었다.

이준성은 결국 이 흑색화약을 좀 더 발전한 형태로 개선하면 열병기의 성능을 끌어올릴 수 있을 거란 결론을 내렸다.

이준성은 여느 때처럼 유진에게 먼저 자문을 구했다.

"무연화약을 만들려면 어떻게 해야 하지?"

-육사에서 배우지 않습니까?

"졸업한 지가 몇 년인데 그걸 기억하고 있을 리가 있나."

-흐음, 그렇군요. 알겠습니다. 일단 어떤 무연화약을 만들지 생각해야 합니다. 무연화약이란 게 생각보다 다양해서요.

얕보는 듯한 유진의 말투에 핀잔을 주려던 이준성은 이내 그만두었다. 지금 더 급한 쪽은 유진이 아니라 그였던 것이다.

이준성은 화를 억누르며 평소의 말투로 물었다.

"지금 기술로 어렵지 않게 만들 수 있는 거면 좋겠는데."

-그렇다면 니트로셀룰로오스를 만드는 방법이 가장 좋습니다.

"어떻게 만드는데?"

-질산과 황산을 같은 비율로 혼합한 용액에 옷감으로 쓰는 면을 적셨다가 빼낸 다음, 찬물에 씻어 낸 후 말려 만듭니다.

이준성은 고개를 끄덕였다.

"질산은 화약에서, 황산은 유황에서 얻으면 되겠군. 면이야 면화를 생산하는 데가 어딘가는 있을 테니 재료는 문제없겠어."

-니트로셀룰로오스는 니트로글리세린만큼이나 불안정한 물질입니다. 만약 실험한다면 안전한 장소에서 안전한 장비를 갖춘 후에 안정제나 교화제를 넣는 방식을 권장하겠습니다.

"뭐야, 지금 날 걱정하는 거야?"

-사용자보단 제 시스템을 걱정하는 겁니다. 사용자의 생명 징후에 이상이 생기면 제 시스템에 영향을 미칠 테니까요.

"흥, 말은 그럴듯하게 하는군."

유진과 투덕거리기는 했지만 그와 유진은 좋은 파트너였다.

유진은 최대한 안전한 시설과 장비를 갖춘 후에 질산과 황산을 만드는 기본적인 과정부터 이준성을 가르치기 시작했다.

몇 번 실패를 반복한 끝에 질산과 황산을 만드는 데 성공한 이준성은 본격적으로 니트로셀룰로오스를 만들기 시작했다.

셀룰로오스란 이름만 보면 무슨 복잡한 화학제품 같지만 실제로는 식물이 자기 보호를 위해 만들어 내는 유기화합물이었다. 쉽게 말해 흔히 말하는 섬유질이 이 셀룰로오스였다.

질산과 황산을 같은 비율로 혼합한 용액에 목화솜으로 만든 질 좋은 목면을 구해 적셨다가 꺼내 찬물로 씻고 말렸다.

이준성은 같은 작업을 지루하게 반복한 끝에 혼합한 용액에 목면을 적실 때, 2분 내외가 가장 좋다는 사실을 알아냈다.

"문익점 아저씨가 목화씨 밀수에 실패했으면 어쩔 뻔했냐."

이준성이 농담처럼 한 말에 유진이 바로 반기를 들었다.

-문익점이 목화씨를 가져오기 한참 전에 이미 한반도에서는 목화를 키워 면으로 만든 옷을 제작했단 기록이 있습니다. 즉 문익점이 목화씨를 처음 들여온 게 아니란 겁니다. 물론 아열대에서 자라는 목화를 동북아에서 잘 자라도록 개량한 목화씨를 원나라에서 들여왔단 점에선 맞겠지만요.

"넌 뭐든 잘 알아서 좋겠다."

-좋고 말고 할 게 없습니다. 그게 저니까요.

이준성은 유진이 전에 말한 안정제나 교화제 중에서 현재 구할 수 있는 재료를 수소문해 구해 혼합용액에 첨가한 다음, 꽤 마음에 드는 니트로셀룰로오스를 완성할 수가 있었다.

이준성은 자기가 만든 니트로셀룰로오스를 쳐다보며 물었다.

"이제 다 된 건가?"

-다 된 거라니요. 이제 시작이죠.

"뭐? 이게 시작이라고?"

-무연화약을 만들려면 니트로셀룰로오스를 더 가공해야 합니다.

이준성은 완성한 니트로셀룰로오스를 에테르에 녹인 다음, 에탄올을 희석제로 첨가하여 투명한 젤리 형태로 만들었다.

알코올의 한 종류인 에탄올은 증류주에서 쉽게 추출이 가능했다. 그리고 에테르 역시 알코올에 황산을 촉매로 첨가한 다음, 높은 온도로 가열하면 쉽게 만들어지는 물질이었다.

-이 젤리가 무연화약의 기본이 되는 콜로디온입니다.

"그럼 끝난 거야?"

-거의 다 끝났습니다. 이제 롤러로 밀어서 말리면 끝납니다.

첫 번째 무연화약을 완성한 이준성은 실험실 밖으로 나왔다. 실험실은 안전을 위해 주위에 민가가 없는 지하에 있었다. 그리고 실험실 안에는 사람이 팬을 직접 돌리는 환풍구가 있었다. 질산과 황산이 있기 때문에 환풍구는 필수였다.

수동으로 팬을 돌리는 임무를 맡은 강주봉이 벌떡 일어나 다가왔다. 강주봉의 상투를 꼰 머리 위에 눈이 묻어 있었다.

그가 물었다.

"끝난 겁니까?"

"일단은."

이준성은 다음 날 완성한 무연화약을 유성 1호에 넣어 시험했다.

결과는 놀라웠다. 사거리와 위력, 포탄이 날아가는 속도가 비약적으로 늘어난 것이다.

물론 연기 역시 흑색화약처럼 진하지 않았다. 무연이란 말처럼 연기가 아주 없지는 않았지만, 연막탄을 눈앞에서 터트린 것처럼 많지는 않았다.

무엇보다 흑색화약보다 적은 양으로 같은 위력을 낼 수 있단 점이 마음에 들었다. 여기에 니트로글리세린과 바셀린 같은 물질을 추가하면 20세기 초반 화약을 만들 수 있었다.

니트로셀룰로오스보다 위력이 강한 니트로글리세린이야말로 현대 화약의 진수에 해당했지만 너무 위험해 잠시 보류했다.

이준성은 황돈대대 대장장이들, 아니 이젠 병기기술부사관이란 명칭이 더 어울리는 기술자들을 불러 모아 무연화약 제조법을 가르쳤는데, 중간에 위험한 공정이 제법 많아 니트로셀룰로오스는 항상 알코올에 담가 보관하는 것처럼 자기 자신과 동료의 안전을 지키는 방법을 자세하게 가르쳤다.

이준성은 황돈대대 화약기술자 100여 명이 만들어 낸 무연화약에 광사란 명칭을 붙였다. 유성 1호처럼 광사 역시 성능 개량을 거듭할 때마다 1호, 2호 순으로 명칭이 바뀔 터였다.

물론 아직은 먼 훗날의 이야기였다.

이준성은 광사 1호를 모든 열병기에 장착했다.

조총의 약실 화약과 총강 화약, 완구에 쓰이는 장약, 유성 1호와 지뢰 1호, 천뢰 1호에 넣는 작약 모두에 사용했다.

그는 광사 1호를 이용해 제작한 신무기를 맹호연대와 천궁대대에 보급한 다음, 그 무기로 계속 훈련하게 만들었다.

조선은 화약이 비싸 발사 훈련을 자주 하지 않았지만, 이준성은 실전과 비슷하지 않은 훈련은 할 가치가 없다고 생각했다.

1593년 봄을 기다리며 준비에 박차를 가하던 이준성은 강원도 관찰사 강신 등 조정이 보낸 관리들의 급작스런 방문을 받았다.

조정은 강원도가 초기에 완전히 넘어갔기 때문에 수복을 위한 노력을 게을리하였다.

관찰사 등 도정을 맡은 관리들은 의주 행재소에서 선조와 같이 머무르고 있었다.

한데 함경도에서 내려온 군대가 초겨울에 강원도의 왜군을 박살 내 쫓아 버렸단 소식을 접한 조정은 부랴부랴 강원도의 행정과 군사체계를 점검하기 위해 강신 등을 파견했다.

이는 이준성이 강원도 상황을 꽁꽁 숨겼기 때문이었다.

함경도에 있는 정현룡, 강문부 등은 그 사실을 알고 있었지만 이준성의 지시를 받아 조정에 장계를 올려 고하지 않았다.

강신 등은 원주 감영에 점령군처럼 쳐들어와 책임자를 불러오라 명했다. 이준성은 결국 강신을 찾아가 인사를 올렸다.

이준성을 본 강신이 고개를 갸웃했다.

이준성은 그들 말로 상것이지, 절대 양반으론 보이지 않았던 것이다.

그때, 강신과 함께 온 관리 하나가 꽥꽥대며 소리를 질렀다.

"관찰사 영감을 뵙는데 어찌 서 있는 게냐?"

이준성은 하는 수 없이 바닥에 무릎을 꿇고 머리를 조아렸다.

그때, 강신이 관찰사용 의자에 거만하게 앉아 물었다.

"네가 책임자냐?"

"그렇습니다."

강신이 혀를 차며 말했다.

"버르장머리가 없구나. 우선 이름과 직책부터 말하도록 해라."

"강주봉입니다. 의병을 이끌고 있을 뿐, 직책이 있진 않습니다."

강신은 미간을 찌푸렸다.

"처음 듣는 이름인데 대체 어디서 굴러먹던 놈이냐?"

"함경도 경흥 출신입니다."

"이곳에 군이나 관에서 나온 사람은 없는 것이냐?"

"그렇습니다."

"그럼 정말로 네가 의병을 이끌고 강원도를 수복했단 말이냐?"

"그렇습니다."

강신은 고개를 절레절레 저었다.

"믿을 수가 없구나. 믿을 수가 없어. 대체 어떻게 왜군을 쫓아낸 것이냐? 네가 벌 대신에 상을 받고 싶거든 이곳에서 있었던 일을 토씨 하나 빼놓지 말고 소상히 아뢰어야 할 것이다."

그때, 이준성이 천천히 일어나 무릎과 팔에 묻은 흙을 털었다. 그리고는 강신을 냉랭한 시선으로 쳐다보며 쏘아붙였다.

"왜군이 도망갔단 소식을 듣고 나서야 쫄래쫄래 기어들어온 주제에 태도가 아주 좆같구먼그래. 너 같은 놈에게 칭찬듣기 위해 한 일 아니니까 궁금하면 직접 알아봐. 알겠어?"

귀뿌리까지 빨개진 강신이 벌떡 일어나 삿대질하며 소리쳤다.

"이, 이 미친놈이 가, 감히 누구한테 그런 망발을 하는 것이냐!"

그때였다.

진짜 강주봉이 비룡대대를 앞세워 감영 동헌으로 들이닥쳤다.

◆　◈　◆

　　강주봉은 즉시 강신 등을 체포해 뇌옥으로 데려갔다.

　　끌려가던 강신이 목에 핏대를 세우며 고래고래 소리를 질
렀다.

　　"주, 주상전하께서 임명하신 관원을 함부로 체포하다니!
네놈이 하늘 무서운 줄 모르고 법도가 무서운 줄 모르는구
나! 네놈이 지금 반역을 저질렀다는 사실을 알고는 있는 것
이냐?"

　　이준성은 손가락으로 귀를 파며 얼굴을 찡그렸다.

　　"거 되게 시끄럽네. 강 부관, 조용히 좀 시켜."

　　"예!"

　　대답한 강주봉은 강신 등의 입에 재갈을 물렸다. 덕분에
조금 조용해지기는 했지만 대신 몸부림이 더 늘어났다.

　　강주봉은 하는 수 없이 강신의 사타구니 사이에 발길질을
하였다.

　　강신은 고통을 제대로 느낀 듯했다. 축 처진 그는 얌전히
뇌옥으로 향했다.

　　한편 감영을 다시 장악한 이준성은 재빨리 함흥에 사람을
보내 정문부와 유경천 두 사람을 불러왔다.

　　열흘 후, 정문부, 유경천 두 사람이 다소 지친 모습으로 당
도했다.

그러나 이준성은 두 사람에 쉴 시간을 주지 못했다. 그는 바로 정문부에게 강원도 관찰사역할을 대신하게 한 다음, 유경천을 불러 아시온 사단 참모장에 새로 임명했다.

이준성은 어떻게 해서든 왜군과의 전쟁을 먼저 마무리 짓고 싶었다. 그 다음에 역모든, 반역이든, 혁명이든 할 생각이었다.

왜군이 여전히 주둔한 상황에서 조명연합군과 다투는 짓은 단기적으로, 장기적으로 그리 좋은 선택이 아니었다.

그리고 그러기 위해서는 발톱을 드러내지 않은 채 끝까지 버텨야 했다. 정현룡으로 하여금 윤탁연의 임무를 대신하게 하고 정문부로 하여금 강산의 임무를 대신하게 한 이유였다.

이미 강원도 백성의 대부분이 피난에서 돌아온 상황이었다.

그 말인즉슨 백성들과 함께 도망갔던 아전들 역시 돌아왔다는 말이었다.

고을 수령의 임기는 5년에 불과하지만 아전은 그렇지가 않아서 아전만 제대로 구워삶으면 감영뿐 아니라 일선 고을에서도 통제력을 유지하는 게 가능했다.

실제로 이준성은 각 고을 행정, 경제, 치안, 심지언 국방까지 책임지는 아전을 대거 포섭해 그의 편으로 만들어 두었다.

덕분에 조정이 임명한 수령이 복귀하거나 부임해도 문제 없었다. 정문부는 곧장 강원도의 행정업무를 보기 시작했다.

한편 유경천을 정문부와 같이 부른 이유에는 두 가지가 있었다.

하나는 아시온 사단의 얼굴마담을 맡기기 위해서였다.

이준성이란 존재를 감춰야 하는 지금은 그를 대신해 아시온 사단을 지휘하는 인상을 줄 수 있는 얼굴마담이 필요했다.

고령첨사에서 얼마 전에 함경도 병마우후로 승진한 유경천은 조정이 아는 사람이기 때문에 그들이 안심할 수 있었다.

두 번째 이유는 이준성에게 쏠리는 업무가 과중해 이를 일부 맡아 대신 처리해 줄 수 있는 사람이 필요했기 때문이었다.

유경천은 당당한 무과 급제자 출신으로 뼛속까지 무인이지만 다른 무인처럼 싸우는 방면에만 소질이 발달하진 않았다. 그는 행정 경험 역시 많아 참모장을 맡기기에 적합했다.

유경천은 곧 아시온 사단의 행정과 보급은 물론이거니와 병사들을 관리, 감독하는 헌병의 임무까지 맡아 척척 해 나갔다.

이준성이 유경천이란 사람을 제대로 보았단 뜻이었다.

신무기 개발과 강원도에서 확고한 기반을 닦는 데 성공한 이준성은 강태봉이 지휘하는 은호의 보고를 받으며 다음 작전을 구상했다.

그 앞에는 두 가지 선택권이 놓여 있었다.

첫 번째는 날이 풀리는 대로 서쪽으로 진군해 경기도를 직접 공격하는 선택이었다. 그리고 만약 그 전략이 성공하면 도성까지 진격해 왜군의 허리를 중간에서 끊어 놓을 수 있었다.

두 번째는 남쪽에 있는 경상도로 진군한 다음, 왜군의 상륙 거점인 부산포를 점령해 왜군 전체를 가둬 버리는 작전이었다.

즉 출구를 닫아 왜군이 빠져나가지 못하게 하는 것이다.

다만 이동 거리가 긴 데다 거점을 사수하려는 왜군의 저항이 엄청날 것이기 때문에 쉽지 않은 작전일 가능성이 높았다.

이준성은 유경천, 강문우, 원충서, 하구로, 지달원, 유웅수 등을 매일 막사로 불러 작전 회의를 열었다.

강원도에서 자원병을 더 받아 병력이 1만 5천으로 늘어났기 때문에 더 이상 주먹구구식 전투는 할 수 없었다.

하여 대전략과 전략, 전술을 세우고 보급 계획을 점검했다. 그리고 첩보, 방첩작전을 지휘하고 병사들의 훈련 상태와 병기의 정비 상태를 확인했다.

회의 말미에 이준성이 유경천에게 물었다.

"병사들에게 고기를 매일 먹이고 있소?"

유경천이 고개를 끄덕였다.

"예. 함경도 농장에 있는 철우대대 신세준 대대장이 이틀에 한 번 꼴로 닭 300마리와 돼지 10마리, 양 30마리를 보내 주어서 일부는 도축해 병사들에게 먹이고 일부는 농장으로 보내 키우고 있습니다. 그리고 농장에서 나온 계란과 양젖 등을 병사들에게 배급해 영양 상태를 개선하는 중에 있습니다."

"맛이야 집에서 키운 가축보단 못하겠지만 강원도 야생에 사는 멧돼지, 노루, 고라니, 사슴, 산양, 토끼도 꾸준히 포획해 강원도에 있는 농장의 덩치를 키우도록 하시오. 아무래도 병사들은 고기를 먹어야 덩치가 커지고 힘도 세지니까."

원충서가 입맛을 다시며 끼어들었다.

"그거 참 오랜만에 마음에 드는 말씀을 하십니다그려. 고기를 잔뜩 먹으면 소장처럼 덩치가 커지고 힘이 세질 겁니다."

이준성은 애써 무시한 채 유경천에게 계속 말했다.

"곡물과 채소 역시 전에 내가 말한 비율에 따라 고기와 함께 먹이도록 하시오. 영양소가 균형을 이뤄야 건강해지니까."

"그리하겠습니다."

유경천은 이준성이 시키는 대로 할 것이다.

고지식한 유경천은 나태하거나 편법을 부리는 법이 없었다. 그는 무언가를 시키면 반드시 해내고야마는 성격이었다.

병사들은 자주 고기를 접했다. 고기가 적을 때는 최소한 고기로 우려낸 국물이라도 마시면서 곡물과 채소를 섭취해 몸집을 빠르게 불렸다.

그리고 그 상태에서 이준성이 만든 트레이닝프로그램에 따라 몸을 단련했다. 작년 가을에 비해 눈에 띄게 늘어난 체중 탓에 지방을 태우고 근육을 붙이는 작업이었다.

현대의 보병이라면 차를 타고 움직이며 버튼을 누르고 방아쇠를 당길 수만 있으면 전투를 치를 수 있지만, 16세기 병사들은 먼 거리를 군장을 짊어진 채 행군하거나 무거운 냉병기를 주로 다루기 때문에 기초체력이 중요했다.

병사들은 자신의 몸을 싸울 수 있는 전사의 몸으로 탈바꿈시킴과 동시에 이준성이 짜 놓은 상세한 프로그램에 따라 개인전술, 소대전술, 대대전술, 합동전술을 연마하기 시작했다.

이준성은 이들을 상비군으로 계속 유지할 생각이었기 때문에 공을 많이 들였다. 즉 이들은 뜨내기병사들이 아닌 것이다.

병사들은 최소 두 가지 이상의 병과에 능통하도록 훈련받았다.

조총병은 조총만 쓰는 게 아니라, 활과 도검을 같이 쓰도록 훈련을 받았다.

기병 역시 기마술과 함께 조총과 활을 다루는 훈련을 같이 받았다.

징병제를 쓰는 군대라면 효율이 떨어질 테지만 전문 직업군인 체제에서는 이 방법이야말로 전력을 극대화할 수 있는 가장 좋은 방법이었다.

살을 에는 한파가 지나가고 마침내 저 멀리 남쪽에서부터 새싹이 기지개를 펴며 땅 위로 얼굴을 내밀기 시작하던 늦겨울 어느 날, 이준성의 자신감은 그야말로 최고조에 달했다.

이준성은 경기도로 가는 첫 번째 작전과 경상도로 가는 두 번째 작전 중에서 한 가지 작전 쪽으로 거의 결정을 내린 상태였다.

강태봉의 은호대대에 그 지역에 먼저 들어가 선무공작을 펼치며 왜군의 배치 상태를 파악하라는 명을 내려 두었다.

그러나 이준성은 자기가 싸울 전장을 선택할 수 없었다.

아니, 선택하지 못했다.

의주에 있는 행재소가 함경도 감사 윤탁연과 강원도 감사 강신 두 명에게 병력을 차출해 북상하란 어명을 내린 것이다.

어명을 거역하면 자신의 의도가 드러날 게 분명했기 때문에 거부하기도 힘들었다.

하여 이준성은 부하들과 상의한 끝에 아시온 사단 3,000명을 데리고 직접 북상하기로 결정했다.

그러나 전력을 노출시킬 생각은 없었다.

이준성은 천궁대대, 천마대대, 비룡대대 등을 강원도에 남겼다.

그리고 신무기와 왜군에게서 노획한 조총 역시 창고에

집어넣은 상태에서 단출한 군장을 꾸려 북쪽으로 출발했다.

이준성이 떠난 동안, 강원도는 정문부가, 함경도는 정현룡이 다스리게 했다. 그리고 군의 지휘는 강문우에게 위임했다.

그가 윤탁연과 강신 등을 유폐한 정보가 조선 조정에 흘러들어가거나 경상도, 경기도, 충청도에 있는 왜군이 대대적인 반격을 가해 오지 않는 이상에는 문제가 발생할 일이 없었다.

이준성은 윤탁연과 강신 등을 유폐할 때, 이를 아는 사람의 숫자를 최소화해 이 일이 밖으로 새어 나가지 않게 조심했다.

그러나 세상엔 절대란 없는 법이었다.

만약 이준성이 조명연합군에 에워싸인 상태에서 그 사실이 조정의 귀에 흘러들어가는 날에는 바로 역적으로 낙인찍혀 토벌당할 것이다.

가장 좋은 방법은 유경천이나 이희당에게 병력을 주어 대신 가게 하는 방법이었다.

실제로 정문부와 유경천은 이준성이 북상하는 것은 위험하다며 그 방법을 따르라고 종용했다.

그러나 이준성은 그들의 말을 듣지 않았다.

그는 겨울 동안 힘들게 키운 병사를 다른 사람 손에 맡겨 소모시킬 생각이 전혀 없었다.

병력을 소모할 거라면 그 자신의 손으로 해야지, 남의 손을 빌릴 생각이 없었던 것이다.

두 번째 이유는 병력 집결의 목적이 평양성 탈환에 있기 때문이었다.

현재 평양성은 고니시 유키나가가 지휘하는 왜군 1번대 1만 9천여 명이 반년 넘게 굳건히 지키는 중이었다.

지금까지 평양성 탈환을 위한 군사작전은 두 차례 이루어졌다.

첫 번째는 요동 부총병 조승훈이 이끄는 명나라 병사 3,000명에 조선군 3,000명이 가세해 벌인 1차 평양성 탈환 전투였다.

그러나 주력이 성을 빠져나갔다는 잘못된 첩보에 속은 조명연합군은 왜군의 매복 공격에 당해 거의 전멸했으며, 간신히 목숨을 부지한 조승훈은 요동으로 도망쳐 버렸다.

두 번째는 조선군 단독으로 펼친 작전이었다.

이번에는 무려 2만에 달하는 병력을 긁어모아 탈환에 나섰지만, 훈련 상태가 썩 좋지 않았기 때문에 왜군의 공격에 또다시 대패했다.

그리하여 곧 벌어질 전투는 3차 평양성 탈환 전투에 해당했다.

명이 이여송에게 4만에 달하는 대군과 각종 야포를 보급해주었기 때문에 그 이느 때보다 가능성이 높은 상황이었다.

선조가 함경도와 강원도의 병력 차출을 명한 것도 모두 이러한 절호의 기회를 놓치지 않겠다는 뜻이었다.

기동력을 살려 왜군이 점령한 경기도와 황해도 경계선을 신속히 돌파한 이준성의 군대는 빠르게 목적지에 도달했다.

　마침내 평양성 탈환 작전의 막이 오른 것이다.

8장. 혼전

　이준성은 황해도 곡산과 평안도 강동을 거쳐 순안에 이르렀다.

　평양성 북쪽에 있는 순안에는 평양성 탈환 부대의 거점이 있었다.

　이준성은 순안으로 가는 도중 만난 평양성을 주의 깊게 살폈다.

　평양성은 과연 천혜의 요새로 꼽힐 만한 위치에 세워져 있었다.

　성 동쪽과 남쪽을 감싸듯이 흐르는 동강과 북쪽에 흐르는 보통강이 자연적으로 만들어진 해자 역할을 하였다.

물론 지금은 동장군이 물러가지 않은 탓에 강이 일부 얼어 있었다.

평양성을 수비하는 입장에서는 괴로운 상황이지만 지금은 아군이 탈환해야 하는 상황이기 때문에 더할 나위 없이 좋았다.

순안에 도착한 이준성은 감탄하여 휘파람을 살짝 불었다. 병사들이 쳐 놓은 막사가 넓은 공터에 끝없이 펼쳐져 있었던 것이다.

아직 추운 겨울임에도 최소 수만에 달하는 병력이 뿜어내는 열기와 짙은 체향, 오물 냄새, 그리고 모기떼를 연상시키는 것 같은 웅성거림이 순박한 병사들의 기를 팍 죽여 버렸다.

이준성 역시 이런 규모의 군대는 본 적이 없었기 때문에 감탄을 터트렸다.

현대전에서 이런 군단 규모의 병력을 좁은 공간에 몰아넣는 일은 자살행위나 마찬가지였다.

적 항공기나 포병, 미사일 부대가 노리기에 아주 먹음직스러운 먹잇감인 것이다.

곧 외곽을 경계하는 조선군 장수와 병사들이 나타나 물었다.

"어디서 온 병력입니까?"

이준성은 살짝 뒤로 물러섰다.

그리고 그와 동시에 참모장 유경천이 앞으로 나가 대답했다.

　"함경도 병마우후 유경천이외다. 주상전하께서 함경도와 강원도에 병력을 차출하라는 어명을 내리셨기에 급히 병력을 모아 올라왔소이다. 지휘관을 만나고 싶은데 안내해 주겠소?"

　즉시 유경천에게 군례를 취한 장수는 그를 지휘관에게 데려갔다.

　유경천이 허락을 받기 전에는 군영 안으로 들어갈 수 없기 때문에 이준성 등은 군영 밖에서 하릴없이 기다렸다.

　그때, 근처로 사냥을 갔다 온 듯 말안장 뒤에 멧돼지와 노루 등을 실은 일단의 기병 30여 명이 그들 앞으로 다가왔다.

　붉은빛이 도는 두정갑을 입었기 때문에 일반 병사처럼 보이지는 않았다. 두정갑은 징이 박혀 있어 알아보기 아주 쉬웠다.

　이준성 등을 지나 군영 정문으로 향하던 기병들이 갑자기 멈춰 섰다.

　앉아서 휴식을 취하며 유경천이 오길 기다리던 병사들이 의아해 그들을 쳐다보는 순간, 기병 하나가 갑자기 채찍으로 근처에 앉아 있는 병사 한 명의 머리를 후려쳤다.

　채찍에 맞은 병사가 바닥을 뒹굴며 비명을 질렀다.

　그 모습을 경멸이 섞인 눈빛으로 보던 기병이 호통을 질렀다.

"네 이놈들! 어디서 굴러먹다온 상것들이기에 상급자가 지나감에도 일어나서 군례를 올릴 생각조차 하지 않는 것이냐?"

그 말에 병사들은 엉거주춤 일어나 기병들에게 군례를 올렸다. 이준성 역시 부하들 사이에 끼어 대충 군례를 올렸다.

그때, 선두에 있던 30대 초반 사내가 손을 들었다.

"어허, 알아들은 모양이니 자네도 이제 그만하게! 체면머리 없이 길바닥에서 아랫것들이랑 뭔 드잡이를 한단 말인가."

채찍을 휘두른 기병이 즉시 깍듯한 어조로 대꾸했다.

"송구하옵니다, 방어사 어르신."

한바탕 소동이 있긴 했지만 기병들은 다시 군영 정문을 향해 말을 몰았다.

한데 무슨 일인지 그들은 얼마 가지 않아 다시 멈춰 섰다.

그리고 이번에는 방어사라 불린 30대 중반 기병이 말머리를 완전히 돌려 그들 쪽으로 말을 몰아 왔다.

이준성은 그제야 기병의 얼굴을 제대로 볼 수 있었다.

기병은 하관이 좁은 데다 광대뼈가 도드라지게 튀어나와 있어 강퍅한 인상을 풍겼다.

또 눈빛은 불길이 타오르듯 강렬해 좋은 쪽으로든, 나쁜 쪽으로든 상대하기 쉽지 않을 듯했다.

말에 탄 상태에서 사람들의 얼굴을 빠르게 훑던 기병의 시선이 이준성 앞에서 멈추었다.

이준성은 일부러 허리를 약간 굽힌 자세로 서 있었지만 그래도 다른 병사보다 훨씬 컸다.

마치 담임이 초등학교 고학년들과 서 있는 것 같은 모습이었다.

기병이 손가락으로 이준성을 지목했다.

"거기 덩치 큰 놈, 앞으로 나와 봐라."

이준성은 쓴웃음을 지으며 병사들이 터 준 길을 따라 앞으로 나갔다. 그리고는 심기를 건드리지 않기 위해 군례를 올렸다.

기병이 군례를 올리느라 밑으로 내려와 있는 이준성의 턱을 채찍 손잡이로 잡아 위로 밀어 올렸다.

그리곤 마치 좋은 송아지를 고를 때처럼 채찍 손잡이로 이준성의 얼굴을 이리저리 돌려 가며 그를 열심히 살핀 다음, 고개를 끄덕였다.

"꽤 쓸 만한 눈빛을 하고 있군. 어디의 누구냐?"

"함경도 경흥에서 온 강주봉이라 합니다."

이준성이 대답하는 순간, 병사들의 대열 속에 서 있던 강주봉이 이마를 짚었다.

이준성이 또 자기 이름을 도용한 것이다.

기병이 콧바람을 뿜어내며 마뜩치 않단 표정을 지었다.

"함경도 경흥이라. 사투리는 별로 심하지 않은데 벽지 출신이었구먼. 함경도면 정현룡 장군이 대승을 거둔 곳이 아닌가?"

함경도 감사 윤탁연이 이준성과 아시온 사단의 공을 가로채기 위해 조정에 전 종성부사 정현룡이 이광순, 조균, 유경천, 정문부 등의 도움을 받아 왜군 2번대 가토 기요마사와 나베시마 나오시게를 쳐부셨다는 장계를 올린 적이 있었다.

이에 유경천이 직접 의주 행재소를 찾아 실상을 자세히 알렸다.

그러나 이를 조사하기 위해 조정이 함흥에 보낸 사신을 윤탁연이 향응으로 구워삶는 바람에 실패했다.

그 탓에 조정은 여전히 함경도에서 대승을 거둔 공이 윤탁연, 이광순, 조균, 정현룡, 정문부 등에게 있다고 믿는 중이었다.

이준성은 얼른 고개를 끄덕였다.

"그렇습니다."

"지금은 누구의 명을 받고 있느냐?"

"함경도 병마우후 유경천 장군의 명을 받고 있습니다."

기병이 주위를 둘러보며 물었다.

"유 장군은 어디 있느냐?"

"지휘관을 만나러 가셨습니다."

"좋다. 내 나중에 유 장군을 만나 양해를 구할 테니 너는 나와 함께 가자. 내 밑에서 공을 세우면 큰 보상이 있을 것이다."

그러나 이준성은 병사들과 떨어지는 게 마음에 걸려 주저했다.

말을 몰아 정문을 향하던 기병이 짜증스런 목소리로 소리쳤다.

"내 말을 듣지 못한 게냐? 어서 본관을 따라오지 않고 뭐 하는 것이냐? 나중에 유 장군이 경을 칠까 두려워하는 거라면 괜찮다. 내 유 장군과 안면이 있으니 충분히 이해해 줄 것이다."

이준성은 금강대대장 일우에게 고개를 살짝 끄덕였다.

함경도 승려 출신인 일우는 원래 백랑대대 대대장이었지만 사단 규모가 늘어나는 바람에 편제 역시 약간 바뀌어 지금은 새로 창설한 새로운 대대인 금강대대의 대대장으로 있었다.

금강대대는 함경도와 강원도에서 모집한 승병과 불심이 깊은 병사로 이루어져 있어 가장 단단한 결속력을 자랑했다.

이준성이 이 위험천만한 원정의 동반자로 금강대대를 고른 이유 역시 그런 결속 때문에 정보가 샐 위험이 적기 때문이었다.

이준성이 함흥에서 처음 자기 생각을 드러낼 때 내세운 정책 중 하나가 종교와 정치를 분리하는 제정분리와 종교의 자유였기 때문에 금강대대는 이준성을 가장 따르는 부대였다.

일우는 알았다는 듯 고개를 끄덕였다.

일우에게 뒷일을 맡긴 이준성은 기병을 따라 군영으로 들어갔다.

나중에 안 사실이지만 기병의 이름은 이시언이었다. 그는 현재 황해도 방어사이기 때문에 조선군의 핵심이었다.

다행히 1만에 달하는 조선군은 군영 한편을 공동으로 사용하는 중이었기 때문에 그가 있는 이시언 부대와 유경천 부대와의 거리가 멀지 않아 저녁 무렵에 만나는 데 성공했다.

유경천이 쓴웃음을 지으며 말했다.

"독한 자에게 걸리셨더군요."

이준성은 피식 웃으며 물었다.

"이시언이란 자가 그리 지독하오?"

"그는 부하들을 혹독하게 다루는 걸로 유명하지요."

이준성은 목소리를 낮춰 물었다.

"그보다 지휘관은 만나 보았소?"

"예. 도체찰사 류성룡 대감과 도원수 김명원 대감, 그리고 경상도 순변사 이일, 우측 방어사 김응수, 좌측 방어사 정희현, 승병으로 참전한 사명대사, 서산대사 등을 만나 보았습니다."

"그들이 뭐라 했소?"

"3,000명을 데려왔다니까 조금 실망하는 분위기였습니다. 아시온 사단이 함경도와 강원도를 연달아 수복했단 장계를 받고는 최소 5,000명에서 1만 명은 동원할 것으로 알았나 봅니다."

"꿈도 야무지군. 그래, 금강대대는 누구 밑에 들어가기로 했소?"

"부대에 승병이 많다니까 앞으로 사명대사가 이끄는 승군과 함께 움직이란 명을 받았습니다. 승병은 평양성의……."

"내가 맞춰 보지. 승병은 모란봉을 맡으란 명령이었소?"

유경천이 놀란 표정으로 물었다.

"어, 어떻게 아셨습니까?"

"통박으로 때려 맞춘 거니까 놀랄 필요 없소."

대답한 이준성은 어두운 표정으로 고개를 살짝 저었다.

유경천이 걱정스러운 눈길로 물었다.

"어찌 그러십니까?"

"모란봉은 성벽과 제일 가까운 위치에 있기 때문에 공성시 가장 치열한 전투가 벌어질 장소요. 다시 말해 윗대가리들이 피해가 가장 클 만한 위치에 승군을 배치했단 뜻이오."

유경천은 한숨을 깊이 내쉬었다.

"그럼 승군에 속한 우리 역시 피해가 크겠군요."

"그렇겠지. 일단 이렇게 하시오."

이준성은 유경천에게 어떻게 해야 할지 알려 준 후 돌려보냈다.

한데 유경천이 막 돌아서려던 그 순간, 이시언이 부하들과 함께 나타났다.

이준성은 바로 태연한 표정을 지었지만 고지식한 유경천은 잘못하다가 걸린 어린애처럼 표정이 굳었다.

물론 이준성은 유경천에게 이런 때 어떻게 하라고 가르쳐 준 후였다. 유경천이 실수만 하지 않으면 의심받을 일은 없었다.

이시언이 횃불로 유경천의 얼굴을 확인하곤 웃음을 터트렸다.

"아니, 유 장군 아니시오? 이웃마을에 사는 사내놈이랑 통정한 계집도 아니면서 왜 남의 군영에 얼쩡거리시는 거요?"

유경천은 억지로 미소를 쥐어짜 내며 이준성을 가리켰다.

"여기 이 강 장사는 내가 아끼는 부하입니다. 이 장군께서 강 장사를 데려가셨다기에 돌려받을 수 있나 해서 와 본 것입니다."

이시언은 입꼬리를 슬쩍 말아 올리며 물었다.

"흠, 그렇다면 날 먼저 찾아와야지, 왜 이자를 직접 찾은 것이오?"

"먼저 강 장사의 의향을 물어볼 생각이었습니다. 강 장사가 저보다는 공을 세울 기회가 많은 이 장군님 밑에 있고 싶어 하니 전 이만 돌아가 보겠습니다. 그를 잘 부탁드립니다."

군례를 올린 유경천은 급히 자기 군영으로 돌아갔다.

한편 이시언은 혼자 남은 이준성을 보다가 이죽거렸다.

"하물며 개와 같은 축생조차 주인을 바꿔 가며 섬기지 않는다는데, 네놈은 출세하고 싶어 끝내 주인을 바꾼 모양이구나.

뭐, 나야 손해 볼 게 없지. 너 같은 자가 날 돕는다는데 말이야. 단 이건 하나 명심하도록 해라. 네가 전장에서 활약하지 못하면 넌 네 옛 주인에게 돌아가야 할 것이다. 배신한 놈이 다시 돌아오겠다면 옛 주인이 아주 좋아하겠군."

그 말을 하며 껄껄 웃은 이시언이 자기 막사로 휘적휘적 걸어갔다. 이준성은 그런 그를 쳐다보며 쓴웃음을 머금었다.

유경천 말대로 걸려도 된통 걸린 모양이었다.

평양성 공격 시기가 가까워졌단 사실은 도체찰사 류성룡의 방문으로 알 수 있었다.

류성룡은 마음고생 때문인지 원래 나이보다 대여섯 살은 많아 보였다. 선이 굵은 외모였는데 반쯤 센 턱수염과 눈썹 때문에 더 그렇게 보이는 듯했다.

반면 이시언과 유경천에게 지시를 내릴 때의 표정이 아주 단호해 성격 역시 강단이 있어 보였다.

류성룡이 각 군영을 순시한 후 얼마 지나지 않아 이번에는 도원수 김명원이 모습을 드러냈다.

김명원은 인상이 부드러웠다. 두툼한 볼 살과 밑으로 쳐진 눈썹 때문인 듯했다.

그러나 단순히 인상만 그런 건 아니었는지, 이시언이나

유경천과 대화하는 목소리를 들어 보면 전황을 지휘하는 총사령관보다는 참모장이나 군수참모에 어울리는 느낌이었다.

조선은 기본적으로 문민통제였기 때문에 비상시 육해군을 총괄하는 총사령관에 해당하는 도원수를 문관으로 임명했다.

임진왜란 때 도원수인 김명원과 병자호란 때 도원수였던 김자점이 대표적인 사례였다.

물론 임진왜란 중후반에 도원수에 오른 권율처럼 무관이 맡는 일도 있었지만 드물었다.

이준성의 예상대로 류성룡과 김명원이 차례대로 다녀간 다음 날, 조명연합군은 순안을 출발해 평양성으로 행군했다.

조명연합군은 평양성 북쪽 봉화산 기슭에 1차 집결했다가 각자 맡은 위치로 다시 갈라졌는데, 크게 보면 세 갈래였다.

우선 수가 가장 많은 명군은 평양성 북쪽, 즉 보통강 너머에 있는 보통문과 칠성문 쪽으로 전개했다.

그리고 이일, 김응서가 지휘하는 조선군 1만여 명은 평양성 동쪽과 남쪽을 흐르는 대동강 너머에 있는 함구문을 주공격 대상으로 정했다.

마지막으로 명군 장수 오유충과 조선의 승병부대를 이끄는 사명대사는 가장 요충지라 할 수 있는 모란봉에 집결했다.

승병부대에 속한 금강대대가 모란봉이 있는 북성으로 간 탓에 함구문에 남은 이준성과는 잠시 떨어질 수밖에 없었다.

　이준성은 유진을 시켜 평양성 구조를 인드라망에 출력했다.

　평양성은 외성과 중성, 내성, 북성 등 총 네 구역으로 이루어져 있었다. 가장 면적이 큰 외성에는 백성들이 거주하는 민가가 모여 있어 방어하는 입장에서는 병력을 배치하기 어려웠다.

　왜군 역시 그런 생각을 한 듯했다. 평양성에서 군사적인 구역이라 할 수 있는 중성, 내성, 북성 이 세 구역에 1만 9천에 달하는 병력을 나눠 배치했다.

　숫자는 조명연합군이 두 배 이상 많지만 상대는 전투에 이골이 난 왜군인 데다 단단한 성채에 의지해 쉽지 않은 싸움이 될 것 같단 느낌이 들었다.

　이시언은 전투 개시 시간이 점점 다가올수록 신경이 곤두서는 듯 부하를 닦달하는 데 대부분의 시간을 할애했다.

　"이번에 우리가 공을 세우지 못한다면 그건 내 잘못이 아니라 너희들의 잘못이다! 난 신상필벌이 누구보다 확실한 사람이니, 경을 치기 싫으면 죽기 살기로 싸워야 할 것이다!"

　병사들은 이시언의 엄포에 주눅이 들어 사기가 뚝 떨어졌다. 이준성은 그런 그들을 안타까운 눈으로 바라볼 수밖에 없었다.

병사들은 나이가 너무 많거나 아니면 너무 어렸다. 그리고 영양을 제대로 섭취하지 못해 비쩍 마른 병사들이 많았다.

아니, 병사라기보다는 밭에서 일하던 농부들의 손에 농기구 대신 무기를 들려 준 듯했다.

만일 이번 전투가 그가 아는 대로 흘러간다면 가장 많은 피해를 볼 병사들은 바로 이들이었다.

불행하게도 전황은 그가 아는 역사대로 흘러가기 시작했다.

고니시 유키나가는 조명연합군의 대군이 평양성으로 몰려온다는 첩보를 받기 무섭게 3번대 구로다 나가마사 휘하에 있으며 당시 황해도 봉산에 주둔 중이던 오토모 요시무네에게 구원을 요청했다.

그러나 오토모 요시무네는 알 수 없는 이유로 이 구원 요청을 거부한 다음, 한양으로 도망쳐 버렸다.

오토모 요시무네가 퇴각한 이유에 관해 많은 추측과 억측이 존재했지만, 어쨌든 구원 요청을 거절당한 고니시 유키나가 측의 사기는 떨어질 수밖에 없었다.

그래도 평양성을 이대로 내줄 생각은 없었는지 고니시 유키나가는 요충지인 모란봉에 조총 부대를 대거 매복시켜 두는 한편, 평양성 성벽을 방어에 맞게 개축해 난공불락에 가까운 형태로 만들었다.

전투의 첫 개시는 작전 회의에서 북성 모란봉점령을 맡은 명군 부총병 오유충과 승군을 이끄는 사명대사가 하였다.

　오유충의 명군과 조선의 승군은 모란봉으로 들어가는 입구인 현무문에 맹렬한 공격을 퍼부었는데, 성벽에 공성 사다리를 걸고 성문에는 파성퇴를 맡은 특공부대를 집어넣었다.

　그러나 왜군의 저항이 워낙 거세 공격은 채 20분을 넘기지 못했고, 명군과 승군은 하는 수 없이 퇴각하기로 결정했다.

　이에 이겼다고 생각한 왜군은 추격을 위해 현무문을 연 다음 성 밖으로 뛰쳐나왔다.

　한데 그때 반전이 일어났다.

　퇴각하는 줄 알았던 명군과 승군이 갑자기 돌아서서 뛰쳐나온 왜군에게 반격을 가한 것이다.

　왜군은 화들짝 놀라 다시 성으로 도망쳤지만 이미 적지 않은 피해를 입은 상태였다.

　이 소식은 금세 다른 전선에 전해졌다.

　전과는 그리 크지 않았지만 병사들의 사기가 무엇보다 중요한 전장에서 어쨌든 중요한 서전을 승리로 장식한 것이다.

　이에 고무된 명군과 조선군 역시 본격적으로 공격을 개시했다. 조선군은 왜군이 저항을 거의 포기한 외성 동남쪽으로 달려 들어가 중성으로 들어가는 입구인 함구문을 들이쳤다.

　이시언 부대에 속한 이준성 역시 이 함구문 공격에 참여했는데, 함구문 공격은 조선군 주력을 지휘하는 이일과 김응서가 말고 이시언 부대는 주력의 측면을 방어하는 임무를 맡았다.

즉 그가 이번에 맡은 역할은 주공이 아니라 조공인 것이다.

말에 오른 이시언이 유리를 긁는 것 같은 목소리로 소리쳤다.

"달거리하는 계집애처럼 꾸물거리는 놈은 국물도 없을 거다!"

이시언의 닦달을 받은 병사들이 서둘러 측면으로 달려갔다.

한데 그때였다.

비어 있는 줄 알았던 측면에 왜군 조총 부대가 나타났다.

토굴과 민가 지하에 숨어 있다가 공격할 틈을 노려 모습을 드러낸 것이다.

타타타탕!

총성이 줄기차게 울리는 순간, 앞 열이 짚단이 쓰러지듯 쓰러졌다. 공포에 질린 조선군 병사들은 뒤돌아 뛰기 시작했다.

이런 식의 후퇴가 더 큰 피해를 불러온단 사실을 알았던 이준성은 급히 도망치는 병사를 헤치며 왜군에게 달려갔다.

마치 거센 파도를 거슬러 가려는 외로운 서퍼처럼 말이다.

그때, 조총 부대 2선이 앞으로 나와 두 번째 사격을 가하려

들었다. 그와 조총 부대와의 간격은 이제 80미터 안팎이었다.

운 좋으면 살고 운 나쁘면 죽을 수 있는 거리였다.

이준성은 민가 옆으로 몸을 날려 피했다.

타타탕!

조총 총성과 함께 매캐한 화약 연기가 구름처럼 솟구치는 순간, 이준성은 민가 밖으로 나와 그 연기 속으로 뛰어들었다.

어디선가 불어온 바람이 연기를 허공으로 날려 보냈을 때였다.

조총 부대와 5미터 떨어진 곳에 우뚝 서 있는 이가 있었으니, 바로 이준성이었다.

왜군은 귀신이 곡할 노릇일 터였다.

사람이 이렇게 빨리 달릴 수 있다곤 생각하지 못했을 것이다.

이준성은 지급받은 장창을 앞세워 달려들었다.

장창의 날이 사람의 살을 찢고 뼈를 부수는 느낌이 들었다.

이준성은 바로 장창을 놓으면서 옆으로 몸을 날렸다. 조총 부대를 호위하기 위해 따라온 왜군 하나가 왜도를 휘둘러 왔다.

이준성은 옆으로 복싱의 스텝을 밟아 피한 다음, 수도로 왜도를 쥔 왜군의 팔을 부러트렸다. 그리고는 그가 떨어트린 왜도를 주워 사방에서 모여드는 왜군을 차례차례 베어 넘겼다.

그때, 이준성만큼이나 무모한 병사 한 명이 왜군에게 뛰어들어 쇠로 만든 편곤을 다짜고짜 휘둘렀다.

이준성은 왜군을 막아 내며 그를 슬쩍 훑어보았다. 새카맣게 탄 얼굴에 비쩍 마른 몸을 한 젊은 사내였는데, 두 눈에선 둔한 사람도 알 수 있을 만큼 엄청난 분노의 불길을 뿜어내는 중이었다.

그는 마치 눈앞의 왜군이 불구대천의 원수인 것처럼 싸웠다.

무모한 병사는 있을 수 있었다.

그러나 무모하면서 엄청나게 잘 싸우는 병사는 흔치 않았다.

한데 바로 그가 그러했다. 그는 10배가 넘는 왜군 사이를 마치 다람쥐처럼 재빨리 돌아다니며 편곤을 귀신처럼 다뤘다.

편곤이 왜군 몸에 떨어질 때마다 피와 살점과 부러진 이빨 조각이 분무기로 뿌린 것처럼 허공으로 쫙 퍼져 나갔다.

이준성은 그가 마음에 들어 곧장 소리쳐 물었다.

"이름이 뭐요?"

사내는 이런 급박한 상황에서 통성명을 하잔 이준성의 배포에 놀란 듯 눈을 끔벅거리다가 왜도에 목이 거의 잘릴 뻔했다.

황급히 피한 사내가 왜도를 휘두르며 그를 공격해 오는

왜군의 얼굴에 편곤을 한 방 먹이고는 뒤로 물러나와 대답했다.

"고양 사람 명회이외다! 그쪽은 이름이 뭐요?"

"하하. 난 강주봉이란 사람이오."

대답한 이준성이 왜군 하나를 더 베었을 때였다.

이준성과 명회의 분전에 용기를 얻은 병사들이 합류했다.

그뿐만이 아니었다. 잠시 후엔 이시언과 그를 따르는 기병까지 합류하는 바람에 왜군의 매복 공격은 실패로 돌아갔다.

이번 전투로 조선군의 피해가 적지 않았지만 주력을 기습하려던 왜군의 매복 공격을 저지한 덕에 함구문 전투의 전황을 전보다 유리하게 끌고 갈 수 있는 동력을 마련한 셈이었다.

이제는 조선군 주력이 어떻게 하는지에 승패가 달려 있었다.

주력은 1시간에 걸쳐 함구문을 공격했지만 왜군의 거센 저항에 직면해 결국 실패했다.

다른 성문을 공격하는 명군 역시 성과를 거두지 못한 듯 군을 물리는 바람에 함구문을 공격하던 조선군은 적지 않은 주검을 남긴 채 발길을 돌려야 했다.

조명연합군 수뇌부는 오늘 발생한 전투를 왜군의 방어 전략과 병력 배치를 알아보기 위한 위력정찰로 삼은 모양이지만, 그 바람에 1,000명이 넘는 조선군이 돌아오지 못했다.

아마 명군은 그 몇 배에 달하는 병력 손실을 입었을 것이다.

이시언은 그의 부대를 전멸의 구렁텅이에서 구해 준 이준성과 명회를 슬쩍 흘겨본 다음, 말을 돌려 진채로 돌아갔다.

그날 밤, 다들 오늘 낮에 치른 전투를 생각하며 두려움에 떨거나 돌아오지 못한 친구나 형제 등을 생각하며 자리를 뒤척일 때였다.

갑자기 명군 진채에 불길이 치솟았다.

병사들은 벌떡 일어나 불길이 치솟는 명군 진채를 멍하니 바라보았다. 이시언은 급히 전령을 보내 무슨 일인지 알아보게 했다.

그날 새벽, 상황을 알아보고 돌아온 전령에 따르면 왜군이 새벽에 명군 진채를 야습했다가 실패한 듯했다.

그날 오전, 조명연합군은 진채를 평양성 쪽으로 더 당긴 다음 김응서, 정희현이 이끄는 기병부대로 왜군을 유인하려 들었지만 먹히지 않았다. 둘째 날은 그렇게 어물쩍 지나갔다.

공격을 시작한 지 3일째 되는 날 아침.

공격 개시를 양군에 통보한 건 명군이 본토에서 직접 가져온 대장군포, 위원포, 자모포, 연주포 등이 뿜어내는 천둥과 같은 포성이었다.

수십 문의 포가 일제히 불을 뿜어내는 순간, 땅이 흔들리며 평양성 상공의 공기가 찌르르 울리는 것 같은 느낌을 받았다.

이준성은 오늘이 승부를 보는 날이란 사실을 직감했다.

포탄이 성채에 퍼부어지는 동안, 전 전선에서 진격이 이뤄졌다.

병사들 틈에 섞인 이준성은 포탄에 맞은 성벽에서 떨어진 돌가루와 먼지를 흠뻑 뒤집어쓴 채 성문으로 천천히 걸어갔다.

◆ ◈ ◆

공성은 끔찍했다.

마치 누가 더 악에 받쳤는가, 누가 더 병사를 잘 갈아 넣는가로 싸우는 경쟁처럼 보였다.

포성이 끝나는 순간, 제 1열이 함성을 지르며 성벽으로 달려갔다.

일부가 물에 적신 지붕을 단 파성차를 힘겹게 끌며 성문으로 향하는 사이, 일부는 조총 사격을 맞아 가며 성벽에 공성 사다리를 걸었다.

성문에 도착한 파성차가 종을 타종할 때처럼 파성퇴를 뒤로 끌어당겼다가 앞으로 힘껏 밀어 두꺼운 나무에 쇠를 덧댄 성문을 부수는 동안, 성벽에 공성 사다리를 건 병사들은 한 손으론 사다리를 잡고 다른 한 손으론 방패로 머리를 가리는 위태로운 자세로 어떻게든 위로 올라가려 노력했다.

용감하면 미인을 얻는다지만 전장에서 용감하면 가장 먼저 죽을 뿐이었다.

1열은 금세 반 이상이 죽어 나가 더 이상 공성할 여력이 없었고, 장수들의 재촉을 받은 2열 병사들이 1열과 교대해 공성에 들어갔다.

왜군은 물을 적신 파성차 지붕에 불을 내는 데 성공해 곧 불길과 연기가 치솟았다.

"으아악!"

파성차를 운용하던 병사들이 옷에 불이 붙는 바람에 비명을 지르며 뛰쳐나왔다. 파성차를 맡은 병사들은 한겨울에 몸과 옷에 물을 적셔 가며 분투했지만 불은 그보다 지독했다.

성벽을 지키는 왜군은 고춧가루와 끓는 기름을 쏟아부었다. 살과 머리카락이 타는 노린내에 고춧가루가 남긴 매운 기운이 더해지며 마치 화생방 훈련을 할 때처럼 숨을 쉬기 어려웠다.

조선군은 불이 붙은 파성차에 물을 끼얹었다. 그리고 화상을 입거나 고춧가루가 눈에 들어가 비명을 지르는 병사들은 뒤로 끌어내며 계속 공성했다. 겁을 먹은 병사가 사다리로 올라가길 거부하면 장수들이 환도를 꺼내 즉결 처형했다.

이준성은 3열에 있었다. 그리고 그 옆에는 첫째 날 공격에서 같이 싸웠던 고양사람 명회가 서 있었다.

조선군은 1열과 2열에 늙거나 병이 들어 약해진 병사를 세웠다. 그리고 3열에는 이준성과 명회처럼 주력을 형성하는 병사들을 세웠다.

　왜군을 지치게 한 다음, 3열에서 승부를 보겠다는 심산이었다.

　왜군의 힘을 빼는 역할을 맡은 2열은 자기 몫을 해냈다. 투입한 병력의 4할 가까이가 죽거나 다쳤기에 그보다 더 잘할 순 없는 일이었다.

　2열을 맡은 병사들이 죽거나 다친 전우를 질질 끌며 전열에서 이탈했을 무렵, 3열에 공격명령이 내려졌다. 이준성은 투구를 고쳐 쓴 다음, 앞으로 달려갔다.

　이준성은 3열 맨 앞에서 달렸다. 그의 체격이 다른 병사들보다 훨씬 크다는 점을 감안하면 쏘기 좋은 표적이었다.

　이준성은 지급받은 방패로 커다란 몸을 대충 가리며 달렸다.

　물론 다른 병사들이 이상하게 생각할 정도로 빨리 뛰진 않았다. 다른 병사들과 어느 정도 속도를 맞춰가며 뛴 이준성 앞에 끓는 기름과 고춧가루, 그리고 사람의 살점이 다닥다닥 붙어 있는 공성 사다리가 나타났다.

　2열의 공세를 막아 낸 왜군이 공성 사다리를 밀어 반대쪽으로 넘긴 것이다.

　이준성은 명회와 함께 쓰러진 공성 사다리를 들어 올렸다.

두꺼운 나무로 만들었기 때문에 팔뚝이 뻐근해질 정도였지만 들어 올리는 데는 성공했다.

다른 병사들은 이준성과 명회 앞에서 방패를 우산처럼 만들어 왜군의 조총 공격을 막았다.

쿠웅!

공성 사다리가 성벽에 걸쳐지는 순간, 이준성은 재빨리 위로 기어 올라갔다. 왼손에 쥔 방패로 머리를 가리며 다람쥐처럼 재빨리 기어 올라가 순식간에 사다리 끝에 이르렀다.

성벽을 지키던 왜군이 솥을 뒤집어 끓는 기름을 쏟아부으려 하는 모습에, 이준성은 즉시 오른손에 쥔 환도를 위로 던졌다.

솥을 뒤집던 왜군 하나가 이준성이 던진 환도에 맞아 뒤로 나자빠졌다. 그리고 그 바람에 솥이 성벽에 떨어져 근처에 있던 왜군에게 솥 안에 든 끓는 기름이 튀게 만들었다.

"크아악!"

그가 왜군이 지르는 비명을 들으며 성첩 위에 올라섰을 때였다.

왜군 두 명이 창으로 이준성을 찔러 왔다.

이준성은 성첩 위에서 낙법을 치듯 밑으로 굴러 내려와 창을 피했다. 그리고는 왜군이 허리에 찬 왜도를 빼앗아 아래쪽을 한 번 그었다.

다리가 잘린 왜군 세 명이 피분수를 쏟아 내며 쓰러졌다.

그때, 두 번째로 올라온 명회가 합류했다.

이준성과 명회 두 사람이 힘을 합친 시너지는 대단하기 짝이 없었다. 이준성이 휘두르는 왜도와 명회가 휘두르는 철곤 앞에서 제대로 버티는 왜군이 없을 지경이었다.

이준성과 명회의 활약 덕분에 3열은 성벽 한 군데를 완벽히 점령했다.

성벽을 점령한 이준성은 성루로 달려가 막아서는 왜군을 베었다. 그리고는 파성차를 공격하는 왜군을 무력화시켰다.

이준성의 이번 활약은 결정적인 역할을 하였다.

함구문을 포기한 왜군이 중성으로 후퇴하기 시작한 것이다.

이준성과 명회의 활약 덕에 가장 먼저 성문을 여는 데 성공한 조선군은 중성 안으로 밀물처럼 쏟아져 들어가 보통문을 지키던 왜군 후위를 들이쳤다.

앞뒤에서 공격을 받은 왜군은 보통문을 버려둔 채 내성으로 도망쳤다. 원래 보통문은 명군 좌군 부총병 양원이 공격 중이었는데, 왜군의 저항이 극심해 큰 피해를 입은 상태였다.

한데 함구문을 열어젖힌 조선군이 중성을 가로질러 보통문 뒤를 공격해 준 덕에 더 이상의 피해 없이 보통문을 점령하는 데 성공할 수 있었다.

이로 인해 왜군은 결국 내성과 북성으로 쫓겨났고 조명연합군은 외성과 중성을 연달아 탈환하여 기세를 한껏 올렸다.

반면, 다른 전선, 즉 내성을 공격하기로 한 명군 우군 부총병 장세작과 북성을 공격하기로 한 조선의 승군과 부총병 오유충은 왜군의 결사적인 저항에 막혀 뜻을 이루지 못했다.

특히 우군 부총병 장세작이 명군을 동원해 공격한 내성의 칠성문에선 막대한 피해를 입어 공격을 중단하기에 이르렀다.

한데 전날 가장 큰 피해를 입을 거라 예상되었던 북성에서는 오히려 피해가 적었다.

이준성의 밀명을 받은 유경천이 승군을 지휘하는 사명대사를 설득해 강하게 밀어붙이지 않은 덕분이었다.

북성에는 명군 부총병 오유충이 같이 있었지만, 당행히 오유충은 개전 초기에 총상을 입어 뒤로 후퇴한 상태였다.

오유충이 공세를 강화하라 명령하면 따를 수밖에 없기 때문에 금강대대와 사명대사의 승군에게는 운이 따른 셈이었다.

북성에 우뚝 솟아 있는 모란봉은 작은 야산이나 마찬가지여서 산 정상에 서면 성벽 밖이 모두 보였다.

반대로 공성하는 쪽에서 모란봉을 탈환하면 유리한 고지에서 북성 전체를 공격할 수 있기에 평양성에서 가장 요충지라 할 수 있었다.

이를 누구보다 잘 아는 고니시 유키나가는 무려 2,000명에 달하는 조총 부대를 모란봉에 매복시켜 북성을 공격할 예

정인 조명연합군을 기습하려 했지만, 이준성의 밀명을 받은 유경천 등이 공세를 강화하지 않아 뜻을 이루는 데 실패했다.

만약 고니시 유키나가가 이 2,000명에 달하는 조총 부대를 중성으로 돌렸다면, 중성에 있는 함구문과 보통문을 돌파해야 하는 조명연합군은 그야말로 막대한 희생을 치러야 했을 것이다.

기세를 탄 조명연합군은 정해문을 넘어 내성으로 쏟아져 들어갔다. 4만에 육박하는 병력이기 때문에 기세가 실로 대단했다.

초기 전과에 만족한 명군 총사령관 이여송이 직접 정해문에 행차해 내성으로 육박해 가는 조명연합군을 연신 독려했다.

조명연합군은 중성에서 그랬던 것처럼 내성 북쪽에 있는 칠성문을 성 안에서 공격해 성 밖에서 칠성문을 공격 중이던 장세작의 명군을 지원하려 시도했다. 한데 바로 그때였다.

내성 바닥에서 유령처럼 솟아오른 왜군 조총 부대가 급습을 가했다. 예상치 못한 장소에서 워낙 갑작스레 당한 급습이기 때문에 조명연합군은 막대한 피해를 입을 수밖에 없었다.

이준성은 급히 방패로 몸을 가리며 바닥에 쓰러진 조선군 병사 몇 명을 뒤로 끌어냈다.

한편, 왜군의 급습에 깜짝 놀란 조명연합군의 장수들은 급히 병력을 멈춰 세웠다. 그리고는 토굴에 들어가 저항하는 적을 상대하는 가장 좋은 방법인 너구리 잡기 전술을 사용했다.

즉, 송진을 묻힌 짚이나 헝겊에 불을 붙여 왜군이 파 놓은 토굴 안에 집어넣은 것이다.

왜군은 내성 지하에 지하도시를 만들어 놓은 듯했다. 마치 밥을 짓는 마을의 저녁풍경처럼 곳곳에서 연기가 올라왔다.

그러나 너구리 잡기 전술은 큰 효과를 거두지 못했다. 왜군이 이미 이런 상황에 대비해 곳곳에 환풍구를 만들어 둔 것이다.

결국 조명연합군 장수들은 전가의 보도를 꺼내 들었다.

바로 그들이 가장 자신 있어 하는 물량공세였다.

토굴 구멍에 불을 붙인 헝겊이나 짚을 집어넣기 위해 접근하던 병사들이 왜군이 쏜 조총 탄환에 맞아 바닥을 뒹굴었다.

그러면 뒤에 대기하던 병사들이 앞으로 달려가 동료들이 떨어트린 헝겊과 짚을 주워 들어 다시 토굴 쪽으로 달려갔다.

하지만 100미터를 나아가기 위해 수십 명의 목숨을 담보로 해야 하는 상황이 펼쳐지는 바람에 조명연합군의 기세는 확 꺾였다.

우회하는 방법은 통하지 않았다.

왜군이 토굴 위치를 워낙 절묘하게 배치해 둔 탓에 적이 보지 못하는 사각으로 우회하여 접근할 방법이 없었던 것이다.

이준성 역시 죽음의 진격에 두 번이나 동원되어 토굴에 불이 붙은 헝겊을 집어넣은 다음, 적의 사격을 피해 돌아왔다.

어쨌든 정오가 지나 오후에 막 접어들었을 무렵, 칠성문으로 가는 통로를 여는 데 성공한 조명연합군은 왜군이 이미 비워 둔 칠성문을 안에서 열어젖혀 장세작의 명군과 합류했다.

칠성문 점령으로 꺼져 가던 불씨를 간신히 살린 조명연합군은 내성을 마저 장악한 다음, 마지막 남은 북성을 공격했다.

현재 고니시 유키나가의 1번대 1만 5천여 명이 좁은 북성에 집결해 있었다. 고니시 유키나가가 죽기 살기로 저항한다면, 북성은 사신이 입을 벌리며 기다리는 지옥 입구나 같았다.

그러나 조명연합군은 물러서지 않았다.

이미 소규모 조명연합군이 한 차례, 조선군 단독으로 펼친 작전 한 차례 해서 총 두 차례에 걸쳐 실패한 탈환 작전이었다.

더구나 이번 세 번째 탈환 작전 역시 벌써 상당한 피해를 입은 상태라, 발을 빼기엔 너무 깊이 들어와 있는 상황이었다.

조명연합군은 전열을 잠시 추스른 다음, 최후의 공세를 가했다.

왜군 역시 을밀대, 현무문, 전금문 세 방향에서 맹렬한 저항을 해 왔다.

특히 을밀대는 모란봉과 함께 북성 남북을 수호하는 수호신과 같기 때문에 이곳을 공격하는 부대가 큰 피해를 입었는데, 공교롭게도 이준성 역시 그 을밀대에 있었다.

이준성은 첫 공성에 나선 조선군 1열이 무참히 쓰러지는 모습을 지켜보다가 더는 참을 수 없어 명회를 보았다. 명회 역시 꽉 쥔 주먹을 부르르 떨며 분노하는 모습을 보였다.

이준성은 명회의 어깨를 툭 치며 물었다.

"왜군을 잡아먹지 못해 안달인 것 같은데, 무슨 일 있었소?"

명회가 이를 바드득 갈며 대답했다.

"저놈들이 우리 아버지를 죽였소."

"불구대천의 원수 같은 게 아니라, 진짜 불구대천의 원수였군."

이준성은 곧 명회와 함께 난공불락처럼 보이는 을밀대로 달려갔다.

단단한 성벽 위로 기와를 얹은 거대한 지붕이 먼저 보였고, 그 지붕과 성벽을 엄폐 삼아 조총을 쏘아 대는 왜군이 보였다. 흑색 화약이 만든 짙은 연기 때문에 조명연합군 궁수들은 조준하는 데 어려움을 겪는 중이었다.

타타타탕!

성벽에 바짝 붙어 왜군이 일제사격하기를 기다린 이준성은 총성이 울려 퍼지기 무섭게 사다리를 타고 위로 기어 올라갔다. 그 뒤를 명회가 바짝 따라붙어 있었다.

조총 총성이 간헐적으로 들려오며 화약 연기가 서서히 걷힐 무렵.

이준성은 이미 사다리를 번개같이 기어 올라가 을밀대 성첩 바로 위에 서 있었다.

"재미는 너네만 보냐, 이 개새끼들아!"

이준성이 휘두른 왜도가 빗살처럼 왜군 조총병을 갈라 갔다.

독재자

9장. 탐옥

　이런 경험이 많은 듯 조총병은 한눈에 봐도 노련해 보였다. 사격을 포기한 조총병이 조총으로 그의 왜도를 막아 왔다.

　그러나 이준성은 진짜 공격은 왜도가 아니었다. 바로 밑에서 승천하는 용처럼 솟구친 오른발이었다.

　"으악!"

　오른발에 배를 차인 조총병이 비명을 지르며 뒤로 날아갔다.

　조총병은 혼자 쓰러지지 않았다. 쓰러질 때 볼링공이 핀을 치듯 뒤에 있던 동료 조총병 대여섯 명을 같이 쓰러트렸다.

그때, 이준성은 재빨리 옆으로 몸을 날렸다.

타타탕!

등 뒤에서 날아든 조총 탄환 여러 발이 이준성이 서 있던 자리를 지나갔다. 조총 탄환을 피하기 위해 몸을 날리는 바람에 바닥에 거의 누워 있던 이준성은 누운 자세에서 두 다리를 가위처럼 만들어 옆에 서 있던 조총병의 다리를 감았다.

상체를 돌리는 순간, 그의 다리에 감겨 있던 조총병이 억 하는 비명을 지르며 앞으로 한 바퀴 굴렀다.

그 반동을 이용해 일어선 이준성은 수중의 왜도를 비스듬히 쳐올렸다.

조총병 두 명이 피를 뿜으며 비틀거렸다.

이준성은 왼손으로 그중 한 명의 목을 틀어잡아 자기 쪽으로 끌어당겼다. 그리곤 조총병을 방패삼아 앞으로 돌진했다.

탕탕!

조총병이 쏜 탄환이 그가 방패로 삼은 조총병의 등을 때렸다.

조총병을 방패로 삼기엔 그의 체격이 너무 큰 탓에 탄환 일부가 머리 쪽과 다리 쪽으로 날아들었지만 명중하진 않았다.

이준성은 방패로 삼은 조총병을 앞으로 힘껏 민 다음, 그 뒤를 따라 돌진해 조총병 대여섯 명을 순식간에 베어 넘겼다.

그때, 명회를 비롯한 2진이 성벽으로 올라와 그를 지원했다.

처음에는 지원군 숫자가 대여섯에 불과했지만 순식간에 수십, 수백으로 늘어 완강히 저항하는 을밀대의 왜군을 점차 뒤로 밀어냈다.

마침내 그날 오후에 을밀대가 조명연합군 수중에 떨어졌다. 북성에 교두보를 마련하는 데 성공한 것이다. 이제 남은 곳은 현무문, 전금문 두 곳이었다.

을밀대에서 물밀듯이 쏟아져 내려간 조명연합군은 현무문과 전금문 두 곳을 안팎에서 협공해 오후 늦게, 북성에서 외부로 나갈 수 있는 통로 세 곳을 모두 점령하는 데 성공했다.

한편, 조명연합군 총사령관 이여송은 다른 전선에서는 진격이 차근차근 이루어지는 반면에 북성 북쪽에 있는 모란봉에서는 전혀 진척이 없다는 보고를 받기 무섭게 낙상지, 이여백 등을 추가로 파견해 맹공을 퍼부으란 엄명을 내렸다.

이에 사명대사와 유경천이 지휘하는 승군 역시 더는 우물쭈물할 수 없어 성벽을 공략해 모란봉으로 진격해 들어갔다.

다행히 왜군의 저항은 처음처럼 거세지 않았다.

이미 을밀대, 현무문, 전금문이 모두 돌파당한 상태라, 모란봉에 2,000명에 이르는 조총 부대를 배치할 이유가 없었던 것이다.

고니시 유키나가가 이 2,000에 달하는 조총 부대를 북성 안으로 재배치한 덕분에 금강대대를 포함한 승군은 큰 저항을 받지 않은 채 목표한 모란봉을 점령할 수 있었다.

이제 왜군은 사방이 포위된 상태에서 북성 안에 고립되었는데, 황해도의 원군 역시 기대할 수 없는 입장이다 보니 여기서 사생결단할 수밖에 없는 상황이었다.

고니시 유키나가는 연광정에 파 둔 토굴에 들어가 그 안에서 항전하기 시작했다.

사생결단으로 나온 왜군은 과연 무시무시하기 짝이 없어 사상자가 급증했다. 이준성 역시 이시언의 명령을 받아 명회 등과 함께 연광정 토굴 안으로 몇 차례에 걸쳐 돌격을 감행했지만 언 발에 오줌 누기와 같았다.

오히려 함구문과 을밀대에서 함께 싸운 전우들만 숱하게 죽어 나갈 뿐이었다.

결국 참다못한 이여송이 결단을 내렸다. 토굴 안으로 사자를 보내 고니시 유키나가에게 제안을 한 것이다.

평양성 포위를 풀 테니 더 이상 저항하지 말고 탈출하란 제안이었다. 고니시 유키나가는 당연히 제안을 받아들였다.

이여송은 약속대로 포위를 풀었다.

그리고 고니시 유키나가는 그날 밤에 얼어붙은 동강을 건너 남쪽으로 퇴각했다. 그가 데리고 있던 병력은 이번 공격으로 크게 상해 1만 9천이 넘던 병력이 9천으로 줄어 있었다.

왜군이 퇴각한다는 소식을 접한 이시언의 눈빛이 홱 돌변했다.

공을 세울 기회라 여긴 것이다.

그는 즉시 지친 병력을 앞세워 왜군 뒤를 추격했다. 이시언과 같은 생각을 한 장수들이 더 있는 듯 명군에서는 참장 이녕이, 조선군에선 황주판관 정화가 왜군 추격에 동참했다.

이준성은 왜군을 추격하기 직전에 급히 유경천을 찾아가 평양성 안의 소요 사태를 진정시키라는 명령을 내렸다.

그리고 만일 병력이 모자라면 사명대사와 서산대사에게 도움을 청하라는 조언을 덧붙였다. 승군은 부탁을 거절하지 않을 가능성이 높았기 때문이었다.

왜군은 살기 위해 도망치는 상황이었고 이시언의 병력은 이미 끝난 전투에서 공을 세우겠다고 추격하는 상황이었다.

추격이 제대로 이뤄질 리 없어 왜군 60여 명을 죽이는 데 그쳤다.

이시언은 병사들이 잘라 온 수급의 숫자를 세다가 분통을 터트렸다. 수급 60개는 그가 생각한 숫자보다 훨씬 적었다.

"이런 참담한 결과는 모두 네놈들이 느려 터져서 그런 거다!"

부하들에게 본보기를 보이겠다는 심산이었던지, 이시언은 심복들에게 부대 안에서 제일 약한 병사 60여 명을 잡아오란 명령을 내렸다.

곧 그의 앞에 60여 명이 포박당해 끌려왔다. 그들은 이미 돌아가는 상황을 짐작한 듯했다. 급히 살려 달라 소리치거나 아니면 눈물을 쏟으며 용서를 구했다.

다른 병사들은 두려운 눈빛으로 그 광경을 지켜보았다.

이시언이 환도를 뽑으며 소리쳤다.

"군령을 따르지 않으면 어떻게 되는지 다들 똑똑히 봐 두어라!"

이시언이 환도로 맨 앞에 앉아 있던 병사의 목을 베려는 순간.

이준성은 급히 달려가 그 앞을 막아섰다.

"그만두십시오! 부하들 앞에서 이 무슨 추태입니까!"

눈에 살기를 담은 이시언이 그를 잡아먹을 듯이 째려보았다.

"감히 본관의 군령행사를 방해하려 들다니 네놈이 죽고 싶어 환장했나 보구나. 네놈이 함구문과 을밀대에서 공을 좀 세웠다고 본관이 네놈을 죽이는 데 망설일 거라 생각한 것이냐?"

이준성은 고개를 저었다.

"그 공으로 상을 받을 생각은 처음부터 없었지만, 그렇게 말씀하시니 소인과 거래를 하는 게 어떻겠습니까? 소인이 주워듣기론 명군 제독 이여송 장군이 성벽을 가장 먼저 넘은 병사에게 은 50냥을 하사할 거라 들었습니다. 제가 먼저 넘은 성벽이 함구문과 을밀대 두 곳이니 아마 100냥을 받을 수 있을 겁니다. 장군께서는 그 공을 다 가져가십시오. 대신 그 대가로 이들의 목숨을 살려 주십시오. 어떻습니까?"

이시언은 골똘히 생각하다가 갑자기 얼굴에 미소를 지었다.

"괜찮은 조건이군. 좋다. 네가 이들의 목숨을 살린 것이다. 단 나중에 딴소리가 없어야 할 것이다. 만약 딴소리가 나온다면, 네놈과 오늘 목숨을 건진 놈들의 목을 같이 벨 것이다."

"당연합니다."

이시언은 포박당한 병사들을 풀어 주었다. 그리고는 말머리를 돌려 평양성으로 돌아갔다.

이준성은 평양성으로 돌아가는 동안, 그를 바라보는 병사들의 눈빛이 달라졌음을 느꼈다.

전에는 마치 하늘이 내린 전사를 보는 것처럼 감탄과 얼마간의 두려움이 담긴 눈빛으로 쳐다보았다면, 지금은 존경이 담긴 눈빛으로 그를 쳐다보았다.

이준성은 그가 오늘 세운 엄청난 전공을 이시언에게 넘겨 그들의 목숨을 구한 것이다.

새벽에 도착한 평양성에서는 목불인견의 참상이 벌어져 있었다.

왜군이 떠난 후 성을 점령한 명군이 전공을 부풀리기 위해 성에 있던 조선 백성을 죽인 뒤 수급을 자르고 있었던 것이다.

명군은 조선 백성의 수급을 자른 뒤 왜군처럼 앞머리를 싹 밀어 버렸다. 그리고는 그 수급을 마치 자기가 자른 왜군의 수급인 것처럼 위장해 상부에 제출했다.

또 아녀자는 닥치는 대로 강간했으며 돈이 될 만한 건 싹 뜯어 갔다.

상황이 그렇다 보니 급기야 명군을 피해 얼지 않은 강물에 몸을 던지는 백성들도 있었다.

곳곳에서 비명 소리와 곡소리가 끊임없이 들려왔다.

조선군은 명군이 하는 짓을 뻔히 보고 있었지만 말릴 생각을 하지 않았다. 명군을 방해했다가 그들의 마음이 바뀌어 돌아가 버리면 나라를 되찾지 못할 것을 걱정하는 듯했다.

그들이 지켜야 할 백성을 명군이 죽이고 강간하고 있었지만 조선군은 그저 눈을 다른 곳으로 돌리거나 귀를 틀어막은 채 이 불편한 상황이 빨리 끝나기만 기다리는 중이었다.

그나마 이준성의 밀명을 받은 유경천과 유경천의 부탁을 받아 나선 사명대사, 서산대사 등이 평양성에 갇힌 백성들을 성 밖으로 대피시켜 피해를 어느 정도 줄일 수 있었다.

다음 날 바로 평양성 전투의 논공행상이 이루어졌다.

이시언은 이여송에게 함구문과 을밀대의 전투 경과를 보고할 때, 이준성과 명회 등의 이름을 쏙 뺀 채 보고했다.

이여송은 함구문과 을밀대에서 이기지 못했으면 전투가 어려워졌을 거란 생각에 명군과 조선군 장수들이 보는 앞에서 이시언을 크게 칭찬한 다음, 포상으로 은자 300냥을 하사했다.

이여송의 칭찬은 곧 선조의 귀에 들어갈 게 분명했다. 이시언은 그야말로 이번 전투를 통해 출세가도에 오른 셈이었다.

그 시각 이준성은 권분동이란 병사와 함께 명군이 주둔한 장소를 기웃거렸다. 권분동은 의주에 있는 상인 가문 출신으로 의주 행재소에서 행한 병사 모집에 응해 군에 들어왔다.

그는 몸이 약해 군에 입대할 여건이 아니었지만, 각 가정에서 한 명 이상은 반드시 입대시키란 어명이 의주 행재소를 통해 내려왔기 때문에 울며 겨자 먹기로 입대한 상황이었다.

그의 집엔 그보다 훨씬 건강한 형제가 셋이나 더 있었지만 그들은 아버지의 사업을 물려받아야 한다는 이유로 빠져 버렸다.

이를 테면 몸이 약한 그가 희생해서 가문을 살리란 거였다.

한데 그가 들어간 부대가 독하기로 소문난 이시언의 부대였기 때문에, 자기는 평양성 전투에서 반드시 죽을 거라 확신했다.

그러나 하늘이 그를 아직 버리지 않은 듯 그는 운 좋게 이준성 뒤에서 싸우는 경우가 많아 살아남을 수 있었다.

그러나 이시언이 왜군을 추격하다가 생각보다 낮은 성과에 분통을 터트리며 늙거나 약한 병사를 본보기로 삼아 처형하려 했을 때, 그는 이번에는 꼼짝없이 죽겠구나 생각했다.

한데 믿을 수 없는 기적이 또 한 번 일어났다.

이준성이 자기가 세운 공과 그들의 목숨을 맞바꾼 것이다. 이제 그에게 있어 이준성은 은인을 넘어 거의 숭배의 대상이었다.

그런 이준성이 자신의 도움이 필요하다고 하니, 그는 이번 일이 어떤 결과를 불러오든 반드시 해내기로 마음먹었다.

권분동은 상인 집안 출신이란 본인의 특기를 유감없이 살려 곧 유창한 중국어로 이준성이 찾는 명군을 찾아내 데려왔다.

그 명군은 다른 명군들과 생김새가 달랐다.

바로 요동병이 주력인 명군에서 얼마 없는 절강병인 것이다.

이준성은 그에게 다짜고짜 물었다.

"내가 당신들이 살 방도를 알려 주려는데 들어 볼 의향이 있소?"

권분동이 데려온 절강병의 이름은 조광이었다.

절강병 2,000여 명의 대장을 자처하는 인물이었는데 평소 무용과 리더십이 뛰어나 다른 절강병의 존경을 받는 자였다.

중세 동아시아를 흔든 왜구는 명나라 해안지방을 집요히 약탈했다. 16세기 명나라의 어려움을 얘기할 때 많이 쓰는 남왜북로의 남왜가 바로 강남을 약탈하는 왜구를 가리켰다.

왜구는 물산이 풍부한 강남의 절강성과 같은 해안지역을 주로 노략질했기 때문에 명나라가 왜구를 토벌할 목적으로 창설한 부대가 바로 이 조광이 이끄는 절강병의 부대였다.

절강병은 16세기 명나라의 명장 척계광을 빼놓곤 얘기하기 힘들었다. 척계광은 산동 무인 가문 출신으로 자기 가문의 이름을 딴 척가군을 모집해 절강을 침략한 왜구를 무찔렀다.

왜구는 결국 척계광이 지휘하는 강력한 절강병을 피해 남해안으로 목표를 선회했다. 그러나 척계광 역시 가만있지 않아 멀리 광동까지 진출해 왜구가 만든 거점을 뿌리 뽑았다.

이리하여 왜구는 더 이상 명나라를 상대로 대규모 약탈전을 감행하지 못했다.

물론 이는 단순히 척계광의 절강병이 왜구를 다 죽였기 때문만은 아니었다.

전국시대를 거치는 동안 수군의 중요성을 깨달은 왜국 영주들이 이 왜구를 자신의 수군으로 영입했기 때문에 왜구의 활동이 준 것이다.

즉, 왜구가 왜국의 수군 정규군으로 대거 진입한 것이다.

그렇다고 해서 척계광과 그의 지휘를 받는 절강병의 업적이 폄하될 이유는 없었다.

명나라 강남을 괴롭히던 왜구를 격파해 그들의 활동을 약화시킨 건 사실이기 때문이었다.

명군 안에서 요동병과 절강병을 구분하는 일은 쉬웠다.

요동병과 절강병은 같은 한족이라 해도 정신적인 가치만 공유할 뿐, 유전적인 면에서는 눈에 띄게 다르기 때문이다.

이준성이 살던 시절이야 워낙에 많이 섞여서 이젠 구분이 무의미해졌지만 16세기 말엽에는 한눈에 알아볼 수 있었다.

이준성의 말을 권분동이 즉시 조광에게 통역했다.

다행히 조광은 관어를 할 줄 아는 듯했고, 강남사투리를 잘 모르는 권분동이 별 어려움이 통역할 수 있었다.

통역을 들은 조광이 의심스러운 눈초리로 이준성의 행색을 쓱 훑었다.

잠시 후, 조광이 한 말을 권분동이 얼른 통역했다.

"무슨 뚱딴지같은 소리냐 묻는데요."

"평양성을 수복할 때, 절강병이 활약하면 이여송이 그 포상으로 그들에게 은자 5,000냥을 주기로 약속했느냐 물어보게."

권분동의 통역을 들은 조광의 눈에 놀라움이 어렸다.

"그걸 대체 어떻게 알아냈냐고 물어보는데요."

"그건 중요한 게 아니라고 말하게. 지금 중요한 건 이여송이 정말 5,000냥을 그들에게 줄 거라 생각하느냐가 중요하니까."

잠시 후, 권분동이 고개를 끄덕였다.

"그렇게 생각한답니다. 숫자는 적지만 절강병이 요동병을 뛰어넘는 활약을 펼쳤기 때문에 주지 않곤 못 배길 거랍니다."

이준성은 고개를 저었다.

"그건 이여송이란 사람을 잘 몰라 그러는 거라고 통역하게. 이여송은 절대 은자 5,000냥을 쓸 사람이 아니라고 말이야."

통역을 들은 조광이 미간을 찌푸리며 고개를 살짝 흔들었다.

권분동이 조광의 말을 통역했다.

"대체 하고 싶은 말이 뭐냐 묻는데요."

"당신들이 이여송을 찾아가 은자 5,000냥을 내놓으라고 요구하면 이여송은 당신들을 후방에 있는 의주로 보낼 거라 대답하게. 그리고 함정을 파 당신들을 죽일 거라 대답하게."

이준성의 대답을 들은 권분동이 흠칫하며 물었다.

"이여송 장군이 정말 그렇게 독한 마음을 먹을까요? 비록 이들이 요동병은 아닐지라도 크게 보면 같은 명군이지 않습니까?"

"자넨 내 말을 통역이나 하게."

"아, 알겠습니다."

권분동은 의문이 가시지 않은 표정으로 그의 말을 통역했다.

통역을 들은 조광 역시 의문이 생긴 표정으로 급히 물었다.

권분동이 이준성의 눈치를 살피며 통역했다.

"형님이 점을 치는 점쟁이냐 묻는데요. 아니면 사기꾼이든가요."

이준성은 어깨를 으쓱거렸다.

"반쯤은 점쟁이일지 모르지. 어쨌든 내가 말한 대로 일이 흘러가면 당신들은 함정에 걸려 꼼짝없이 죽을 거라 전하게."

통역을 들은 조광이 고개를 끄덕이며 무슨 말인가를 하였다.

권분동이 급히 그 말을 이준성에게 통역했다.

"제안을 들어는 보겠답니다. 대비해 두어 나쁠 건 없으니까요."

"상황이 내가 말한 대로 흘러가면 당신들은 어차피 죽은 목숨일 거라 전하게. 운이 좋아 이여송의 독수를 피해 도망친다 해도 무단탈영병으로 낙인찍히는 바람에 고향으로 돌아가지도, 절강에 있는 원 부대로 돌아가지도 못할 테니까.

그러나 조선에서 기회를 찾아보겠다면 내가 도와줄 거라 전하게. 믿을지는 모르겠지만 나에게 그 정도 힘은 있으니까."

이준성은 조광에게 어찌어찌하라고 일러 주었다. 그리고 평양성에 와 있던 은호대대 병사 두 명을 그에게 붙여 주었다.

조광은 미심쩍어하는 눈치였지만 방금 전에 말한 대로 미리 준비해 두어 나쁠 건 없었기 때문에 은호의 동행을 허락했다.

조광과 헤어져 원 부대로 복귀하던 중에 권분동이 불쑥 물었다.

"형님은 대체 어떤 분입니까?"

이준성은 무슨 말인지 알았지만 시치미를 떼며 물었다.

"어떤 분이냐니? 그게 대체 무슨 소리야?"

권분동이 고개를 절레절레 저었다.

"전 어쩐지 갈수록 형님을 더 잘 모르겠습니다. 처음엔 그저 엄청난 무용을 가진 용맹한 무사라고만 생각했습니다. 한데 왜군을 추격할 때 그동안 세운 전공을 내던지면서까지 우리 목숨을 살려 주었습니다. 이는 용맹만 앞서는 범부가 할 행동은 절대 아니라 생각합니다. 그리고 이번엔 갑자기 절강병을 찾아 그들에게 이해하기 힘든 제안을 했습니다. 형님이 정말 일개 병사라면 2,000이나 되는 절강병을 거둘 여유가 있을 리 없습니다. 즉, 형님에게 우리가 모르는 어떤 세력이 있다는 뜻일 겁니다. 대체 형님은 누구십니까?"

이준성은 어깨를 으쓱했다.

"네가 무슨 말을 하는지 난 잘 모르겠군. 그리고 그 형님이란 소리 좀 집어치워. 난 너와 동등한 일개 병사일 뿐이니까."

일축한 이준성은 부대에 돌아와 이시언이 돌아오길 기다렸다. 이시언이 돌아와야 금강대대로 돌아갈 수 있는 것이다.

휴식을 취하는 이준성 옆에는 권분동을 비롯해 그가 목숨을 구해 준 60여 명의 병사들이 앉아 있었다.

마치 이준성 옆을 떠나면 목숨을 잃기라도 하는 것처럼 자리를 떠나는 법이 없었다. 물론 그중 한 명은 이준성과 같이 싸운 명회였다.

이준성은 자기 주위에 둘러앉아 있는 병사들을 살펴보았다.

권분동처럼 다른 병사들 역시 얼굴이 뽀얗고 손바닥에는 물집 하나 잡혀 있지 않았다. 농사를 짓는 농부는 아니란 뜻이었다. 그리고 고생 역시 별로 해 보지 않았단 뜻이었다.

이준성이 명회에게 슬쩍 물었다.

"다들 대갓집 자식처럼 보이는데 이들이 왜 여기에 있는 거요?"

"대갓집 자식은 아니지만 돈은 대갓집보다 더 많은 집에서 태어났을 거요. 그래서 고생을 한 테가 전혀 나지 않는 거지."

"돈이 대갓집보다 많은 집이면?"

명회가 목소리를 더 낮춰 대답했다.

"국경 쪽에 터를 잡은 상인이나 역관의 자식으로 알고 있소."

이준성은 그제야 이들의 정체를 정확히 알 수 있었다.

조선의 경제정책은 아주 폐쇄적이어서 외국과의 교역은 조공무역만 허용했다. 즉 다른 나라 사신이 조선에 오거나 조선 사신이 외국에 갈 때 양국 특산물을 교환하는 식이었다.

그러나 돈 싫어하는 사람 없다는 옛말처럼 국경에서 외국 상단과 밀무역을 하여 불법적으로 이득을 취하는 상인 집단이 적지 않았는데, 그중 규모가 가장 큰 곳이 바로 의주였다.

의주는 명나라와 국경을 마주하기 때문에 당연한 일이었다. 그 외에는 여진족과 밀무역을 하는 함경도 경원, 왜국과 밀무역을 하는 경상도 부산포 등이 유명했다.

그런 이유로 의주에 사는 상인 아들이면 상당히 유복한 어린 시절을 보낼 수 있었다.

역관의 아들 역시 마찬가지였다.

한 나라가 다른 나라와 외교를 하려면 다른 나라의 말을 할 줄 아는 역관, 즉 통역관이 필수였다.

한데 조선은 이 필수인 역관에게 명나라를 오가는 데 필요한 여비를 지급하지 않았다. 대신 명나라에서 비싼 값에 팔리는 물건을 가져가 팔고 그 돈으로 여비를 하도록 만들었다.

역관은 하는 수 없이 명나라로 떠나기 전에 질 좋은 고려 인삼을 사다가 명나라에 가서 판 다음 그 수익으로 여비를 삼았는데, 수익이 여비보다 훨씬 많이 남았기 때문에 곧 조선에서 역관이 가장 부유한 계층 중 하나로 자리를 잡았다.

돈맛을 본 역관은 은퇴한 후에 아예 의주에 터를 잡은 다음 인삼을 밀거래해 돈을 벌거나, 의주 상인과 명나라 상단을 중개해 주며 그 대가로 수수료를 받아 생활했다.

이런 이유로 의주에 사는 상인과 역관의 자식은 그야말로 어렸을 때부터 손에 물 한 방울 묻히지 않은 금수저들이었다.

이들은 다른 병사처럼 사냥꾼이나 농부 출신이 아니기 때문에 체력적으로, 정신적으로 약할 수밖에 없어 이시언과 같은 독한 장수들의 눈에는 약한 병사로 비춰지기 아주 쉬웠다.

이준성이 생각하기에 이들은 전장에 있을 게 아니라 후방에 있어야 했다. 그들의 능력은 후방에서 더 빛을 발할 터였다.

그때, 작전 회의에 참석한 이시언이 돌아왔다.

이시언은 총사령관 이여송에게 칭찬을 많이 받은 듯 희희낙락하는 표정으로 돌아와선 이준성부터 자기 막사로 불렀다.

이준성은 부르지 않았으면 그가 먼저 찾아갈 생각이었기 때문에 얼른 달려갔다. 이시언은 화로에 덥힌 술로 언 몸을 녹이며 그에게 앞에 놓인 의자에 앉으란 손짓을 해 보였다.

이준성이 의자에 앉는 모습을 본 이시언이 말했다.

"방금 회의에서 다음 전략이 정해졌다. 우리는 곧장 평양성을 떠나 남쪽으로 도망치는 왜군 뒤를 추격하기로 결정했다."

"그렇군요."

"다만 유경천 장군의 병력은 방어를 위해 돌아가기로 결정했다."

이준성은 자리에서 일어섰다.

"그렇지 않아도 그 말씀을 드리려던 참이었는데 잘되었습니다. 전 이만 유경천 장군과 합류해 돌아가도록 하겠습니다."

이시언은 웃으면서 손을 저었다.

"하하. 하직 인사를 하기에는 아직 이르지."

"그게 무슨 뜻입니까?"

"방금 전, 유경천 장군에게 내가 너를 좀 더 데리고 있겠다고 말했다. 그는 마지못해 허락하더군. 도원수 대감까지 나서서 그러라는데 병마우후 따위가 감히 거절할 수 없었겠지만."

"그럼 전 돌아가지 못하는 겁니까?"

이시언은 이죽거리며 대답했다.

"넌 이제 내가 돌아가라고 할 때만 돌아갈 수 있다. 하하하."

이준성은 이시언의 웃음소리를 들으며 막사를 나왔다.

그리고는 웃음소리가 끊이지 않는 막사 쪽을 보며 중얼거렸다.

"뽕을 뽑으려는 모양인데 다음엔 쉽지 않을 거다."

다음 날, 이준성은 이시언 부대와 함께 남쪽으로 내려갔다.

그러나 황해도를 지키는 왜군은 이미 도성 쪽으로 거의 다 후퇴한 상태라 전투가 없었다. 조명연합군은 기뻐하며 남하 속도를 더 높였다. 곧 도성이 지척인 벽제관에 당도했다.

◆　◈　◆

조명연합군은 노도와 같은 기세로 밀고 내려가 개성을 점령했다.

뒤이어 이여송이 파견한 정찰 부대가 도성 외곽에서 왜군 소규모 부대와 전투를 치러 왜군 수급 60개를 획득했다.

이여송은 이 전투로 자신감을 가진 게 틀림없었다.

즉시 기병 3,000명으로 이루어진 선봉 부대를 내보내 도성의 상황을 알아보게 했다.

그러나 불운하게도 얼어붙었던 땅이 풀리며 진창으로 변한 길 때문에 기병의 이점인 기동력을 발휘하지 못한 이 선봉 부대는 매복한 적군의 공격을 받아 대패했다.

이에 이여송은 급히 증원 병력을 파견해 선봉 부대를 지원했다.

왜군 역시 도성에 모여 있던 부대를 파견해 맞상대해 왔다.

일진일퇴의 공방이 이루어지던 와중에 이여송이 이상한 결정을 내렸다. 기병 1,000명으로 이루어진 부대에 자기 호위만 더한 채 본인이 직접 도성을 향해 진격하기 시작한 것이다.

조명연합군 주력과 왜군이 가장 두려워하는 무기인 야포 전력을 후방에 남겨 둔 채 소수병력으로 직접 출격한 것이다.

왜군을 얕보지 않았으면 조명연합군 전체를 지휘해야 하는 총사령관인 그가 소수의 병력으로 적진에 뛰어들 리 만무했다.

수색정찰을 통해 이 사실을 알아낸 왜군은 길목에서 이여송을 급습했다. 절체절명의 위기에 봉착한 이여송은 부하 이유승의 도움으로 간신히 살아남았다.

그러나 왜군 역시 그냥 물러서지는 않았다. 조명연합군 총사령관 이여송을 반드시 죽여 적의 기세를 꺾겠다는 듯 맹렬한 추격을 가했다.

그때, 급보를 받은 부총병 양원이 조명연합군 주력과 야포 전력을 대동한 채 급속 남하해 이여송의 구출을 시도했다.

이준성이 속한 이시언의 부대는 벽제관 왼쪽으로 우회해 이여송을 추격하는 왜군의 측면을 기습하는 임무를 맡았다.

길을 따라 남하해 벽제관에서 3킬로미터쯤 떨어진 어느 산의 능선에 도착했을 때였다.

명군이 쏘는 화포의 포성이 점점 크게 들려오다가, 어느 순간 포성이 함성 소리로 바뀌었다.

"빨리 움직여라! 여기서 이여송 장군이 당하면 다 끝장이니까!"

이시언은 병사들을 함성 소리가 나는 왼쪽으로 토끼 몰듯 몰아갔다.

잠시 후, 그들 앞에 400여 기 남짓 돼 보이는 명군 기병부대와 그런 기병부대를 바짝 추적하는 수천 명의 왜군이 보였다.

이준성은 명군 기병부대 안에서 이여송으로 보이는 자를 쉽게 구별할 수 있었다. 화려한 갑옷을 입어 다른 기병과 확연한 차이점을 드러냈지만 투구는 도망치다가 잃어버린 듯 망나니처럼 머리를 풀어헤친 상태였다.

양원이 지휘하는 명군 주력은 이여송과 왜군 추격부대의 거리가 너무 가까워 가져온 야포로 지원 포격을 하지 못했다. 자칫하면 포탄에 이여송이나 아군 기병이 맞을 수 있었다.

양원은 즉시 주력을 전개해 왜군의 추격을 저지했다.

이시언 역시 기다렸다는 듯 병사들에게 명령을 내렸다.

"모두 일제히 공격하라! 왜군의 측면을 무너트려야 한다!"

병사들은 와하는 함성을 지르며 능선을 내려가 왜군 측면으로 돌격했다. 이준성도 명회, 권분동 등과 능선을 내려갔다.

전투는 의외로 싱거웠다.

왜군은 양원이 내보낸 명군 주력과 이여송이 합류하는 모습을 보기 무섭게 도망쳤다.

명군이 3만이 넘을 정도로 워낙 대군이었던 데다 야포까지 있어 맞상대를 포기한 것이다.

그러나 이준성의 전투는 거기서 끝나지 않았다.

"왜군이 도망친다! 추격해서 놈들의 수급을 베어라! 수급을 가장 많이 베어 오는 병사에게는 은 10냥을 상으로 주겠다!"

이시언이 말을 타고 돌아다니며 외치는 소리는 그에게 복음과 같았다. 지금이 아니면 이곳을 떠날 기회가 없어 보였다.

이준성은 도망치는 왜군을 홀로 추격했다.

그때, 생각지 못한 일이 벌어졌다.

명회가 그 옆으로 따라붙으며 물었다.

"은 10냥이 탐이 나서 제 발로 죽을 길에 들어서는 것이오?"

"그럼 당신은?"

"난 은 10냥은 탐이 나지 않소. 다만 친구가 될 수 있는 사람이 목숨을 헛되이 버리려는 것 같아 도와주러 왔을 뿐이오."

생각지 못한 일은 거기서 끝나지 않았다.

권분동 등 그가 왜군을 추격할 때, 자기 공과 맞바꾸어 목숨을 살려 주었던 병사 60여 명이 그를 따라오는 중인 것이다.

권분동이 숨을 헐떡이며 말했다.

"저, 저희도 데려가 주십시오, 형님."

이준성은 미간을 찌푸렸다.

"이번에는 정말 위험해. 다른 사람들을 데리고 얼른 돌아가."

권분동은 고개를 저었다.

"저희는 어차피 한 번 죽었던 목숨입니다. 형님이 가시는 길이 지옥이든 천당이든 상관없습니다. 끝까지 따라가겠습니다."

이준성은 뒤를 힐끗 보았다.

다른 사람들 역시 권분동과 같은 생각인 듯했다.

다들 얼굴에 죽음을 각오한 사람처럼 비장한 기운이 흘렀다.

이준성은 권분동에게 슬쩍 물었다.

"이 일로 당분간 가족과 고향을 떠나야 해도 계속 따라올 텐가?"

"이시언 장군 밑에서 계속 종군하면 어차피 언젠가는 개 죽음당할 겁니다. 그럴 바에야 차라리 형님과 같이 죽겠습니다."

"못 말리겠군."

고개를 절레절레 저은 이준성은 왜군 본대에서 갈라져 나온 소규모 부대를 쫓아 왼쪽으로 선회했다.

50여 명으로 이뤄진 그들은 왼쪽으로 선회한 뒤 곧 산과 언덕 사이로 모습을 감췄다.

이준성은 뒤를 돌아보았다.

조명연합군 주력은 왜군 본대를 추격하는 중인 듯했다. 다른 부대의 모습은 보이지 않았다.

그리고 그중에서 가장 다행인 점은 이시언이나 그의 심복들 역시 없다는 점이었다.

이준성은 주먹을 쥐어 병사들을 멈춰 세웠다.

"이건 왜군이 우리를 끌어들이기 위한 유인작전이 틀림없소. 지금 이대로 추격하는 것은 위험하니 우회해야 하오."

말을 마친 이준성은 옆에 있는 능선을 따라 올라갔다.

명회와 권분동 등은 지체 없이 그런 이준성의 뒤를 따라갔다.

체력이 약한 병사들이 많아 속도가 느리긴 했지만 어쨌든 낙오하는 병력 없이 무사히 원하는 장소에 도착할 수 있었다.

이준성은 명회, 권분동 등과 함께 바짝 엎드려 산 밑을 정찰했다.

과연 그의 말대로 왜군은 길목에 매복을 마친 상태였다. 이준성 등이 그들을 추격해 길목에 들어서는 순간, 재빨리 매복 지점에서 튀어나와 기습을 가할 생각으로 보였다.

물론 이를 간파한 이준성 덕에 그런 일은 일어나지 않았다. 오히려 왜군은 뒤가 이준성에게 노출되어 있는 상황이었다.

이준성은 명회를 보았다.

"일단 우리 둘이 힘을 내야 할 것 같소."

명회가 시원하게 승낙하며 피가 말라붙은 편곤을 틀어쥐었다.

"바라던 바요. 같이 온 친구들이 떼죽음당하는 건 싫으니까."

이준성은 권분동을 불러 그와 명회 두 명이 왜군을 완전히 때려눕히기 전까진 절대 밑으로 내려오지 말란 명을 내렸다.

권분동이 놀라 물었다.

"왜군은 50여 명이나 되는데 두 분이 어찌 처리한단 말입니까?"

"넌 그냥 다른 사람들과 함께 여기서 지켜보기나 해."

권분동의 어깨를 두드려 준 이준성은 명회와 함께 고양이처럼 발소리가 나지 않게 조심하며 슬금슬금 밑으로 내려갔다.

  곧 왜군 후위가 보였다.

  이준성은 앞으로 튀어 나가며 장창을 찔러 갔다. 그야말로 바람과 같은 속도여서 소리를 들은 왜군이 고개를 돌리기 무섭게 이준성의 장창이 그의 목을 완전히 꿰뚫었다.

  이준성은 나무와 관목이 많은 곳에서는 장창을 쓰기 힘들다는 판단하에 죽은 왜군이 허리에 차고 있던 왜도 두 자루를 훔쳤다.

  그리고는 두 자루 왜도로 왜군을 무참히 베어 나가기 시작했다.

  이준성보다 동작이 조금 늦긴 했지만 명회 역시 편곤을 휘둘러 왜군을 때려눕혔다.

  마른 몸에서 나왔다곤 믿기지 않을 만큼 힘이 좋아 편곤을 맞고 다시 일어서는 왜군은 없었다.

  왜군은 곧 매복을 풀고 두 사람을 에워싸기 시작했다.

  역시 아무리 대단한 전사라도 다수에게 둘러싸이면 힘이 들게 마련이었다.

  두 사람이 잠깐 주춤할 때, 와 하는 함성 소리가 산 위에서 들리더니 권분동 등이 밑으로 달려 내려왔다.

  이준성은 한숨을 쉬었다.

"저 꼴통 자식, 내 말을 귓등으로도 안 듣는군."

어쨌든 권분동 등이 나타나는 바람에 포위가 헐거워진 건 사실이었다. 그 틈에 치고 나간 두 사람은 쉼 없이 왜군을 베어 넘겼다.

왜군이 조총병이나 궁병을 포함하지 않은 순수한 보병이었기 때문에 그들을 막을 수 있는 왜군은 없었다.

그렇게 20여 분쯤 정신없이 베어 넘겼을 때, 명회는 지친 듯 뒤로 밀리는 모습을 보였다.

그러나 이준성이 왜도를 휘두르는 속도에는 전혀 변함이 없었다. 오히려 더 빨라진 것처럼 보일 지경이었기에 명회는 고개를 절레절레 저었다.

이준성은 권분동 등을 공격하는 왜군을 집중 공격해 쓸데없는 싸움에서 동료들이 개죽음당하는 상황을 최대한 차단했다.

그렇게 10분을 더 싸웠을 때, 마침내 살아 있는 왜군은 없었다.

이준성은 크게 숨을 들이쉬며 전장을 빠르게 훑었다.

조명연합군이나 왜군이 나타나기 전에 서둘러야 했다.

천만다행히 권분동이 데려온 병사들 중에서 죽거나 크게 다친 사람은 나오지 않았다.

이준성은 바로 왜군 시체가 입고 있던 옷과 투구, 갑옷을 벗겼다. 그리곤 자기가 입고 있던 옷과 투구, 갑옷을 벗어

벌거벗은 시체에 다시 입혔다.

눈치 빠른 몇 명이 이준성이 하는 행동을 곧장 따라했다. 그리고 뒤늦게 눈치 챈 병사들 역시 행동을 따라해 10분쯤 지났을 땐 조선군과 왜군이 싸우다가 죽은 것처럼 현장을 조작할 수 있었다. 그러나 더 완벽을 기하기 위해 왜군 봇짐에 있던 옷과 기름 등을 현장에 뿌려 시체를 불태웠다.

겨울이라 나무가 젖어 있긴 했지만 연기가 하늘로 솟구칠 즈음에는 불이 붙기 시작해 곧 그 일대를 불바다로 만들었다.

이준성은 연기를 보다가 고개를 돌려 병사들에게 명령했다.

"이제 떠납시다!"

"예!"

대답한 병사들은 이준성을 새로운 대장처럼 따르기 시작했다.

이준성이 가는 방향은 당연히 강원도 원주가 있는 동쪽이었다.

10장. 분노의 역습

원주 감영에 무사히 도착한 이준성은 이번에 데려온 사람들을 정문부, 강문우, 원충서 등에게 소개시켜 주었다.

유경천이 지휘하는 금강대대는 이미 며칠 전에 돌아와 있어 그들이 감영 문을 들어설 때, 정문부 등과 같이 마중을 나왔다.

명회, 권분동 등은 감영에서 높은 직책을 맡은 사람처럼 보이는 정문부, 강문우 등이 이준성을 마치 주군을 대하는 듯한 모습을 보이자 소스라치게 놀라 이준성을 다시 쳐다보았다.

이준성은 역시 일개 병사가 아니었다.

강원도와 함경도 두 지역을 실질적으로 지배하는 통치자였다.

더욱이 돌아가는 상황을 보니 조정은 이 사실을 전혀 모르는 게 분명했다.

조정이 임명한 함경도 관찰사 윤탁연과 강원도 관찰사 강신 등 수십 명의 관원이 이준성의 지시로 감옥에 유폐 중이었다.

사실상 조정과 함경도, 강원도의 연결이 끊어진 상태나 마찬가지인 것이다.

명회, 권분동 등은 이 상황이 의미하는 바를 깨닫곤 흠칫 놀라 몸을 떨었다.

이준성은 왕실과 조정을 상대로 역모를 꾀한 주동자였다. 그리고 그 말은 그들 역시 역모의 일당이 되었다는 뜻이었다.

이준성은 그들이 고민하게 놔두었다.

그들에게는 어차피 선택의 여지가 없었다.

왜군 시신을 그들인 것처럼 위장해 도망치긴 했지만 이는 엄연히 무단 탈영이었다. 평상시에도 극형을 면치 못할 중죄인데, 더욱이 지금은 전시 상황이었다. 잡히면 즉결처형이었다.

이래도 죽고 저래도 죽는다면 차라리 이준성이 꾸미는 역모에 적극 가담해 조금이라도 살 가능성을 높이는 게 유리했다.

한편, 그 사이 이준성은 정문부 등을 만나 돌아가는 상황을 보고받았다. 평양에 있을 때 주기적으로 은호의 보고를 받긴 했지만 실무자에게 직접 듣는 것과는 차원이 달랐다.

정문부가 한숨을 깊이 내쉬며 고충을 토로했다.

"조정을 속이는 건 더 이상 무리일 것 같습니다. 조정에서는 계속 새로운 관원을 임명해 내려보내는 중인데 내려보내는 족족 다 포섭하기란 사실상 불가능에 가깝습니다. 그나마 각 고을의 아전이 우리 편이어서 대충 돌아가곤 있지만 우리 행정력이 미치지 않는 고을이 점점 늘어나는 중입니다."

"함경도는 상황이 어떻소?"

"정현룡 대감과 인편으로 거의 매일 정보를 주고받는 중인데, 그쪽도 마찬가지입니다. 아니, 오히려 이곳보다 심해서 행정권과 군권을 동시에 위협당하는 중입니다. 빠른 시일 내에 거사하지 않으면 왕실과 조정이 먼저 손을 쓸 가능성이 있습니다."

이준성은 미간을 찌푸리며 물었다.

"백성들은 분위기가 좀 어떻소?"

"은호부대가 하는 선무공작이 잘 먹혀 대부분 우리에게 동조하는 상황입니다. 당장 거사를 진행해도 왕실에 충성하는 일부 양반이 저항하는 문제가 있을지언정 소요가 발생하는 일은 없을 것입니다."

강문우, 유경천, 원충서 등은 이미 정문부와 의견을 나눈 듯했다. 그들 역시 이제 거사해야 한단 눈빛을 그에게 보냈다.

이준성은 단호한 표정으로 고개를 저었다.

"아직은 때가 아니오. 우리가 선빵을, 아니 먼저 왕실과 조정을 치는 일은 없을 거요. 우리에게 중요한 건 명분이오. 외침을 겪는 상황에서 내란을 일으키면 다른 지역에 사는 백성들이 우릴 교활한 기회주의자로 여길 가능성이 높소. 그런 이유로 우리는 왕실과 조정이 사태를 파악하고 먼저 우릴 칠 때까지 기다려야 하오. 그러면 피해자 코스프레, 아니 희생자처럼 여겨져 백성들의 동정을 얻을 수 있소. 왕실과 조정이 먼저 우리를 치면 우린 형편없는 왕실과 조정을 대신해서 왜군을 몰아내는 공을 세웠음에도 질투와 시기를 받아 위험에 처한 비극의 주인공처럼 보일 테니까."

결정권자는 결국 이준성이었기 때문에 거사를 앞당기자는 이야기는 쏙 들어갔다. 대신 거사 준비가 회의 주제로 올라왔다.

"내가 없는 동안 병력은 얼마나 모았소?"

강문우가 즉시 대답했다.

"강원도에서 3,000명을 더 모집해 현재 2만 1천을 모았습니다."

"병력 배치는?"

"함경도에 수비군으로 5,000명을 배치한 상태고, 나머지

1만 6천은 이곳 원주에 배치해 다음 명령을 기다리는 중입니다."

"병사들의 무장과 훈련 상태는 어떻소?"

이번에는 원충서가 자신 있는 목소리로 대답했다.

"둘 다 완벽합니다. 명령만 내리시면 언제든 출격할 수 있습니다."

보고가 끝난 다음에는 이준성이 이번에 데려온 명회와 권분동을 비롯한 60여 명의 처우를 결정하는 문제로 넘어갔다.

"명회는 비룡대대에 넣어 키울 생각이오. 원체 실력이 뛰어나서 병법만 조금 가르치면 곧 훌륭한 장수로 거듭날 거요."

원충서가 호기심을 드러내며 물었다.

"그 명회란 자의 실력이 그렇게 뛰어납니까?"

이준성은 고개를 끄덕였다.

"편곤을 다루는 솜씨가 거의 예술의 경지에 다다라 있더군. 잘 먹지 못했는지 비쩍 말라서 힘은 좀 떨어지지만 훈련을 해서 근력을 좀 더 키우면 상대할 사람이 많지 않을 거야."

이준성의 대답을 듣는 원충서의 눈이 활활 타올랐다.

원충서 성격상 명회에게 결투를 청할 가능성이 높았지만, 이준성은 그런 문제까지 일일이 신경 쓸 만큼 한가하지 않았다.

그때, 정문부가 물었다.

"명회를 제외한 다른 병사들은 어떻게 하실 겁니까?"

"그들은 약골이라서 전장에 투입할 수 없소. 아마 그들을 전장에 내보내면 화살받이밖에 할 일이 없을 거요. 대신 그들에겐 병사들에게는 없는 장점이 하나 있소. 바로 읽고 쓰고 셈을 할 줄 안다는 거요. 대부분 역관과 상인의 자식이라 잘만 가르치면 행정 관료로 요긴하게 써먹을 수 있소."

회의를 마친 이준성은 정문부에게 종이와 붓, 벼루, 먹을 준비해 달라 말했다. 그리고는 바로 방에 처박혀 작업했다.

"유진."

-예.

"어째 대답이 점점 짧아지는 것 같은데."

-오랜만에 찾아 주셨네요. 그래, 요즘 건강은 좀 어떠신가요?

이준성은 한숨을 푹 쉬었다.

"그냥 인간미 없이 짧게 해라. 그게 비꼬는 것보다 더 낫다."

-전 유기생체컴퓨터이지, 인간이 아닙니다. 인간미를 요구하는 건 태생적으로 없을 수밖에 없는 감정을 요구하는 겁니다.

"알았어. 알았으니까, 저번에 말한 프로젝트 끝내 놨어?"

-하도 많은 걸 시키셔서 그중 무엇을 말하는 모르겠습니다.

이준성은 이마를 짚으며 고개를 절레절레 저었다.

"교과서 말이야. 애들 가르치는 데 쓰기로 한 교과서."

-아, 그 프로젝트 말이군요. 예전에 끝냈습니다.

"좋아. 인드라망에 출력해 줘."

이준성은 유진이 인드라망에 출력한 교과서를 재빨리 훑었다.

"마음에 드는군."

흡족한 표정으로 고개를 끄덕인 이준성은 정문부가 가져온 종이에 교과서의 내용을 일일이 적었다. 내용이 꽤 방대한 탓에 작업을 마쳤을 때는 거의 사흘을 방 안에 있었다.

작업을 마친 이준성은 그 결과물을 권분둥 등에게 보여 주었다.

"지금부터 너희들은 이 다섯 권의 책을 토씨 하나 빼놓지 않고 다 외워야 한다. 한 달 후에 이 책 내용으로 시험을 볼 텐데 거기서 나온 성적대로 순위를 정해 벼슬을 줄 거니까 출세를 원하면 피똥이 나올 만큼 열심히 해야 할 거다."

이준성은 그가 작성한 다섯 권의 책을 각자 필사하게 한 다음, 책의 내용을 갖고 한 달 후에 시험을 볼 거라 공표했다.

싸움은 남들만큼 하지 못하더라도 머리 하나 만큼은 남들보다 자신 있다 생각하는 이들이 대부분이기 때문에 곧 경쟁에 불이 붙어 서로 먼저 책을 필사하겠다며 난리를 피웠다.

그러나 책을 열어 본 이들은 무슨 내용인지 몰라 고개를 갸웃거려야 했다.

첫 번째 책은 여인들이 많이 쓰는 언문처럼 보이는데 그들이 배운 언문과는 다른 점이 꽤 많았던 것이다.

첫 번째 책은 사실 이준성이 배운 한글을 그야말로 낫 놓고 기역 자도 모르는 문맹자를 가르치기 위해 만든 책이었다. 그들이 아는 언문과는 여러 면에서 다를 수밖에 없었다.

그리고 두 번째 책에는 처음 보는 기호가 잔뜩 적혀 있었는데 바로 아라비아숫자를 이용해 만든 기본적인 산수책이었다.

또 세 번째 책은 한글을 뗀 아동을 대상으로 하는 국어책이었다. 네 번째는 한글로 작성한 개괄적인 역사책이었다.

마지막 다섯 번째 책은 상식에 해당하는 물리, 생물, 지구과학 등의 내용을 손쉽게 풀이해 놓은 아동용 과학책이었다.

이준성은 틈이 나는 대로 다섯 종류의 책을 권분동 등에게 강의해 그들의 이해를 도왔다. 그들이 평생 접해 보지 못한 내용의 학문을 독학으로 깨우치라 하는 건 심한 처사였다.

그러나 곧 이준성에게서 그들을 가르칠 시간을 뺏어 가는 일이 벌어졌다. 바로 도성 근처에서 날아든 지원 요청이었다.

이준성은 급히 정문부를 만나 물었다.

"행주산성에서 온 지원 요청이오?"

정문부가 흠칫하며 물었다.

"오다가 다른 사람에게 들으셨습니까?"

"그건 중요한 게 아니오. 그보다 내 말이 맞소?"

정문부가 미심쩍어하는 눈빛으로 이준성을 바라보며 대답했다.

"맞습니다. 지금 전라도 순찰사 권율 장군이 도성 근처의 행주산성이란 곳에 들어가 있는데, 평양성에서 패한 왜군이 복수를 위해 그곳을 치려는 계획인 것 같습니다. 권율 장군이 이곳 강원도와 삼남에 파발을 띄워 원군을 청하는 중입니다."

이준성은 유진이 찾아낸 정보와 지금 상황을 비교해 보았다. 현재 돌아가는 상황이 그가 아는 역사와 아주 흡사했다.

그렇다면 앞으로 엿새 후에는 왜의 대군이 행주산성을 공격할 가능성이 높았다. 이준성은 바로 유경천과 금강대대를 불러 행주산성이 위치한 도성 북서쪽으로 급히 이동했다.

한반도를 도성 중심으로 네 개 구역으로 나누었을 때, 함경도, 강원도에 해당하는 동북면은 이준성의 등장으로 인해 역사가 크게 바뀌었지만 서북면은 역사와 거의 흡사하게 흘러갔다.

조명연합군은 세 번째 시도 만에 평양성을 탈환했다. 조명연합군은 그 기세를 몰아 도성을 탈환하기 위해 남하했지만 벽제관에서 매복에 걸려 참패를 면치 못했다.

이에 겁을 집어먹은 명군이 평양성에서 내려갈 생각을 하지 않는 통에 조명연합군의 진격상황은 지지부진한 상태였다.

한편 이치, 웅치 전투에서 왜군이 전라도로 들어가려는 시도를 분쇄해 전황을 바꾸는 데 엄청난 공을 세운 권율은 조명연합군이 도성까지 단숨에 치고 내려올 거라 예상해 도성 북서쪽, 즉 고양에 있는 덕양산의 행주산성으로 들어갔다.

그곳에서 평양, 개성을 따라 내려올 조명연합군과 합세해 도성을 탈환하기 위해서였다.

한데 벽제관에서 대패한 조명연합군이 그의 예상과 달리 도성수복을 포기함에 따라 행주산성에 들어간 권율과 그의 부대는 포위당할 위험에 처했다.

왜의 대군이 곧 행주산성으로 몰려올 거라 예상한 권율은 급히 강원도와 삼남지방에 지원을 요청했다.

이준성은 일단 한강 이북을 탈환하기 위해선 행주산성이 끝까지 버텨야 한다는 사실을 알았기 때문에 또다시 조선군 지원에 나섰다.

다행히 이준성과 그의 부대는 급속 행군한 덕분에 왜군이 포위를 마치기 전에 행주산성에 무사히 도착하는 데 성공했다.

이준성이 이번엔 강태봉으로 위장한 탓에 이번 전투의 조선군 사령관인 권율을 만나는 일은 또 한 번 유경천이 맡았다.

곧 권율이 유경천을 앞세워 금강대대를 사열하기 위해 왔다.

이준성으로서는 임진왜란의 영웅을 처음 대면하는 셈이었다.

◆ ◆ ◆

권율은 부인할 수 없는 임진왜란의 1등 공신이었다.

행주대첩 하나로 도원수에 올라 1593년부터 전쟁이 끝나는 1598년까지 하는 일 없이 지내다가 이순신 장군 등과 불화를 일으킨 사람으로 권율을 이해하는 일은 편견이 섞인 좁은 관점에서 전체적인 전황을 이해해 벌어지는 참극이었다.

한반도 전쟁사에서 세 손가락 안에 꼽히는 참패인 용인 전투의 사령관은 권율이 아니었다.

심지어 권율은 왜군을 얕볼 게 아니라 먼저 보급로를 다진 다음 방어를 굳혀야 한다는 주장을 펼쳤지만, 전라도 순찰사 이광이 그의 주장을 무시했다.

결국 급히 징집한 삼남의 병력 수만이 와키자카 야스하루가 지휘하던 1,000여 명의 병력에게 참패를 당했다.

물론 흔히 아는 대로 전멸까지 이른 것은 아니었지만, 어쨌든 조선이 끌어모을 수 있는 가장 큰 병력이 흩어져 버려 조선군 단독으론 더 이상 어찌해 볼 수 없는 참담한 상황에 이르렀다.

조선군은 용인에서 크게 패했지만 권율은 그 와중에도 자기 휘하에 있던 병사를 거의 다 살려 남원에 돌아가 있다가 왜군이 전라도 곡창지대를 점령하기 위해 충청도 방향에서 전주를 향해 진격해 온다는 소식을 듣고는 동복현감 황진 등과 함께 이치, 웅치 두 고개로 나아가 방어진을 펼쳤다.

왜군의 본진이 있는 금산에서 전주로 들어오기 위해서는 반드시 이치, 웅치 두 고개 중 하나를 넘어야 했기 때문에 합리적인 판단이었다.

권율은 김제군수 정담, 의병장 황박, 나주판관 이복남 세 명에게 군사를 주어 웅치고개를 지키게 한 다음, 본인은 동복현감 황진과 함께 이치고개를 막았다.

곧 고바야카와 다카카게가 지휘하는 왜군이 전주를 점령하기 위해선 반드시 지나야 하는 두 고개를 동시에 공격해 왔다.

왜국 주코쿠의 패자 모리 모토나리의 아들로 태어난 고바야카와 다카카게는 대가 끊긴 고바야카와 가문의 양자로 들어갔다.

그는 벽제관 전투를 승리로 이끈 주역이었으며 귀국한 후엔 도쿠가와 이에야스, 마에다 토시이에 등과 도요토미 히데요시를 보좌하는 오대로에 오를 만큼 명망이 높았다.

그런 고바야카와 다카카게가 수천에 달하는 병력을 동원해 전력을 다해 공격했기 때문에 정담, 황박, 이복남이 지키던 웅치고개는 돌파당해 결국 왜군이 전주성으로 몰려가기 이르렀다.

그러나 이치고개를 지키던 권율과 황진은 끝까지 물러서지 않았다. 심지어 황진이 이마에 조총 탄환을 맞아 후방으로 후송을 가야 되는 상황에서도 권율은 고개를 사수했다.

그가 이치를 끝까지 사수한 덕에 고바야카와 다카카게의 대군이 웅치를 넘은 왜군과 합류하는 것을 막을 수 있었고, 그 덕분에 전라도 북부의 요충지인 전주성을 지켜 낼 수 있었다.

왜군은 결국 전주성을 완벽히 포위하는 데 실패한 상황에서 의병장 고경명이 이끄는 의병이 그들의 본진이 있는 금산성을 위협하는 바람에 군대를 물려 본진으로 돌아갔다.

권율의 부대와 고경명의 의병에게 협공당할 것을 우려한 것이다.

이리하여 전라도를 점령해 현지에서 병참을 조달한다는 왜군의 주요 전략은 이치 전투의 결과로 인해 완벽히 실패했다.

만약 권율이 이치고개에서 적을 막아 내지 못했다면, 왜군은 전주성을 점령한 다음 전라도 남부로 내려가 곡창지대를 점령했을 것이다.

그리고 거기서 나오는 양곡을 왜군에게 보급해 그들을 가장 괴롭히던 보급 문제를 해결했을 것이다.

그리고 보급 문제를 해결한 왜군은 평양성에서 나와 의주로 진격을 했을 것이기에 조선은 완전히 점령당했을 것이다.

행주대첩은 또 행주대첩 나름대로 전략적 의미가 아주 컸다.

조명연합군이 벽제관에서 대패하는 바람에 왜군은 기세가 다시 등등해졌다. 그리고 반대로 패한 조명연합군, 그중에서도 특히 명군은 사기가 떨어져 도성 수복 계획을 철회했다.

한데 벽제관 전투 직전에 조명연합군이 곧 도성을 수복할 거라 예상한 권율은 수원 독왕산성에서 야음을 틈타 도성 근처의 행주산성으로 재빨리 이동했다.

행주산성을 지키다가 곧 내려올 조명연합군과 합류해 도성을 탈환할 생각이었던 것이다.

한데 조명연합군이 벽제관에서 패해 후퇴하는 바람에 권율은 졸지에 낙동강 오리알 신세로 변해 버렸다.

벽제관 전투의 승리로 기세가 다시 오른 왜군은 도성 근처에 있는 행주산성을 점령해 조선군의 사기를 한 번 더 꺾는 한편, 전략적 요충지인 행주산성에서 조선군을 몰아내려 시도했다. 이것이 바로 행주대첩이 일어난 이유인 것이다.

역사대로 흘러간다면 권율은 행주대첩에서 승리할 터였다. 그리고 대패한 왜군은 이대로는 도성을 지키는 게 어렵다는 판단하에 급히 후퇴해 경상도 해안가로 이동할 터였다.

즉 행주대첩의 결과로 왜군을 경상도 한곳에 몰아넣을 수 있었던 것이다.

그리고 전라도, 경기도, 평안도를 이어 주는 보급로를 확보해 앞으로 있을 장기전에서 유리한 위치를 선점할 수 있었던 것이다.

권율의 이치, 웅치 전투와 이 행주대첩으로 말미암아 전황이 완전히 뒤바뀌어 버린 셈이었다.

행주대첩 후에 전황이 지지부진해진 이유는 권율이 조선군 도원수이긴 하지만 군령권은 결국 명군에게 있기 때문이었다.

자군 피해가 늘어날 것을 우려한 명군이 유화책을 썼기 때문에 지시를 받아야 하는 권율 입장에선 할 수 있는 일이 많지 않았다.

조선군 단독으로 공격하는 건 명군은 물론이거니와 조선 왕실에서조차 항명으로 이해할 터였다.

이처럼 권율은 단편적으로 해석해선 알기 어려운 사람이었다.

이준성이 본 권율은 엄격한 인상의 소유자였다. 두석린갑 투구 밑으로 드러난 얼굴에는 피곤한 기색이 가득했다.

그리고 붉게 충혈된 눈에선 살기와 독기 같은 무시무시한 감정이 스멀거리며 흘러나와 쳐다보는 사람을 움찔하게 만들었다.

권율은 유경천의 안내로 금강대대의 사열을 받으며 걸어 가다가 이준성 앞에서 잠시 걸음을 멈추었다.

이준성은 세 번째 줄에 있었지만 다른 병사보다 머리 한두 개는 더 있었기 때문에 어떤 자리에 서 있든 눈에 띌 수밖에 없었다.

권율이 앞에 있던 병사를 밀치며 가까이 걸어와 그에게 물었다.

"이름이 뭔가?"

"강태봉입니다."

"체격이 아주 좋구나. 실전 경험이 있느냐?"

"함경도와 강원도에서 왜군과 싸운 적이 있습니다."

권율이 고개를 끄덕이며 대꾸했다.

"함경도와 강원도에서 있었던 전투는 엄청난 성과임에도 불구하고 어찌된 일인지 그 과정이 상세히 드러나지 않은 면이 있다. 그런 이유로 조정과 삼남에선 그쪽 사람들이 꾸며낸 거짓이라 생각하는 이들이 많은 편이지. 실제로는 왜군이 다른 이유로 후퇴한 것인데 마치 자기들한테 져서 도망쳤다고 말이다. 한데 너 같은 장사가 끼어 있는 것을 보니 그게 꼭 허풍 섞인 과장은 아닐지 모른다는 생각이 드는구나. 이번에 활약하면 본관이 직접 조정에 장계를 올려 포상을 주청 드릴 것이다. 이번 기회를 잘 살려 보도록 해라."

"알겠습니다."

이준성의 어깨를 두드린 권율이 돌아서서 병사들에게 말했다.

"방금 한 말은 이 강태봉이란 장사에만 해당되는 것이 아니다! 너희 중 누구든 이번 전투에서 활약한다면 권율이란 본관의 이름을 걸고 그에 합당한 보상을 받게 해 줄 것이다!"

그 말에 병사들은 일제히 환호성을 질렀다.

사열이 끝난 후, 이준성은 명회와 함께 행주산성을 쭉 돌아보았다. 한데 말만 산성이지, 그냥 언덕 위에 목책을 빙 두른 산채에 불과했다.

다만 그 목책 뒤에 화차, 신기전, 천자총통, 지자총통과 같은 각종 열병기가 배치되어 있어 산적들의 근거지인 산채와는 화력 수준이 다르다는 점이었다.

이준성은 화차, 신기전과 같은 조선군 신병기를 한참 동안 살피며 인드라망으로 촬영해 유진의 데이터베이스에 저장했다.

화차, 신기전을 모방하기 위해서가 아니라, 그냥 지적인 호기심 때문이었다. 화차, 신기전은 썼다는 기록만 남아 있을 뿐, 실물은 남아 있지 않아 역사적인 가치가 상당히 높았다.

이준성은 무엇보다 산성 크기가 생각보다 작다는 점에 놀랐다.

행주대첩이 특히 유명해진 이유는 백성들, 특히 여자들이 치마로 돌을 날라 농성군을 도왔단 얘기가 전해지면서였다.

행주산성에서 치마로 돌을 날라 이겼기 때문에 나중에는 아예 한복치마 앞에 덧대 입는 여자들의 치마를 행주치마로 불렀다고 했다.

한데 여자는커녕 갑옷을 입지 않은 일반 남성의 모습조차 찾아보기가 아주 힘들었다.

이준성은 산성 남쪽으로 향했다.

산성 남쪽과 동쪽에는 한강이 흘러 통로가 막혀 있었다.

즉 왜군이 쳐들어온다면 서쪽과 북쪽 두 곳일 터였다.

적의 진격로를 두 방향으로 제한할 수 있다는 점은 장점이었다.

명회가 한강 너머를 살펴보며 물었다.

"지형이 아주 좋아서 서쪽과 북쪽만 막으면 이길 수 있겠군요."

이준성은 고개를 저었다.

"병력이 훨씬 적은 데다 성벽이 없어 결국 뚫릴 수밖에 없다. 어느 정도는 버티겠지만 머릿수로 밀어붙이면 장사 없지."

"그럼 패할 거라 보시는 겁니까?"

"양동공격만 가능하면 충분히 이길 수 있다. 왜군은 정보전에 취약해 자라 보고 놀란 가슴 솥뚜껑 보고도 놀랄 테니까."

알쏭달쏭한 말을 남긴 이준성은 곧장 유경천을 찾았다.

유경천은 권율에게 한쪽을 책임지란 명을 받고 돌아와 있었다.

이준성은 유경천을 만나 뭔가를 속삭였다.

옆에 있던 명회가 귀를 기울여 보았지만 잘 들리지 않았다. 다만 화살이니 조운선이니 하는 얘기만 얼핏 들릴 뿐이었다.

고개를 끄덕인 유경천은 다시 권율을 찾아갔다.

그날 저녁, 말을 탄 전령 몇 명이 급히 행주산성을 내려갔다.

다음 날, 금강대대가 권율의 요청에 호응한 유일한 부대인 듯했다. 병력이 거기서 더 늘어나지 않아 5,000명에 멈췄다.

그리고 그날 오전, 화려한 군기 수백 개를 앞세운 왜의 대군이 북쪽과 서쪽에서 나타나 행주산성을 몇 겹으로 포위했다.

이준성은 왜군 병력을 재빨리 살폈다.

총병력은 4, 5만으로 보였다. 그리고 그중 전투병은 3만 내외로 보였다. 행주산성 병력의 6배에 달하는 대군이었다.

행주산성이 위치한 덕양산은 아주 신기한 형태의 산이었다.

한강을 등 뒤에 둔 덕양산은 영어 알파벳의 W처럼 생겼다. 즉 W처럼 가운데 산기슭 하나가 위로 쭉 뻗어 있는 반면에, 그 산기슭 양쪽은 안으로 깊숙이 파여 있는 것이다.

왜군이 파여 있는 곳으로 진격해 본진을 직접 타격하려 할 때는 가운데 있는 산기슭에서 옹성처럼 측면을 협공할 수 있었다.

병력이 훨씬 적은 조선군 입장에선 아주 다행인 상황이었다. 옹성은 수비군이 병력을 한데 집중시킬 수 있게 해 주었다.

그때, 지형정찰을 게을리한 왜군 선봉 부대가 본진을 타격하기 위해 파여 있는 지점으로 들어왔다. 그리고는 공성탑 같은 공성 장비조차 갖추지 않은 보병으로 공성을 시작했다.

권율은 기다렸다는 듯 화포군에게 발포를 명령했다.

펑펑펑펑!

그 즉시, 목책 뒤에 배치한 화차와 신기전 등이 일제히 불을 뿜었다. 그리고 완구로 발사한 비격진천뢰가 왜군 가운데 작렬해 막대한 피해를 입혔다.

왜군은 조총과 활을 쏘며 반격에 나섰지만, 양쪽에서 협공하는 조선군을 이기지 못했다.

그때, 무너진 선봉을 지원하기 위해 두 번째 부대가 당도했다.

이준성은 급히 왜군 진형을 살폈다.

왜군은 병력을 7개부대로 나눠 놓았다.

즉, 전투는 이제 막 시작이란 뜻이었다.

아주 길고 힘겨운 하루가 될 것 같다는 예감이 들었다.

그리고 그 예감은 틀리지 않았다.

이준성은 왜군 진형 위에 휘날리는 군기를 검색해 봤다.

방금 선봉으로 나선 왜군은 1번대 고니시 유키나가였다.

그리고 고니시 유키나가를 지원하기 위해 나선 두 번째 부대는 오타니 요시츠구 부대였으며, 그 뒤로 구로다 나가마사, 우키타 히데이에, 이시다 미츠나리, 깃카와 히로이에, 모리 모토야스, 고바야카와 다카카게 등의 부대가 늘어서 있었다.

이준성은 피식 웃었다.

"세키가하라 때, 서군 올스타구만."

옆에 있던 명회가 눈을 껌뻑이며 물었다.

"그건 대체 무슨 귀신 씻나락 까먹는 소리랍니까?"

"그런 게 있어."

시치미를 뗀 이준성은 유진이 검색한 정보를 다시 한 번 확인했다.

유진에 따르면 나중에 이 행주대첩에서 패한 왜장들은 대부분 서군으로 뭉쳐 도쿠가와 이에야스가 이끄는 동군과 세키가하라에서 패권을 놓고 거대한 전쟁을 벌인다.

대패한 고니시 유키나가를 지원하기 위해 급히 출격한 오타니 요시츠구의 부대는 그나마 조금 나았다. 조선군이 쏘아 대는 야포와 신기전, 화차의 공세를 뚫고 전진해 들어왔다.

그러나 권율이 목책 뒤에 숨은 궁병에게 활을 쏘라 명령하는 순간, 오타니 요시츠구의 부대 역시 목책으로 이어지는 비탈길에 수많은 시체를 남겨 둔 채 퇴각할 수밖에 없었다.

왜군은 초반에 막대한 피해를 입었지만 전혀 물러서지 않았다.

곧장 구로다 나가마사가 지휘하는 세 번째 부대를 올려 보냈다.

구로다 나가마사가 지휘하는 부대는 확실히 앞서 대패한 두 부대와 달랐다.

덕양산의 지형을 파악한 구로다 나가마사는 무작정 달려드는 행동은 위험하다는 판단을 내린 듯 튀어나온 산기슭 앞에 나무와 흙으로 공성탑을 쌓아 올렸다.

튀어나온 산기슭을 먼저 제압하지 않으면 조선군 본대를 칠 수 없다는 판단하에서 공성탑을 급조해 투입한 것이다.

이준성은 권율이 있는 쪽으로 고개를 돌렸다.

권율이 이번엔 이 난관을 어떻게 처리할지 관심이 생긴 것이다.

그러나 권율은 이미 방법을 다 생각해 놓은 듯했다.

지체 없이 명령하는 순간, 천자, 지자총통 등 조선군이 보유한 대구경 화포가 일제히 불을 뿜었다.

천자, 지자총통은 직사포에 가까워 포탄이 눈앞에 있는 공성탑을 순식간에 박살 내 버렸다.

힘들게 쌓아 올린 공성탑이 굉음을 내며 무너지는 순간, 그 위에서 공격하던 왜군 수십 명이 비명을 지르며 떨어져 내렸다.

공성탑이 무너진 상황에서는 구로다 나가마사 역시 할 수 있는 일이 많지 않아 결국 퇴각했다. 이리하여 조선군은 왜군이 동원한 세 개 부대를 초반에 박살 내는 성과를 거뒀다.

그러나 조선군 역시 문제가 전혀 없진 않았다.

초반에 화력전으로 나간 탓에 슬슬 화약과 포탄이 떨어지기 시작한 것이다.

그렇게 부족한 화약과 포탄을 걱정해 권율이 발포를 주저하는 사이, 왜군 총대장 우키타 히데이에가 가장 많은 병력을 동원해 목책을 공격해 왔다.

이준성은 지급받은 장창으로 바깥쪽 목책을 넘어오는 왜군의 가슴에 찔러 넣었다. 왜군은 비명을 지르며 비탈 밑으로 굴러 떨어졌지만 그를 대신할 동료는 많았다.

이번에는 왜군 두 명이 목책을 뛰어넘어 산성 안으로 뛰어들어왔다.

이준성은 그중 한 명을 장창으로 찔러 쓰러트린 다음, 옆에서 날아드는 왜도를 피하기 위해 장창을 놓으며 물러섰다.

허공을 친 왜도가 지나가는 순간, 이준성은 양손으로 왜도를 쥔 왜군의 팔 안쪽과 바깥쪽을 동시에 붙잡았다. 그리고는 서로 반대 방향으로 힘을 주어 팔을 완전히 부러트렸다.

왜군은 힘없이 흔들거리는 자신의 오른팔을 보며 비명을 내질렀다. 이준성은 그 틈에 왜군이 놓친 왜도를 집어 들어 비명을 지르는 왜군의 목을 잘랐다. 이준성은 왜군이 흘리는 피가 몸에 묻지 않도록 뒤로 물러서며 주변을 둘러보았다.

명회를 비롯한 금강대대 병사들은 목책을 고수하며 전혀 물러서지 않았다. 금강대대의 금강처럼 깨어질 기미가 없었다.

그러나 다른 부대는 금강대대처럼 잘 싸우지 못했다. 권율이 전선까지 나와 직접 독려했지만 왜군 숫자가 너무 많았다.

곧 바깥쪽 목책이 뚫리는 바람에 금강대대는 좌우 양쪽에서 왜군의 협공을 받아 에워싸일 위기에 처했다.

이준성은 명령을 기다리는 유경천에게 고개를 끄덕여 신호하며 후퇴했다.

유경천은 즉시 고함을 질렀다.

"후퇴하라!"

금강대대가 목책에서 물러서는 순간, 전선은 더 빨리 무너져 내려 안쪽 목책으로 후퇴하는 조선군과 이를 추격하는 왜군 사이에 혼전이 벌어졌다. 여기서 시간을 잡아먹으면 전선이 아예 없어져 버려 수에서 유리한 왜군이 유리할 터였다.

그때, 간헐적으로 들려오던 포성이 다시 한 번 들려왔다.

화포군이 남아 있는 포탄과 화약을 전부 사용한 듯했다.

천지를 뒤흔드는 듯한 포성이 귀청을 찢는 순간, 움찔한 왜군이 멈칫하며 추격을 중단했다.

이준성은 높은 고지로 올라가 산비탈 밑을 바라보았다. 화포군이 3, 4미터에 이르는 기다란 깃발에 둘러싸인 적장에게 포격을 집중한 듯했다.

깃발은 수수깡처럼 부러져 있었다. 그리고 마치 거인의 손가락이 훑고 지나간 것처럼 곳곳에 포탄이 날아간 흔적이 있었다.

포탄이 만든 먼지가 약간 가라앉았을 때, 비틀거리며 서 있거나 아니면 바닥에 누워 몸부림치는 왜군이 보였다. 이준성은 인드라망으로 부상당한 왜군 중 몇 명이 다른 왜군과 다르게 화려한 갑옷을 입었단 사실을 알아냈다.

권율의 도박이 통한 것이다.

권율은 바깥쪽 목책을 돌파한 왜군의 진격을 저지하기 위해서는 총대장 우키타 히데이에를 죽이든지 부상을 입혀야 한다는 판단하에서 모든 화포를 그쪽에 집중한 것이다.

남아 있는 포탄과 화약을 모두 동원한 도박이었지만, 그 도박이 통해 왜군은 썰물 빠지듯 산비탈 밑으로 퇴각했다.

나중에 들은 소식으로는 총대장 우키타 히데이에와 오봉행을 이끄는 이시다 미츠나리 두 명이 이번 포격으로 부상을 입었다고 하였다.

비록 다른 영주에 비해 젊지만 나중에 도쿠가와 이에야스 등과 오대로를 담당할 만큼 도요토미 히데요시의 총애를 받는 영주가 바로 우키타 히데이에였다.

그 증거로 도요토미 히데요시는 이번 조선침략군 전체의 총대장을 바로 이 우키타 히데이에에게 맡겼다.

고바야카와 다카카게, 모리 데루모토, 시마즈 요시히로와 같은 명성 있는 영주들이 있었음에도 총대장을 우키타 히데이에에게 맡긴 것이다.

이는 도요토미 히데요시가 그만큼 우키타 히데이에를 아낀단 뜻이었다. 그리고 이시다 미츠나리 역시 평범한 영주는 아니었다.

이시다 미츠나리는 영주보다는 행정 관료에 더 가까운 사람으로 도요토미 히데요시의 심복 중에 심복이었다.

이런 두 사람이 동시에 부상을 당했으니 그들을 지켜야 하는 왜군으로선 더 이상 공세를 펼칠 수 없었다.

이렇게 하여 네 번째 부대가 퇴각했지만 왜군은 포기하지 않았다. 바로 다섯 번째 부대를 내보냈다.

군기로 봐서는 킷카와 히로이에란 영주가 이끄는 부대였는데 그들은 화공을 써서 공격하려 들었다.

그러나 권율이 화공에 대비해 물을 비축해 둔 상태였기 때문에 그들의 화공은 싱겁게 끝났다.

"공격하라!"

권율의 목소리가 쩌렁쩌렁 울리는 순간, 병사들이 함성을 지르며 화공이 실패해 망연자실한 왜군을 기습했다.

오히려 방어하는 쪽이 공격하는 쪽에게 맹렬한 역습을 가한 것이다.

이 기습으로 적의 주장 킷카와 히로이에가 부상당해 쫓겨났다.

다섯 차례의 공격이 모두 실패로 돌아간 왜군은 방법을 바꾸었다.

이번엔 서쪽에 있는 완만한 비탈 쪽을 집중 공격했다. 모리 히데모토와 고바야카와 히데카네가 지휘하는 왜군이 양쪽에서 치고 올라와 곧 바깥쪽 목책을 거세게 들이쳤다.

그러나 이 완만한 서쪽 비탈을 방어하는 부대는 금강대대와 처영이 이끄는 승군이었다. 왜군이 조선군에서 가장 강력한 부대에 덤벼든 셈이었기 때문에 막대한 피해를 입었다.

더욱이 승군이 미리 준비해 둔 석회를 뿌려 가며 항전한 탓에 왜군은 눈이 타는 듯한 고통 속에서 조선군과 싸워야 했다.

결과는 뻔했다.

여섯 번째 공격 역시 곧 무위로 돌아갔다.

이준성이 생각하기에 지금까지는 그야말로 완벽한 승리였다.

그러나 승리의 여신은 그리 쉽게 손을 내밀지 않을 거란 점 역시 알고 있었다.

조선군의 6배에 달하는 왜군이 얼마나 많은 피해를 입었는지는 모르지만 5,000명이던 조선군은 여섯 차례의 방어전을 치르는 와중에 2,000여 명이 죽거나 다쳐 후방에 빠져 있었다.

그리고 왜군은 돌아가며 부대를 내보냈지만, 조선군은 이 여섯 차례 공격을 모두 막아 내야 했다. 즉 이미 체력이 떨어질 때로 떨어진 상황이었다.

조선군 중에서 그나마 체력이 쌩쌩한 부대는 이준성이 이끄는 금강대대밖에 없었다. 그리고 금강대대와 같이 싸운 덕분에 체력을 많이 비축할 수 있었던 처영의 승군뿐이었다.

이준성은 부하들에게 현대식 트레이닝을 가르쳐 그들의 근력, 지구력, 근지구력, 순발력을 키웠다.

그 효과가 반나절에 걸친 치열한 전투 속에서 병사들이 지치지 않게 해 주었다.

그러나 다른 병사들은 이미 탈진해 팔다리가 후들후들 떨리는 상황이었다.

활을 쏘는 병사는 팔이 후들거려 더 이상 시위를 당길 수 없었고, 칼과 창을 쓰는 병사는 얼굴이 하얗게 질려 누가 툭 치면 그대로 쓰러질 것처럼 탈진해 있었다.

권율이 자기 투구에 담아 온 물을 병사들에게 마시게 하며 독려했지만 물 몇 모금으로 이미 다 써 버린 체력을 회복하기란 쉽지 않았다.

한데 문제는 병사들의 체력만이 아니었다.

조선군이 왜군에게 유일하게 앞설 수 있는 이점인 활을 더이상 쓸 수 없단 점이 더 큰 문제였다.

활을 쏠 수 없다기보다는 화살이 떨어져 공격할 방법이 없단 말이 더 정확했다.

여기서 가장 좋은 해결책은 여섯 차례 공격을 모두 실패한 왜군이 돌아가는 것이었지만 왜군은 포기할 생각이 없었다.

이미 자존심이 뭉개질 대로 뭉개져 오늘 안에 행주산성을 점령하고 산성을 지키던 조선군을 전부 죽이지 않으면 분이 풀리지 않는단 듯했다.

오늘의 이 전투가 다른 영주의 귀에 들어가면 그들은 필시 얼굴을 들고 다닐 수 없을 것이다.

왜군은 마침내 진짜 총대장이라 할 수 있는 고바야카와 다카카게를 내보내 마지막 총력전을 벌였다.

모리 모토나리의 아들인 고바야카와 다카카게는 오늘 싸운 모리 히데모토, 고바야카와 히데카네, 깃카와 히로이에 등의 양부나 숙부였다. 말 그대로 주코쿠의 패자 모리 가문의 큰 어른인 것이다.

또 우키타 히데이에와 이시다 미쓰나리, 오타니 요시쓰구 등 역시 명성이나 병법, 지략에서 다카카게의 상대가 아니었다.

고바야카와 다카카게는 그야말로 바람과 같이 공격해 왔다.

전선 전체에 걸쳐 맹공격을 가하다가 어떤 쪽이 더 약하다는 사실을 파악하기 무섭게 그쪽에 주력을 집중 투입했다.

곧 바깥쪽 목책이 허무하게 뚫려 나갔다. 뒤이어 안쪽 목책까지 뚫리며 왜군이 물밀 듯이 쏟아져 들어왔다.

화살이 떨어진 조선군 병사들은 돌을 주워 투석전을 전개했지만 소용이 없었다. 권율이 목이 터져라 독려했지만 소용이 없었다.

"역시 할 수밖에 없는 건가."

쓴웃음을 지은 이준성은 왜군이 떨어트린 언월도와 왜도를 주워 양손에 움켜쥔 채 쏟아져 들어오는 왜군에게 달려갔다.

"오늘은 거기까지다, 이 개새끼들아!"

소리친 이준성은 언월도와 왜도로 왜군을 미친 듯이 베어갔다.

〈3권에 계속〉